ullstein

Das Buch

Nach dem Tod ihrer Mutter wird die kleine Danina an der Ballettschule des Mariinsky-Theaters in Sankt Petersburg aufgenommen. Ihre Lehrerin, die strenge Madame Markova, erkennt schon bald, dass Danina eine geborene Tänzerin ist. Bereits mit sieben Jahren tanzt sie alle Hauptrollen, und als Primaballerina genießt sie den Glanz und die Aufmerksamkeit, die der Ruhm mit sich bringt. Als sie an einer schweren Grippe erkrankt, wird sie von der Zarin in die kaiserliche Sommerresidenz eingeladen, um sich zu erholen. Danina kommt in die Obhut des fürsorglichen Arztes Nikolai, der bald zu einem guten Freund wird. Er erzählt ihr von seiner unglücklichen Ehe und seinen beiden Söhnen, die er nicht sehen darf. Gemeinsam gehen sie auf Bälle und Empfänge. Danina verlebt eine wunderschöne Zeit am Hof des Zaren. Und obwohl sie weiß, dass der verheiratete Mann ihr keine gemeinsame Zukunft bieten kann, verliebt sie sich rettungslos in ihn. Doch schließlich verlangt Madame Markova von ihr, sich zwischen Nikolai und dem Ballett zu entscheiden, denn Daninas Liebe gefährdet ihre Karriere als Tänzerin. Die drohende Revolution macht ihr die Wahl nicht leichter. Da bietet Nikolai ihr an, mit ihm nach Amerika zu fliehen …

Die Autorin

Danielle Steel kam in New York als Tochter einer portugiesischen Mutter und eines deutschen Vaters zur Welt. Sie wuchs in Frankreich auf und ging später zurück nach New York, um Romanistik zu studieren. Bereits ihr erster Roman wurde ein überwältigender Erfolg. Inzwischen hat sie über fünfzig Romane verfasst, die Jahr für Jahr an den Spitzen der Bestsellerlisten stehen.

In unserem Hause sind von Danielle Steel bereits erschienen:

Herzstürme
Der Kuss
Licht am Horizont
Der rubinrote Ring
Die Traumhochzeit
Der Traumvogel
Vertauschtes Glück

Danielle Steel

Die Schneetänzerin

Roman

Aus dem Englischen
von Jutta Lützeler

Ullstein

Besuchen Sie uns im Internet:
www.ullstein-taschenbuch.de

Umwelthinweis:
Dieses Buch wurde auf chlor- und säurefreiem Papier gedruckt.

Sonderausgabe im Ullstein Taschenbuch
April 2008
2. Auflage 2008

Titel der amerikanischen Originalausgabe: *Granny Dan*
(Delacorte Press, New York)
Umschlaggestaltung: HildenDesign, München
Titelabbildung: Schatulle: © Ugorenkov Aleksandr/shutterstock;
Hintergrund: © HildenDesign, München
Satz: ew print & media service gmbh, Würzburg
Gesetzt aus der New Baskerville
Druck und Bindearbeiten: CPI – Ebner & Spiegel, Ulm
Printed in Germany
ISBN 978-3-548-26846-0

Der großen Liebe und allen
jungen Ballerinen gewidmet.
Beide halten die Menschen in Ehren
und tragen sie für immer im Herzen.
Und ganz besonders für Vanessa,
ein geliebtes Kind
und eine außergewöhnliche Ballerina.
Möge dir das Leben mit Wohlwollen,
Güte und Mitgefühl begegnen.

In Liebe
d.s.

PROLOG

Die Schachtel kam an einem verschneiten Nachmittag zwei Wochen vor Weihnachten an. Sie lag feinsäuberlich verpackt und mit einer Schnur umwickelt vor unserer Haustür, als ich mit den Kindern nach Hause kam. Wir hatten auf dem Heimweg im Park Halt gemacht, und während ich dort auf einer Bank saß und den Kindern zusah, dachte ich wieder einmal an sie, so wie ich es in der vergangenen Woche nach ihrer Beerdigung pausenlos getan hatte. Es gab so vieles an ihr, das ich nicht wusste, so vieles, über das ich nur Vermutungen angestellt hatte, so viele Geheimnisse, zu denen nur sie den Schlüssel besaß. Am meisten bedauerte ich, dass ich sie nicht nach ihrem Leben gefragt hatte, als sich mir die Gelegenheit dazu bot; dass ich einfach davon ausgegangen war, dass es nicht wichtig sei. Sie war schließlich alt, wie wichtig konnte es schon sein? Ich glaubte, alles über sie zu wissen.

Sie war die Großmutter mit den funkelnden Augen, die für ihr Leben gerne mit mir Rollschuh lief, sogar noch mit Ende achtzig, die köstliche kleine Plätzchen buk und die die Kinder in ihrer Stadt wie Erwachsene behandelte, so als verstünden diese, wovon sie sprach. Sie war sehr weise und sehr lustig, und die Kinder liebten sie. Und sie führte ihnen sogar faszinierende Kartentricks vor, wenn sie sie nur beharrlich genug darum baten.

Sie besaß eine wunderschöne Stimme, spielte die Balalaika und sang bezaubernde alte Balladen in russischer Sprache. Sie schien immer zu singen oder zu summen und stets in Bewegung zu sein. Und bis zu ihrem Tod war ihre Haltung anmutig und grazil, und sie wurde von allen, die sie kannten, geliebt und bewundert. Bei ihrer Beerdigung war die Kirche überraschend voll gewesen für eine Frau von neunzig, und doch hatte keiner von uns sie ganz gekannt. Niemand von uns ahnte, wer sie wirklich war, und niemand kannte die außergewöhnliche Welt, aus der sie stammte. Wir wussten, dass sie in Russland geboren worden und 1917 nach Vermont gekommen war. Etwas später hatte sie meinen Großvater geheiratet. Wir gingen einfach davon aus, dass sie schon immer da war, wie ein beständiger Teil unseres Lebens. Und wie das häufig bei alten Menschen der Fall ist, nahmen wir einfach an, sie sei schon immer alt gewesen.

Niemand von uns wusste wirklich etwas von ihrer Vergangenheit, und nun schwirrten mir all diese unbeantworteten Fragen durch den Kopf. Immer wieder fragte ich mich, warum es mir nie in den Sinn gekommen war, sie zu fragen. Warum hatte ich nie versucht, die Antworten auf all diese Fragen zu erhalten?

Meine Mutter war zehn Jahre zuvor gestorben, und vielleicht hatte nicht einmal sie die Antworten gekannt oder sich für sie interessiert.

Meine Mutter kam viel stärker nach ihrem Vater. Sie war eine ernsthafte, vernünftige Frau, eine echte Neuengländerin, obwohl ihr Vater gar nicht von dort stammte. Von ihm hatte sie das Naturell geerbt, wenige Worte zu verlieren und ihre Gefühle nicht zu zeigen. Sie sprach wenig, kannte kaum jemanden und schien kein Interesse an den Geheimnissen anderer Welten oder am Leben anderer zu haben. Sie fuhr zum Supermarkt, wenn es günstige Tomaten oder Erdbeeren gab, und war eine durch und durch praktisch veranlagte Frau, die in einer materiellen Welt lebte und wenig von ihrer eigenen Mutter mitbekommen zu haben schien. Das treffendste Wort, um meine Mutter zu beschreiben, war *solide.* Auf Granny Dan, wie ich meine Großmutter nannte, hätte diese Beschreibung wahrlich niemand angewendet.

Granny Dan war Magie. Granny Dan schien aus Luft und Feenstaub und Engelsflügeln zu bestehen, aus all jenen magischen, leuchtenden und anmutigen Dingen auf dieser Welt. Die beiden Frauen schienen nichts gemein zu haben, und es war immer meine Großmutter gewesen, die mich magisch anzog und deren Wärme und Sanftheit mein Herz mit unzähligen unausgesprochenen anmutigen Gesten berührte. Es war Granny Dan, die ich liebte und die ich an diesem verschneiten Nachmittag im Park so schmerzlich vermisste, dass ich nicht wusste, wie ich ohne sie auskommen sollte. Sie war zehn Tage zuvor im Alter von neunzig Jahren gestorben.

Als meine Mutter mit vierundfünfzig starb, tat es mir Leid, und ich wusste, dass ich sie vermissen würde. Ich würde die Stabilität vermissen, die sie für mich darstellte, die Verlässlichkeit, den Ort, an den ich immer zurückkehren konnte. Mein Vater heiratete ein Jahr nach ihrem Tod ihre beste Freundin, und nicht einmal das schockierte mich. Er war fünfundsechzig, hatte ein schwaches Herz und brauchte jemanden, der ihm jeden Abend das Essen kochte. Connie war seine älteste Freundin und ein vernünftiger und nahe liegender Ersatz für meine Mutter. Ich verstand es und sehnte mich kein einziges Mal schmerzlich nach meiner Mutter. Aber Granny Dan ... die Welt hatte für mich etwas von ihrer Magie verloren, jetzt, da Granny Dan nicht mehr in ihr existierte. Ich wusste, ich würde sie nie wieder mit ihrer melodischen Stimme russische Lieder singen hören. Mit Granny Dans Tod war die Welt um einen aufregenden Menschen ärmer geworden. Ich wusste, dass meine Kinder niemals begreifen würden, was sie verloren hatten. Für sie war Granny Dan nur eine alte Frau mit gütigen Augen und einem seltsamen Akzent ... doch ich wusste es besser. Ich wusste genau, was ich verloren hatte und nie wieder finden würde. Sie war ein außergewöhnlicher Mensch, eine Art mystische Seele. Wenn man ihr einmal begegnet war, konnte man sie nicht wieder vergessen.

Das Paket stand eine Weile auf dem Küchentisch, da die Kinder lautstark nach ihrem Abendessen verlangten und fernsahen, während ich es ihnen zubereitete. Ich war am Nachmittag im Supermarkt gewesen und hatte alles Nötige besorgt, um mit ihnen Weihnachtsplätzchen zu backen. Wir hatten geplant, sie an diesem Abend gemeinsam zu backen, damit sie sie am nächsten Tag mit in die Schule nehmen und ihren Lehrern schenken konnten. Katie wollte lieber kleine Kuchen machen, aber Jeff und Matthew waren damit einverstanden, Weihnachtsglocken mit roten und grünen Zuckerstreuseln zu backen. Es war ein guter Abend dafür, da Jack, mein Mann, verreist war. Er hatte für drei Tage nach Chicago fahren müssen, um dort an verschiedenen Besprechungen teilzunehmen. Er war eine Woche zuvor mit mir auf der Beerdigung gewesen und hatte sich liebevoll und mitfühlend verhalten. Er wusste, wie viel Granny Dan mir bedeutete, aber wie die meisten Leute hatte er mir klarmachen wollen, dass sie ein schönes, langes Leben gelebt hatte und es nun an der Zeit für sie war. Ihm mochte das einleuchten, aber ich fühlte mich dennoch betrogen, weil ich sie verloren hatte, auch wenn sie schon neunzig gewesen war.

Sie sah sogar mit neunzig noch hübsch aus und trug ihr glattes weißes Haar stets in einem geflochtenen Zopf. Bei wichtigen Anlässen steckte sie es zu einem straffen Knoten auf. Sie hatte das Haar schon immer so getragen, und in meinen Augen hatte sich auch ihr restliches Aussehen, der gerade Rücken, die schlanke Gestalt und die funkelnden blauen Augen, mit denen sie ihr Gegenüber aufmerksam ansah, ihr ganzes Leben lang nicht verändert. Sie hatte fast immer die gleichen Plätzchen gebacken, die ich an diesem Abend machen wollte, und mir das Rezept beigebracht. Doch wenn sie diese Plätzchen buk, trug sie ihre Rollschuhe und sauste graziös durch ihre Küche. Mit ihren wunderschönen Geschichten über Prinzen und Ballerinen brachte sie mich zum Lachen und manchmal auch zum Weinen.

Sie nahm mich das erste Mal mit ins Ballett, und ich hatte mir nichts sehnlicher gewünscht, als mit ihr zu tanzen. Doch es gab in der Gegend von Vermont, in der wir lebten, keine Ballettschule, und meine Mutter wollte nicht, dass sie es mir beibrachte. Sie hatte es ein oder zwei Mal in ihrer Küche versucht, aber meine Mutter hielt es für wichtiger, Hausaufgaben zu machen und meinem Vater mit den beiden Kühen zu helfen, die er im Stall hielt. Im Gegensatz zu Granny Dan besaß meine Mutter nicht viel Phantasie. In meiner Kindheit gab es keinen Platz für Tanz oder Musik. Die Magie und das Geheimnisvolle, die Anmut und die Kunst und die Neugier, über den eigenen Tellerrand zu schauen, das alles brachte Granny Dan in mein Leben, während ich stundenlang in ihrer Küche saß und ihr zuhörte.

Sie trug immer Schwarz. Sie schien einen endlosen Vorrat an abgetragenen schwarzen Kleidern und lustigen Hüten zu besitzen. Sie war ordentlich und sehr genau und besaß eine natürliche Eleganz, aber sie hatte nie eine besonders aufregende Garderobe gehabt.

Ihr Mann, mein Großvater, war an einer Grippe gestorben, die sich zu einer Lungenentzündung entwickelte, als ich noch ein Kind war. Mit zwölf fragte ich sie, ob sie ihn geliebt habe ... ob sie ihn *richtig* geliebt habe. Sie blickte mich überrascht an und schenkte mir dann ein

Lächeln. Sie zögerte einen Moment, bevor sie mir antwortete.

»Natürlich habe ich das«, sagte sie mit ihrem sanften russischen Akzent. »Er war sehr gut zu mir. Er war ein guter Mann.« Das hatte ich eigentlich nicht wissen wollen. Ich wollte wissen, ob sie verrückt nach ihm war, so wie einer der Prinzen in den Geschichten, die sie mir immer erzählte.

Mein Großvater war mir nie sonderlich gut aussehend erschienen, und er war erheblich älter als sie gewesen. Auf den Fotos, die ich gesehen hatte, ähnelte er mit seiner ernsten und ein wenig strengen Miene meiner Mutter. Auf den alten Bildern lächelten die Menschen nie, und es sah häufig so aus, als sei es eine schmerzhafte Angelegenheit gewesen, diese Aufnahmen zu machen. Ich konnte ihn mir nur schwer an ihrer Seite vorstellen. Er war fünfundzwanzig Jahre älter als sie. Sie lernte ihn kennen, als sie 1917 nach Amerika kam. Anschließend arbeitete sie in seiner Bank. Er hatte Jahre zuvor seine Frau verloren, war kinderlos und hatte nicht wieder geheiratet. Granny Dan erzählte mir, er sei sehr einsam gewesen, als sie ihn kennen lernte, und er sei sehr gütig zu ihr gewesen, doch sie ging nie genauer darauf ein. Sie muss damals sehr schön gewesen sein, und er hatte sich vermutlich nicht gegen ihren Zauber wehren können. Sie heirateten sechzehn Monate nach ihrer ersten Begegnung, und ein Jahr später wurde meine Mutter geboren. Diese blieb jedoch das einzige Kind. Er war ganz vernarrt in meine Mutter, vermutlich, weil sie ihm so ähnlich war. All das war mir bekannt, doch was ich nicht wusste, jedenfalls nicht genau, waren die Dinge, die vorher geschehen waren. Wer Granny Dan in ihrer Jugend war und woher genau sie stammte und was sie nach Amerika geführt hatte. Als Kind waren mir die historischen Fakten unbedeutend erschienen.

Ich wusste, dass sie als Ballerina in Sankt Petersburg getanzt hatte und dem Zaren begegnet war, aber meiner Mutter gefiel es nicht, wenn sie mir davon erzählte. Sie behauptete, es würde mir Flausen über fremde Menschen und Orte in den Kopf setzen, die ich nie zu Gesicht bekommen würde, und meine Großmutter respektierte die Wünsche ihrer Tochter. Also redeten wir über die Menschen in Vermont, die Orte, an denen ich gewesen war, und die Dinge, die ich in der Schule tat. Doch wenn wir auf dem See Schlittschuhlaufen gingen, trat manchmal einen Moment lang ein verträumter Ausdruck in ihre Augen, und ich wusste, dass sie an Russland und die Menschen dachte, die sie dort gekannt hatte. Es spielte keine Rolle, was sie sagte oder für sich behielt, denn diese Menschen waren immer noch ein großer Teil von ihr. Ein Teil, den ich liebte und den ich kennen lernen wollte. Ein Teil, das spürte ich ganz deutlich, der ihr immer noch sehr wichtig war, obschon sie diese Menschen vor über fünfzig Jahren zurückgelassen hatte. Ich wusste, dass ihre ganze Familie, ihr Vater und ihre vier Brüder, im Krieg und während der Revolution im Kampf für den Zaren gestorben waren. Granny Dan war nach Amerika gekommen und hatte sich in Vermont ein neues Leben aufgebaut, ohne sie je wieder zu sehen. Aber dennoch waren diese geliebten Menschen stets ein

Teil von ihr geblieben, verwoben mit ihrem Sein und ihrem Schicksal. Und diesen Teil konnte sie nicht leugnen, auch wenn sie ihn vor uns verbarg.

Eines Tages fand ich ihre Spitzenschuhe auf dem Dachboden, als ich dort nach einem ihrer alten Kleider suchte, das ich in einer Schulaufführung tragen wollte. Sie lagen einfach dort in einem offenen Koffer unter dem Dach. Sie waren abgetragen und wirkten winzig in meiner Hand. Die abgenutzten Spitzen schienen eine eigene Magie zu besitzen, als ich vorsichtig den Satin berührte, und später fragte ich sie danach.

»Oh«, sagte sie, und im ersten Moment schien sie überrascht. Dann lachte sie und wirkte plötzlich ganz jung. »Ich habe sie an dem Abend getragen, als ich das letzte Mal im Mariinski in Sankt Petersburg tanzte ... Die Zarin war dort ... und die Großfürstinnen.« Diesmal vergaß sie, sich wegen ihrer Worte schuldig zu fühlen. »Wir haben *Schwanensee* getanzt«, sagte sie und war in Gedanken ganz weit weg. »Es war eine wunderschöne Vorstellung. Ich wusste damals nicht, dass es meine letzte sein würde ... ich weiß auch nicht, warum ich die Schuhe behalten habe. Liebes, das ist alles so lange her.« Sie schien die Tür zu ihren Erinnerungen zu schließen und reichte mir eine Tasse Kakao mit einer dicken Haube aus Schlagsahne, Schokoladenraspeln und Zimtpulver.

Ich wollte ihr noch weitere Fragen über das Ballett stellen, aber sie verschwand für eine Weile und kehrte mit ihrer Stickerei zurück, während ich in ihrer Küche meine Hausaufgaben machte. An diesem Abend bekam ich keine Gelegenheit mehr dazu, und auch später kamen wir nicht mehr darauf zu sprechen. Und schließlich vergaß ich es. Ich wusste, dass sie Ballett getanzt hatte, aber es fiel mir schwer, sie mir als Primaballerina vorzustellen. Sie war meine Großmutter, Granny Dan, die einzige Großmutter in der Stadt mit eigenen Rollschuhen. Sie trug sie ganz stolz zu einem ihrer schlichten schwarzen Kleider, und wenn sie in die Stadt musste, vor allem zur Bank, dann trug sie stets Hut und Handschuhe und ihre Lieblingsohrringe und sah aus, als hätte sie etwas sehr Wichtiges zu erledigen. Sogar wenn sie mich in ihrem uralten Wagen von der Schule abholte, wirkte sie sehr würdevoll und schien sich furchtbar zu freuen, mich zu sehen. Es war so einfach, in ihr nur das zu sehen, was sie zu unserer Zeit war, statt sich an das zu erinnern, was sie einst gewesen war. Inzwischen weiß ich, dass sie nicht gewollt hat, dass wir uns daran erinnern. Sie war eine andere geworden; die Witwe meines Großvaters, die Mutter meiner Mutter und meine Großmutter, die russische Plätzchen buk. Alles, was darüber hinausging, hätte unsere kühnsten Träume und Vorstellungen überstiegen.

Ich fragte mich, ob Granny Dan nachts wach lag, an die Vergangenheit dachte und sich daran erinnerte, wie es war, *Schwanensee* für die Zarin und deren Töchter zu tanzen? Ob sie sich zurücksehnte? Oder hatte sie all das Jahre zuvor hinter sich gelassen und war nun dankbar für das Leben, das sie mit uns allen in Vermont führte? Ihr altes und ihr neues Leben unterschieden sich wie Tag und Nacht. Der Unterschied war sogar so groß, dass wir alle ganz leicht ihre Vergangenheit vergessen und glauben konnten, dass sie inzwischen ein anderer Mensch war als der, den sie scheinbar in Russland zurückgelassen hatte. Und all die Jahre, in denen wir sie kannten, ließ sie uns gewähren. Im Gegenzug erlaubten wir ihr, das Geschehene ebenfalls zu vergessen. Vielleicht zwangen wir sie auch dazu, eine Person zu sein, mit der wir bequemer leben konnten. In meinen Augen war sie nie eine junge Frau gewesen. In den Augen meiner Mutter war sie nie eine schöne und glamouröse Ballerina gewesen. Und in den Augen ihres Mannes war sie nie etwas anderes gewesen als die Frau an seiner Seite. Er wollte nicht einmal etwas über ihren Vater und ihre Brüder hören. Ihre Familie gehörte einer Welt an, der er sie nicht länger überlassen wollte. Vielleicht wollte er nicht einmal, dass sie sich daran erinnerte.

Sie war sein, bis er starb und sie uns überließ. Aber sie gehörte viel mehr mir als meiner Mutter, denn die beiden standen sich nie sonderlich nah. Doch für mich war sie stets die geliebte Großmutter, die mir alles bedeutete ... deren Phantasie mich zu dem machte, was ich heute bin, und deren Visionen mir den Mut gaben, Vermont zu verlassen. Ich zog nach dem College nach New York, nahm eine Stelle in einer Werbeagentur an, heiratete schließlich und bekam drei Kinder. Ich bin mit einem guten Mann verheiratet, liebe mein Leben und habe seit sieben Jahren nicht mehr gearbeitet. Ich werde eines Tages wieder in meinen Beruf zurückkehren, wenn die Kinder etwas älter sind und mich zu Hause nicht mehr so sehr brauchen. Wenn ich nicht mehr das Gefühl habe, ich müsste bei ihnen sein und mit ihnen Plätzchen backen.

Wenn ich alt bin, möchte ich so sein wie Granny Dan. Ich will in meiner Küche Rollschuhe tragen und Eislaufen gehen. Ich möchte meine Kinder und Enkelkinder zum Lächeln bringen, und sie sollen sich an die Dinge erinnern, die ich für sie getan habe. Ich möchte, dass sie sich an die Weihnachtsplätzchen erinnern, daran, wie wir zusammen den Weihnachtsbaum geschmückt haben, und an die heiße Schokolade, die ich genauso zubereite wie meine eigene Großmutter, während die Kinder ihre Hausaufgaben machen. Ich möchte, dass ihnen mein Leben etwas bedeutet, und ich möchte, dass die Zeit, die ich mit ihnen verbringe, in ihnen etwas bewirkt. Aber ich möchte auch, dass sie wissen, wer ich war und warum ich hierher kam, und dass ich ihren Vater sehr liebe.

In meinem Leben gibt es keine Geheimnisse, keine Geschichten im Verborgenen, keine Siege wie die Granny Dans und kein *Schwanensee* in den letzten Stunden des zaristischen Russland. Ich kann nicht einmal annähernd ahnen, wie ihr Leben verlaufen sein muss, oder wie viel sie aufgegeben hat, als sie nach Amerika kam. Ich kann mir nicht vorstellen, wie es gewesen sein muss, niemals von der Vergangenheit zu sprechen und all die Menschen zu verlieren, die man liebt. Ich kann mir nicht vorstellen, an einen Ort wie Vermont zu ziehen, wenn man aus Russland stammt. Und ich wünschte, ich wüsste, warum sie nicht häufiger mit mir darüber gesprochen hat. Vielleicht, weil wir nicht wollten, dass sie Danina Petroskova ist, sondern sie nur als Granny Dan,

Mutter, Frau und Großmutter akzeptierten. Es war einfacher für uns, denn so gab es nichts, mit dem wir konkurrieren mussten. Wir mussten nicht das Gefühl haben, geringer zu sein als sie oder ihr früheres Leben. Ohne zu wissen, wer sie einmal war, mussten wir nicht ihren Schmerz oder ihren Kummer oder Verlust kennen lernen oder mitfühlen. Doch wenn ich jetzt an sie denke, wünschte ich, ich hätte mehr über sie gewusst. Ich wünschte, ich hätte sie damals sehen und mit ihr dort sein können.

Ich legte das Paket beiseite, während ich mit Jeff und Matthew die Weihnachtsplätzchen buk und mich von oben bis unten mit grünen und roten Zuckerstreuseln bekleckerte. Und anschließend machte ich zusammen mit Katie die kleinen Kuchen, und es gelang ihr dabei, sich selbst, mich und die ganze Küche mit Glasur zu beschmieren.

Es war schon spät, als ich schließlich alle ins Bett gebracht hatte und Jack mich aus Chicago anrief. Er hatte einen langen Tag hinter sich, aber seine Besprechungen waren gut verlaufen. Bis zu diesem Moment hatte ich das Paket völlig vergessen und erinnerte mich erst wieder daran, als ich nach Mitternacht in die Küche ging, um mir etwas zu trinken zu holen. Es lag immer noch auf der Fensterbank, überzogen mit einer dünnen Schicht bunter Streusel, und an der Schnur klebte etwas Kuchenteig.

Ich nahm den Karton hoch, wischte ihn ab und setzte mich mit ihm an den Küchentisch. Ich brauchte einige Minuten, um die Schnur aufzuknoten und das Paket zu öffnen. Es kam aus dem Pflegeheim, in dem Granny Dan ihr letztes Jahr verbracht hatte. Ich hatte bereits all ihre Sachen abgeholt, als ich dort nach der Beerdigung vorbeigefahren war, um allen Mitarbeitern zu danken. Die meisten ihrer Sachen waren sehr abgetragen, und es gab nicht viel, was sich aufzubewahren lohnte, abgesehen von den unzähligen Bildern der Kinder und einem kleinen Stapel Bücher. Ich behielt einen Band mit russischen Gedichten, den sie sehr geliebt hatte, und überließ den Schwestern den Rest. Ansonsten nahm ich nur mit, was ihr wichtig gewesen war; ihren Ehering, die goldene Uhr, die ihr mein Großvater vor ihrer Hochzeit geschenkt hatte, und ein Paar Ohrringe. Sie hatte mir einmal erzählt, dass die Uhr das erste Geschenk meines Großvaters war. Er hatte ihr nur selten Geschenke wie Schmuckstücke oder kleine Aufmerksamkeiten gemacht, sie jedoch mit allem Notwendigen versorgt. Es gab noch ein altes Bettjäckchen aus Spitze, das ich ebenfalls mitnahm und in meinen Kleiderschrank legte. Alles andere hatte ich weggegeben, und so konnte ich mir nicht vorstellen, was das Paket enthielt.

Als ich das Papier zurückschlug, kam eine große viereckige Schachtel zum Vorschein, die ungefähr die Größe einer Hutschachtel besaß. Als ich sie hochhob, spürte ich, wie schwer sie war. Der beiliegende Brief besagte, dass sie die Schachtel oben in Granny Dans Schrank gefunden hatten und ganz sichergehen wollten, dass ich sie bekam. Und als ich neugierig den Deckel abnahm und den Inhalt sah, stockte mir der Atem. Sie sahen genauso aus, wie ich sie in Erinnerung hatte. Die Spitzen abgenutzt und ein wenig zerfranst und die Bänder, die sie um ihre Knöchel gewickelt hatte, verblasst und ausgewaschen. Es waren ihre Spitzenschuhe, die ich Jahre zuvor in einem Koffer auf ihrem Dachboden entdeckt hatte. Das letzte Paar, das sie getragen hatte, bevor sie Russland verließ. In der Schachtel befanden sich noch andere Dinge, unter anderem ein goldenes Medaillon mit dem Foto eines Mannes. Er trug einen sauber gestutzten Bart und sah auf eine ernsthafte und altmodische Art und Weise sehr gut aus. Seine Augen ähnelten ihren und schienen mich nach all den Jahren aus der Fotografie anzulächeln, obwohl seine Miene gar nicht zu einem Lächeln verzogen war. Ich fand noch weitere Aufnahmen von Männern in Uniformen, und ich vermutete, dass sie ihren Vater und ihre Brüder darstellten. Einer der Jungen sah ihr unglaublich ähnlich. Schließlich entdeckte ich ein kleines Porträtfoto ihrer Mutter, das ich, glaube ich, schon einmal gesehen hatte. Und dort lag das Programmheft ihrer letzten Aufführung, *Schwanensee*, und eine Fotografie von einer Gruppe lächelnder Tänzerinnen. Die Augen und das Gesicht der jungen Schönheit in der Mitte hatten sich in all den Jahren nicht verändert, und es war unschwer zu erkennen, dass es sich um Danina handelte. Sie sah umwerfend schön und sehr, sehr glücklich aus. Sie lachte in die Kamera, und die anderen Frauen schauten sie voller Zuneigung und Bewunderung an.

Ganz unten in der Schachtel befand sich ein dickes Bündel Briefe. Ich sah sofort, dass sie in Russisch geschrieben waren und eine ordentliche elegante Handschrift trugen, die männlich und intelligent wirkte. Die zahlreichen Briefe waren mit einem ausgeblichenen blauen Band zusammengebunden. Plötzlich wusste ich, dass ich die Antwort auf meine Fragen in der Hand hielt, all die Geheimnisse, die sie seit dem Verlassen Russlands niemandem erzählt hatte. In der Schachtel befanden sich so viele lächelnde Gesichter, so viele Menschen, die sie einst geliebt und für ein Leben verlassen hatte, das nicht ungewohnter für sie hätte sein können.

Ich hielt ihre Spitzenschuhe in den Händen und strich sanft über den brüchigen Stoff, während ich an sie dachte. Wie tapfer sie gewesen war und wie stark. Sie hatte so viel zurückgelassen. Ich fragte mich, ob noch jemand von ihnen am Leben war, ob Danina ihnen ebenso wichtig gewesen war und ob sie noch Bilder von ihr besaßen. Und ich dachte stumm über den Mann nach, der ihr diese Briefe geschrieben hatte. Was er ihr wohl bedeutet hatte und was aus ihm geworden war? Doch schon die sorgfältig gebundene Schleife und die Tatsache, dass sie das Bündel über ein halbes Jahrhundert aufbewahrt und mit in das Pflegeheim genommen hatte, verrieten mir, ohne sie gelesen zu haben, dass er ihr sehr, sehr viel bedeutet hatte. Und die Anzahl der Briefe verriet mir weiterhin, dass er sie ebenfalls sehr geliebt haben musste.

Lange bevor sie zu mir gekommen war, hatte sie ein anderes Leben geführt. Ein aufregendes und glamouröses Leben voller Magie, das sich völlig von ihrem Leben in Vermont unterschied. Ich dachte daran, wie streng mein Großvater auf den Fotos aussah, und hoffte, dass der Mann aus den Briefen sie glücklich gemacht und geliebt hatte. Sie hatte sein Geheimnis mit ins Grab genommen und nun am mich weitergegeben ... zusammen mit den Spitzenschuhen, dem Programm von *Schwanensee* und seinen Briefen.

Ich betrachtete noch einmal sein Bild in dem Medaillon, denn ich wusste instinktiv, dass die Briefe von diesem Unbekannten stammten. Und wieder einmal brannten tausend Fragen in mir, die mir niemand beantworten konnte. Ich überlegte sofort, die Briefe übersetzen zu lassen, um zu erfahren, was sie enthielten. Gleichzeitig spürte ich, dass dieser Schritt ein Eindringen in ihre Intimsphäre wäre, auch wenn er die Geheimnisse lüftete, die in den Briefen verborgen lagen. Sie hatte sie mir nicht gegeben, sondern sie nur zurückgelassen. Aber da ich wusste, wie nah wir uns gestanden hatten, hoffte ich, dass sie keine Einwände haben würde. Wir waren verwandte Seelen gewesen. Sie hatte mir unzählige Erinnerungen hinterlassen, Erinnerungen an miteinander verbrachte Momente, an gemeinsam unternommene Dinge und an die Legenden und Märchen aus ihren Erzählungen. Vielleicht hatte sie nichts dagegen, wenn sie nun auch diese Geschichte mit mir teilte. Zumindest hoffte ich das. Der aufregende Fund der Briefe und der Fotografien begann in mir zu brennen wie eine Flamme, die ich nicht herunterdrehen konnte. Es gab kein Entrinnen mehr vor der Wahrheit, die sie ein Leben lang verborgen hatte.

In meinen Augen war sie immer alt gewesen, *meine* Granny Dan. Aber in einer anderen Zeit, an einem anderen Ort, hatte sie getanzt, gelacht und geliebt. Sie hatte mir nur einen flüchtigen Einblick in diese Welt hinterlassen, um mich daran zu erinnern, dass sie einmal jung gewesen war. Und als mir das klar wurde, betrachtete ich noch einmal das lächelnde Gesicht der jungen Ballerina auf der Fotografie. Eine sehnsüchtige Träne rollte über meine Wange, während ich lächelnd den verblassten rosafarbenen Spitzenschuh in der Hand hielt, den sie mir hinterlassen hatte. Als der alte rosafarbene Satinstoff meine Wange berührte, blickte ich auf die Briefbündel hinunter und hoffte, dass ich nun endlich ihre Geschichte erfahren würde. Doch ich spürte mit meinem ganzen Wesen, dass es unendlich viel zu erzählen gab.

Kapitel 1

Danina Petroskova wurde 1895 in Moskau geboren. Ihr Vater war Offizier im Litowskij-Regiment, und sie hatte noch vier groß gewachsene, gut aussehende Brüder. Wenn diese zu Besuch nach Hause kamen, trugen sie ihre Uniformen und brachten ihrer kleinen Schwester Süßigkeiten mit. Der jüngste von ihnen war zwölf Jahre älter als Danina. Wenn sie zu Hause waren, sangen und spielten sie mir ihr und veranstalteten einen ziemlichen Lärm. Sie liebte es, wenn sie mit ihr herumtollten und sie abwechselnd auf ihren starken Schultern reiten ließen. Es war sowohl für Danina als auch für alle anderen ganz offensichtlich, dass ihre Brüder sie vergötterten.

Von ihrer Mutter waren Danina nur deren sanftes Wesen und der liebevolle Blick in Erinnerung geblieben. Sie benutzte ein Parfüm, das nach Lilien duftete, und erzählte ihr abends zuerst lange wundervolle Geschichten über ihre eigene Kindheit und sang sie anschließend in den Schlaf. Ihre Mutter lachte viel, und Danina liebte sie sehr. Als sie an Typhus starb, war Danina fünf Jahre alt. Danach veränderte sich ihr ganzes Leben.

Ihr Vater hatte nicht die leiseste Vorstellung, was er mit ihr anfangen sollte. Es war ihm unmöglich, sich um ein Kind zu kümmern, ganz zu schweigen von einem Mädchen. Er und seine Söhne dienten in der Armee, also stellte er eine Frau an, die sich um Danina kümmern sollte. Es folgte eine ganze Reihe solcher Frauen, und nach zwei Jahren wusste er, dass es so nicht mehr weitergehen konnte. Er musste eine andere Lösung für Danina finden. Und er fand eine in seinen Augen perfekte Lösung. Er fuhr nach Sankt Petersburg, um die nötigen Vorkehrungen zu treffen. Er war sehr beeindruckt, als er mit Madame Markova sprach. Sie war eine bemerkenswerte Frau, und die Ballettschule und die Compagnie, die sie leitete, würden Danina nicht nur ein Zuhause bieten, sondern auch ein nützliches Leben und eine Zukunft, auf die sie bauen konnte. Sollte sich herausstellen, dass Danina echtes Talent besaß, stand es ihr offen, bei ihnen zu bleiben, solange sie tanzen konnte. Es war ein anstrengendes Leben, das ihr große Opfer abverlangen würde, aber seine Frau hatte das Ballett geliebt, und er spürte tief in seinem Herzen, dass Daninas Mutter mit seiner Lösung einverstanden gewesen wäre. Es würde ihn viel Geld kosten, seine Tochter dort unterzubringen, aber er spürte, dass dieses Opfer es wert war. Vor allem, wenn sie eine große Tänzerin würde, was er für sehr wahrscheinlich hielt. Sie war ein ungewöhnlich anmutiges kleines Mädchen.

Daninas Vater und zwei ihrer Brüder brachten sie im April nach ihrem siebten Geburtstag nach Sankt Petersburg. Es lag immer noch Schnee, und als sie zu ihrem neuen Zuhause aufblickte, zitterte sie am ganzen Körper. Sie hatte fürchterliche Angst und wollte nicht, dass sie sie hier zurückließen. Doch sie würden sich weder durch Worte noch durch Taten davon abbringen lassen. Sie hatte ihren Vater bereits in Moskau angefleht, sie nicht zum Ballett zu schicken. Doch er hatte geantwortet, dass es ein großes Geschenk für sie sei, eine Chance, die ihr ganzes Leben verändern werde. Und dass sie einmal eine große Ballerina sein und dankbar sein werde, dass sie dorthin gegangen war.

Aber an jenem schicksalhaften Tag konnte sie sich nichts davon vorstellen. Sie konnte nicht an das Leben denken, das vor ihr lag, sondern nur an das geliebte Leben, das sie verloren hatte. Sie stand mit ihrem kleinen Koffer in der Hand vor dem prächtigen Gebäude, als eine ältere Frau die Tür öffnete. Sie führte sie einen dunklen Korridor entlang, und Danina konnte in der Ferne wütendes Rufen, Musik und Stimmen hören, und schließlich das beängstigende Dröhnen eines Gegenstandes, der laut auf den Boden klopfte. All die Geräusche um sie herum waren unheimlich und seltsam und die Korridore, die sie entlanggingen, dunkel und kalt. Schließlich erreichten sie das Büro, in dem Madame Markova auf sie wartete. Sie war eine Frau mit dunklem Haar, das sie zu einem strengen Knoten zusammengefasst trug. Sie hatte ein leichenblasses, glattes Gesicht und elektrisierende blaue Augen, die durch einen hindurchzusehen schienen. Danina hätte bei ihrem Anblick am liebsten geweint, aber sie getraute sich nicht, so groß war ihre Angst.

»Guten Morgen, Danina«, sagte Madame Markova streng. »Wir haben schon auf dich gewartet«, fuhr sie fort, und ihre Worte klangen in den Ohren des Kindes wie die des Teufels an den Pforten zur Hölle. »Du wirst sehr hart arbeiten müssen, wenn du bei uns leben möchtest«, warnte Madame Markova sie, als Danina mit einem großen Kloß in der Kehle nickte. »Hast du das verstanden?« Sie sprach sehr deutlich, und Danina blickte mit schreckerfüllten Augen zu ihr auf. »Lass mich dich ansehen«, sagte die Ballettmeisterin. Sie kam um den Tisch herum, und Danina sah, dass sie einen langen schwarzen Rock, ein Trikot und eine kurze schwarze Jacke trug. Ihre ganze Kleidung hatte die Farbe ihres Haars. Madame musterte Daninas Beine und zog dann den Rock des Mädchens hoch, um sie besser begutachten zu können. Sie schien zufrieden mit dem zu sein, was sie sah. Sie richtete ihren Blick auf Daninas Vater und nickte. »Wir werden Sie wissen lassen, wie sich Ihre Tochter macht, Oberst. Wie ich Ihnen bereits sagte, ist das Ballett nicht für jeden das Richtige.«

»Sie ist ein gutes Kind«, sagte er sanft, und beide Brüder lächelten stolz.

»Sie können sich nun verabschieden«, sagte Madame Markova, da sie sah, dass das Kind jeden Augenblick in Panik ausbrechen würde. Die drei Männer küssten Danina, während Tränen über ihr Gesicht strömten. Und dann ließen sie sie auch schon mit einer Frau zurück, die von nun an ihr Leben bestimmen würde. Nach dem Aufbruch der Männer herrschte völliges Schweigen im Raum, da weder die Lehrerin noch das Mädchen auch nur ein Wort sprachen. Nur Daninas unterdrücktes Schluchzen war zu hören.

»Du wirst es mir jetzt nicht glauben, mein Kind, aber du wirst hier glücklich sein. Eines Tages wird dies das einzige Leben sein, das du kennst oder zu führen wünschst.« Danina musterte sie misstrauisch, und dann stand Madame Markova auf, trat hinter ihrem Schreibtisch hervor und streckte ihr eine lange, elegante Hand entgegen. »Komm, wir sehen den anderen zu.« Sie hatte bereits zuvor Kinder in diesem frühen Alter aufgenommen, und um ehrlich zu sein, zog sie es vor, wenn sie so jung zu ihr kamen. Wenn ein Kind das Talent besaß, dann war dies der einzige Weg, es richtig auszubilden und den Tanz zum Mittelpunkt seiner Welt und zum einzigen Streben in seinem Leben zu machen. Und etwas an diesem Kind machte sie neugierig, denn in seinen Augen lagen ein gewisses Leuchten und auch Weisheit. Danina strahlte Magie und Phantasie aus, und während sie Hand in Hand die langen, kalten Korridore entlanggingen, lächelte die Ältere der beiden unbemerkt.

Sie schauten sich jede Klasse eine Weile an, und sie fingen bei den Schülern an, die bereits auf der Bühne auftraten. Madame Markova wollte Danina vor Augen führen, wonach sie streben musste, wollte ihr zeigen, wie aufregend das Ballett, der perfekte Stil und die Disziplin sein konnten. Von dort aus gingen sie zu den jüngeren Tänzern, die ebenfalls bemerkenswertes Können zeigten und sie ebenfalls inspirieren würden. Und zum Schluss machten sie Halt bei der Klasse, in der Danina unterrichtet werden würde. Während sie den Schülern zusah, konnte sich Danina nicht einmal annähernd vorstellen, mit ihnen mitzuhalten, und sie zuckte erschrocken zusammen, als Madame Markova mit einem Stock, den sie nur zu diesem Zweck mit sich herumtrug, fest auf den Boden klopfte.

Die Lehrerin machte der Klasse ein Zeichen, das Training zu unterbrechen, und Madame Markova stellte Danina allen vor. Sie erklärte den Schülern, dass sie aus Moskau gekommen war, um mit ihnen in der Schule zu leben. Nun war sie die jüngste Schülerin, und auch die kindlichste. Die anderen umgab die strenge Aura der Disziplin, die sie älter erscheinen ließ, als sie tatsächlich waren. Der jüngste unter den anderen Schülern war ein neunjähriger Junge aus der Ukraine, und Danina war erst sieben. Es gab ein paar Mädchen, die beinah zehn waren, und eines, das bald elf wurde. Sie tanzten bereits seit zwei Jahren, und Danina würde hart arbeiten müssen, um sie einzuholen. Doch als sie sie anlächelten und sich ihr vorstellten, zeichnete sich ein schüchternes Lächeln auf Daninas Gesicht ab. Es ist, als hätte ich viele Schwestern, statt nur vier Brüder, dachte sie plötzlich. Und als die Mädchen ihr nach dem Essen den Schlafsaal und ihr schmales, hartes Bett zeigten, fühlte sie sich bereits wie eine von ihnen.

Als sie an diesem Abend im Bett lag, dachte sie an ihren Vater und ihre Brüder. Sie begann zu weinen, weil sie ihre Familie vermisste, doch das Mädchen neben ihr hörte sie und kam zu ihr, um sie zu trösten. Schon bald saßen auch andere an ihrem Bett und erzählten ihr Geschichten von Balletten und wunderbaren Zeiten, die sie miteinander erlebt hatten, von ihren Auftritten in *Coppélia* und *Schwanensee*, und von dem Zaren und der Zarin, die zu den Aufführungen gekommen waren. Es klang alles so aufregend, dass Danina ihnen gebannt zuhörte und ihr Unglück vergaß. Und schließlich fiel sie, noch während sie ihr erzählten, wie glücklich sie bei ihnen sein würde, in einen tiefen Schlaf.

Am nächsten Morgen weckten ihre Kameradinnen sie um fünf Uhr auf und gaben ihr das erste Trikot und die ersten Ballettschuhe. Sie frühstückten jeden Morgen um halb sechs, und gegen sechs Uhr waren sie in ihren Klassenzimmern, um sich aufzuwärmen. Als es Zeit für das Mittagessen war, war sie bereits eine von ihnen. Madame Markova kam mehrmals vorbei, um nach ihr zu sehen, und beobachtete sie anschließend jeden Tag während des Unterrichts. Sie wollte ihre Entwicklung genauestens im Auge behalten und dafür sorgen, dass sie zuerst die Grundlagen lernte, bevor sie zu tanzen begann. Sie erkannte sofort, dass das kleine Vögelchen, das ihnen aus Moskau zugeflogen war, ein erstaunlich graziles Kind mit dem idealen Körper für eine Tänzerin war. Sie war wie geschaffen für das Leben, das ihr Vater für sie gewählt hatte. Und schon bald wurde Madame Markova und auch den anderen Lehrern klar, dass das Schicksal sie zu ihnen geführt hatte. Danina Petroskova war die geborene Tänzerin.

Wie Madame Markova es ihr bereits zu Anfang prophezeit hatte, zeichnete sich Daninas Leben nun durch Strenge, zermürbende, harte Arbeit und Opfer aus, die ihr Tag für Tag mehr abverlangten, als sie jemals für möglich gehalten hätte. Aber in den ersten drei Jahren, die sie in der Ballettschule verbrachte, zögerte sie nie oder schwankte in ihrer Entschlossenheit. Zu diesem Zeitpunkt war sie zehn, lebte nur für den Tanz und strebte unentwegt nach Perfektion. Ihre Tage waren vierzehn Stunden lang und spielten sich beinah ausschließlich im Ballettsaal ab. Unermüdlich und voller Entschlossenheit versuchte sie immer wieder, das zuvor Erlernte zu übertreffen. Madame Markova war sehr zufrieden mit ihr, und das teilte sie Daninas Vater stets mit, wenn sie ihn sah. Er besuchte Danina mehrmals im Jahr und war mit ihren Fortschritten ebenso zufrieden wie ihre Lehrer.

Als er ihre erste große Darbietung auf der Bühne sah, war sie vierzehn. Sie hatte die Rolle des Mädchens in *Coppélia*, das mit Franz die Mazurka tanzt. Zu diesem Zeitpunkt war sie ein vollwertiges Mitglied der Compagnie und keine Schülerin mehr, was ihren Vater sehr erfreute. Es war eine wunderschöne Vorstellung, und Danina war atemberaubend in ihrer Präzision, ihrer Eleganz und der schieren Ausdruckskraft ihres Talents. Ihr Vater hatte Tränen in den Augen, während er ihr zusah, und als sie ihn nach der Vorstellung hinter der Bühne traf, traten ihr ebenfalls die Tränen in die Augen. Es war die aufregendste Nacht ihres Lebens, und sie wollte ihm unbedingt dafür danken, dass er sie sieben Jahre zuvor an diesen Ort gebracht hatte. Sie hatte inzwischen die

Hälfte ihres Lebens beim Ballett verbracht, und es war das einzige Leben, das sie kannte und wollte.

Ein Jahr später tanzte sie die Rolle der Fliederfee in *Dornröschen*, und mit sechzehn gab sie eine wunderbare Vorstellung in *La Bayadère*. Mit siebzehn wurde sie Primaballerina und tanzte so atemberaubend in *Schwanensee*, dass niemand, der sie gesehen hatte, sie je wieder vergessen würde. Madame Markova wusste, dass sie noch eine gewisse Reife missen ließ, dass sie noch wenig von der Welt gesehen hatte und nichts vom Leben wusste, doch ihre Technik und ihr Stil waren so außergewöhnlich, dass ihre Darbietungen einem den Atem nahmen und sie weit über die anderen stellten.

Die Zarin war zu diesem Zeitpunkt sehr wohl auf sie aufmerksam geworden, und das Gleiche galt für ihre Töchter. Mit neunzehn tanzte Danina bei einer Privatvorstellung für den Zaren im Winterpalast. Das war im April 1914. Im Mai wurde sie eingeladen, für die Familie auf dem Peterhof-Anwesen zu tanzen, und im Anschluss dinierte sie mit ihnen in den kaiserlichen Privatgemächern, zusammen mit Madame Markova und anderen Solisten, die bei der Vorführung mitgewirkt hatten. Es war für sie eine ungeheure Belohnung und eine Ehre, die ihr mehr bedeutete als alles andere. Von dem Zaren und der Zarin bemerkt zu werden war die höchste Auszeichnung, das einzige Lob, nach dem sie sich wirklich gesehnt hatte, und sie stellte einen schmalen Rahmen mit einem Bild der Zarenfamilie neben ihr Bett. Es hatte ihr eine besondere Freude gemacht, der Großfürstin Olga zu begegnen, da diese nur wenige Monate jünger als Danina war. Und Danina war ganz bezaubert von dem Großfürsten, der zu diesem Zeitpunkt erst neun Jahre alt war und Danina, wie jeder, der sie sah, für sehr hübsch hielt.

Danina reifte immer mehr heran und verfügte nun über eine seltene Grazie, Sanftheit und Ausgeglichenheit. Außerdem war sie ein wenig schelmisch und besaß einen wunderbaren Sinn für Humor. Es war nicht überraschend, dass der Großfürst sie so mochte. Er war sehr zart und schon immer krank gewesen. Doch trotz seiner Zerbrechlichkeit neckte sie ihn und behandelte ihn ganz normal, und ihm gefiel das außerordentlich. Er war ein selten weises, seelenvolles Kind und sprach mit sehr viel Sehnsucht über das, was sie tat. Sie erschien ihm so stark und gesund.

Danina versprach, dass Alexej ihr eines Tages beim Training zusehen durfte, wenn Madame Markova es erlaubte. Doch sie konnte sich nicht vorstellen, dass Madame einem so wichtigen Besucher diese Gunst verwehren würde, wenn es seine Gesundheit und seine Ärzte erlaubten. Wegen seiner Bluterkrankheit hielt sich immer einer seiner beiden Ärzte in seiner Nähe auf, um zu verhindern, dass er Opfer eines Unfalls wurde. Danina empfand Mitleid mit dem Jungen, da er so krank und unerträglich zerbrechlich wirkte, und doch strahlte er Wärme und Güte und Liebenswürdigkeit aus. Und die Zarin war sehr gerührt, als sie beobachtete, wie liebevoll Danina mit ihrem Sohn umging.

Dies führte dazu, dass Madame Markova im Sommer eine Einladung der Zarin erhielt, eine Woche nach Liwadija, dem kaiserlichen Sommerpalast auf der Krim, zu reisen und Danina mitzubringen. Es war eine ungeheure Ehre, und dennoch zögerte Danina, sie anzunehmen. Sie konnte den Gedanken nicht ertragen, ihren Unterricht und ihre Proben für sieben Tage zu vernachlässigen. Ihre Gewissenhaftigkeit grenzte an Besessenheit. Ihr Leben war streng, strapaziös und äußerst fordernd wie das einer Nonne, und es verlangte ihr beinah all ihre Kraft ab. Sie gab alles, was in ihrer Macht stand und sie zu geben wagte, und sie hatte schon vor langer Zeit all die Erwartungen übertroffen, die Madame Markova in ihren wildesten Träumen in sie gesetzt hatte. Madame Markova benötigte fast einen ganzen Monat, um sie dazu zu überreden, die Einladung der Zarin anzunehmen, und Danina gab auch nur nach, weil ihre Ballettmeisterin sie davon überzeugen konnte, dass es ein Affront gegen die Zarin wäre, die Einladung abzulehnen.

Es war der erste Urlaub ihres Lebens. Es war außerdem das erste Mal seit ihrem siebten Lebensjahr, dass Danina nicht jeden Tag um fünf Uhr morgens aufstand, sich aufwärmte, um sechs Uhr mit dem Unterricht begann und ab elf Uhr bei den Proben tanzte. Es war das erste Mal, dass sie ihren Körper nicht vierzehn Stunden am Tag an seine äußersten Grenzen brachte. In jenem Juli in Liwadija wagte sie es zum ersten Mal in ihrem Leben, unbefangen umherzutollen und zu spielen, und ganz gegen ihren Willen gefiel es ihr.

Danina erschien Madame Markova, die sie beobachtete, wie ein sorgloses Kind. Sie spielte mit den Zarentöchtern im Meer, tanzte mit ihnen umher, lachte und planschte, und ging bei alldem sehr sanft mit Alexej um. In seiner Gegenwart hatte sie etwas beinah Mütterliches an sich, was die Zarin sehr rührte.

Die Kinder waren sehr überrascht, als sie feststellten, dass Danina nicht schwimmen konnte. In ihrem disziplinierten und strengen Leben hatte sie nie Zeit gehabt, etwas anderes zu erlernen als das Tanzen.

Es geschah an ihrem fünften Tag in Liwadija, dass Alexej erkrankte. Als er nach dem Abendessen den Tisch verließ, zog er sich eine kleine Beule zu und musste zwei Tage lang das Bett hüten. Danina saß bei ihm, erzählte ihm Märchen, an die sie sich noch aus ihrer eigenen Kindheit mit ihrem Vater und ihren Brüdern erinnerte, und natürlich endlose Geschichten über das Ballett, die eiserne Disziplin, die dort herrschte, und über die anderen Tänzer. Er hörte ihr stundenlang zu und hielt ihre Hand, bis er einschlief, und dann schlich sie sich langsam auf Zehenspitzen aus dem Zimmer und gesellte sich zu den anderen. Sie hatte großes Mitgefühl mit ihm und beklagte die grausamen Einschränkungen, die seine Krankheit ihm auferlegte. Er unterschied sich so sehr von ihren Brüdern oder den Jungen, mit denen sie trainierte, die alle kräftig und gesund waren.

Alexej war immer noch schwach, fühlte sich jedoch schon wieder besser, als Danina und Madame Markowa Mitte Juli den Zug des Zaren bestiegen, um nach Sankt Petersburg zurückzukehren. Es waren wunderschöne Ferien gewesen und eine unvergessliche Zeit, an die sie sich den Rest ihres Lebens erinnern würde. Sie würde niemals vergessen, dass sie mit den Kindern der Zarenfamilie gespielt hatte wie mit ganz gewöhnlichen Freunden. Und sie würde niemals die bezaubernde Umgebung vergessen oder Alexej, der versuchte, ihr das Schwimmen beizubringen, indem er ihr aus dem Liegestuhl die Bewegungen erklärte.

»Nein, nicht so, Sie dummes Mädchen ... so ...« Dabei machte er ihr die Schwimmzüge mit den Armen vor, während sie versuchte, seinen Anweisungen zu folgen. Anschließend brachen sie in hysterisches Gelächter aus, weil es ihr misslang und sie so tat, als würde sie ertrinken.

Als sie wieder beim Ballett war, schickte er ihr einmal eine kurze Nachricht, in der er ihr schrieb, dass er sie vermisse. Offensichtlich hatte er sich, obwohl er erst neun Jahre alt war, in sie verliebt. Seine Mutter erwähnte es mit leichter Belustigung gegenüber einer Freundin. Alexej hatte mit neun Jahren seine erste Liebschaft mit einer Balletttänzerin. Sie war eine Schönheit und obendrein eine bezaubernde Person. Zwei Wochen nach ihrem idyllischen Aufenthalt in Liwadija geriet jedoch die ganze Welt in Aufruhr, und die traurigen Ereignisse in Sarajevo katapultierten Europa in einen Krieg. Am ersten August 1914 erklärte Deutschland Russland den Krieg. Niemand glaubte, dass er lange dauern würde, und alle gingen optimistisch davon aus, dass die Feindseligkeiten Ende August mit der Schlacht bei Tannenberg enden würden. Stattdessen wurde die Situation noch schlimmer.

Trotz des Krieges tanzte Danina in jenem Jahr erneut in *Giselle* und *Coppélia* und *La Bayadère*. Ihr Können erreichte seinen Höhepunkt, und ihre Entwicklung und ihr Verständnis waren all das, was Madame Markova sich für sie erhofft hatte. In ihren Vorstellungen kam nie auch nur die leiseste Spur von Enttäuschung auf. Es war alles, wie es sein sollte, und noch viel mehr. Sie vollführte genau das auf der Bühne, was Madame Markova Jahre zuvor in ihr gespürt hatte. Und sie besaß die notwendige uneingeschränkte Hingabe und Zielstrebigkeit. Danina gestattete sich keine Ablenkung von dem, was sie tat. Sie machte sich nichts aus Männern oder der Welt außerhalb der Mauern des Balletts. Sie lebte und atmete und arbeitete und existierte nur für den Tanz. Sie war die perfekte Tänzerin, anders als andere, die Madame Markova mit Missfallen beobachtete. Trotz ihres fehlerlosen Trainings und ihres Talents ließen sie sich nur zu oft von Männern und Romanzen ablenken. Aber für Danina war das Ballett ihr Lebenselixier und die Kraft, sie sie nährte und vorantrieb. Es war die Essenz ihrer Seele, und für Danina gab es nichts anderes. Das Ballett war alles, was ihr etwas bedeutete und für das sie lebte. Und als Resultat war ihr Tanz von erlesener Grazie.

Ihre beste Vorstellung gab sie in jenem Jahr am Weihnachtsabend. Ihr Vater und ihre Brüder saßen vorne in den ersten Reihen des Parketts, aber auch der Zar und die Zarin waren anwesend und ganz überwältigt von der Schönheit ihres Tanzes. Als sie sich kurz in ihrer Loge zu ihnen gesellte, erkundigte sie sich gleich nach Alexej. Sie gab seiner Mutter für ihn eine der Rosen, die sie erhalten hatte, und als sie wieder hinter die Bühne zurückkehrte, bemerkte Madame Markova, dass sie müder wirkte als gewöhnlich. Es war ein langer, aufregender

Abend gewesen, und Danina fühlte sich völlig erschöpft, auch wenn sie es nie zugegeben hätte.

Sie stand am nächsten Morgen wie gewöhnlich um fünf Uhr auf, obwohl Weihnachten war, und machte sich bereits um halb sechs im Ballettsaal warm. An diesem Feiertag fing der Unterricht erst mittags an, doch Danina konnte den Gedanken nicht ertragen, einen ganzen Morgen zu verlieren. Sie hatte stets die Befürchtung, einen Teil ihres Könnens zu verlernen, wenn sie einen halben Tag verschwendete oder sich auch nur eine Minute Ruhe gönnte. Das galt auch für den Weihnachtstag.

Madame Markova entdeckte Danina um sieben im Ballettsaal, und nachdem sie ihr eine Weile zugesehen hatte, kamen ihr die Bewegungen seltsam vor. Danina wirkte ungewöhnlich steif während ihrer Übungen, und als sie ihre Arabesken probte, erschienen sie beinah ungelenk. Und dann, wie in Zeitlupe, sank die junge Tänzerin zu Boden. Ihre Bewegungen sahen so graziös dabei aus, dass es fast einstudiert wirkte. Erst als sie regungslos und, wie es schien, eine Ewigkeit auf dem Boden lag, erkannten Madame Markova und zwei andere Schülerinnen, dass sie das Bewusstsein verloren hatte. Sie rannten sofort zu ihr und versuchten, sie aus ihrer Ohnmacht zu wecken. Madame Markova kniete neben ihr, und ihre Hände zitterten, als sie Daninas Gesicht und ihren Rücken berührte und die trockene, glühende Hitze spürte, die vom Körper der Bewusstlosen ausging. Und als Danina die Augen öffnete, ohne etwas wahrzunehmen, erkannte ihre Mentorin sofort, dass sie fiebrig und glasig glänzten und Danina über Nacht einer mysteriösen Krankheit zum Opfer gefallen war.

»Mein Kind, warum hast du heute getanzt, wenn du krank bist ...?« Madame Markova war außer sich, während sie ihren Schützling betrachtete. Sie hatten alle von der grassierenden Influenza gehört, die unkontrolliert in Moskau wütete, doch in Sankt Petersburg hatte es noch keine Vorfälle gegeben. »Das hättest du nicht tun sollen«, tadelte Madame Markova sie sanft und fürchtete das Schlimmste für das Mädchen. Zuerst schien Danina sie nicht zu hören.

»Ich musste ... ich musste ...« Auch nur eine einzige Übungsstunde oder Probe zu versäumen war mehr, als Danina ertragen konnte. »Ich muss aufstehen ... ich muss ...«, flüsterte sie und begann dann unverständliche Worte zu murmeln. Einer der jungen Tänzer, mit dem sie in den nächsten Wochen einen neuen Pas de deux einstudieren sollte, hob sie mit spielerischer Leichtigkeit hoch und brachte sie auf Madame Markovas Geheiß in ihr Bett. Danina hatte das Jahr zuvor den großen Schlafsaal verlassen und bewohnte nun ein Zimmer mit nur fünf anderen Mädchen. Es war so spartanisch eingerichtet und eiskalt wie der große Schlafsaal, in dem sie elf Jahre lang gewohnt hatte, doch es bot mehr Privatsphäre. Schnell erschienen die anderen Tänzerinnen in der Tür, um nach ihr zu sehen. Die Nachricht von ihrem Zusammenbruch hatte sich bereits überall in den Korridoren des Balletts herumgesprochen.

»Geht es ihr gut ... was ist passiert ... sie ist so blass, Madame ... was wird passieren ... wir müssen einen Arzt rufen ...« Danina war zu müde für eine Erklärung und zu benommen, um überhaupt jemanden zu erkennen. Alles, was sie in der Ferne sehen konnte, war die groß gewachsene, schlanke Gestalt von Madame Markova, die sie wie eine Mutter liebte und die besorgt am Fußende des Bettes stand. Aber Danina war zu müde, um sich auf ihre Worte zu konzentrieren.

Madame Markova befahl jedem, das Zimmer zu verlassen, da sie befürchtete, die anderen könnten sich anstecken. Dann bat sie eine der Lehrerinnen, etwas Tee zu holen. Doch als Madame Markova Danina die Tasse an die Lippen hielt, konnte diese nicht einmal daran nippen. Sie war viel zu krank und zu schwach. Und als Madame Markovas starke Arme sie stützten, damit sie sich aufrichten konnte, wäre sie beinah ohnmächtig geworden.

Danina hatte sich in ihrem ganzen Leben noch nie so krank gefühlt, doch das kümmerte sie gar nicht mehr. Schon beim Besuch des Arztes am Nachmittag wusste sie, dass sie sterben würde, aber es war ihr gleich. Jeder Zentimeter ihres Körpers schmerzte, und ihre Gliedmaßen fühlten sich an, als hätte sie jemand mit einer Axt bearbeitet. Bei jeder Berührung, bei jeder Bewegung und jedes Mal, wenn ihre Arme über die raue Bettdecke auf ihrem Bett strichen, fühlte sich ihre Haut an, als stünde sie in Flammen. Und während sie dalag und zwischen Delirium und Schmerz schwankte, war ihr einziger Gedanke, dass sie sterben würde, wenn sie nicht bald proben und in den Unterricht zurückkehren durfte.

Der Arzt bestätigte Madame Markovas erste Befürchtung und konnte wenig tun, um sie in ihrer Angst um Danina zu beruhigen. Es war tatsächlich die Influenza, und er gestand der Ballettmeisterin offen und ehrlich, dass er nicht viel für das Mädchen tun konnte. In Moskau waren die Menschen zu Hunderten daran gestorben. Madame Markova weinte, als sie dies hörte. Sie drängte Danina, stark zu sein, aber Danina begann zu spüren, dass sie diesen Kampf nicht gewinnen würde. Dies versetzte ihre Mentorin nur noch mehr in Angst und Schrecken.

»Ist es wie bei Mama ... habe ich Typhus?«, flüsterte sie. Sie war zu schwach, um die Stimme zu heben oder gar die Hand auszustrecken und Madame Markova zu berühren, die neben ihr stand.

»Natürlich nicht, mein Kind. Es ist nichts«, log sie. »Du hast nur zu hart gearbeitet. Das ist alles. Du musst dich ein paar Tage ausruhen, und dann geht es dir wieder besser.« Aber Madame Markovas Worte täuschten niemanden, am wenigsten die Patientin, die sogar in ihrem benommenen Zustand sehr wohl wusste, wie krank sie war und wie hoffnungslos die Situation war.

»Ich sterbe«, sagte sie später am Abend, und sie sagte dies mit so stiller Überzeugung, dass die Lehrerin, die bei ihr saß, sofort zu Madame Markova lief. Beide Frauen weinten, als sie zum Krankenlager zurückkehrten, aber Madame Markova trocknete sich die Augen, bevor sie sich wieder neben Danina setzte. Sie hielt dem Mädchen ein Glas Wasser an die Lippen, konnte es aber nicht überreden, etwas zu trinken. Danina hatte weder das Bedürfnis noch die Kraft zu trinken. Ihr Fieber war immer noch sehr hoch, und ihre Augen verrieten das Ausmaß ihrer Krankheit. »Ich werde sterben, nicht wahr?«, flüsterte sie ihrer alten Freundin zu.

»Das lasse ich nicht zu«, erwiderte Madame Markova ruhig. »Du hast noch nicht *Raymonda* getanzt, und ich hatte es für das kommende Jahr für dich vorgesehen. Es wäre eine Schande zu sterben, ohne es wenigstens einmal versucht zu haben.« Danina versuchte ein Lächeln, doch es misslang. Sie war zu schwach, um etwas zu erwidern.

»Ich darf morgen die Probe nicht versäumen«, krächzte Danina eine Weile später zu Madame Markova, die während der Nacht über sie wachte. Danina war zu der Überzeugung gelangt, dass sie ebenso gut sterben konnte, wenn sie nicht mehr tanzen durfte. Das Ballett war ihre Lebenskraft.

Der Arzt kam am Morgen wieder, legte verschiedene Umschläge an und gab ihr ein paar Topfen einer bitteren Flüssigkeit, doch vergeblich. Am späten Nachmittag hatte sich Daninas Zustand noch verschlimmert. In der darauf folgenden Nacht fiel sie völlig ins Delirium, rief Unverständliches und murmelte düster vor sich hin. Dann wiederum lachte sie gespenstisch über Menschen, die sie in ihrer Vorstellung sah, oder über Dinge, die nur sie hörte. Es war für alle eine endlos scheinende Nacht, und am nächsten Morgen sah Danina verheerend aus. Das Fieber war inzwischen so hoch, dass man sich kaum vorstellen konnte, wie sie es überleben sollte.

»Wir müssen etwas unternehmen«, sagte Madame Markova abwesend. Der Arzt hatte insistiert, dass er nicht mehr tun könne, und sie glaubte ihm. Doch vielleicht kannte ein anderer Arzt eine Behandlung, die dem ersten nicht eingefallen war. Voller Verzweiflung verfasste Madame Markova an diesem Nachmittag hastig eine Nachricht an die Zarin, in der sie die Situation erklärte und bescheiden und höflich fragte, ob sie einen Vorschlag habe oder jemanden kenne, den sie zu Danina rufen könnten. Madame Markova wusste, dass in einem Teil des Katharinenpalastes in Zarskoje Selo ein Kriegslazarett eingerichtet worden war, in dem die Zarin und die Großfürstinnen die verwundeten Soldaten pflegten. Vielleicht gab es dort jemanden, der wusste, wie man Danina helfen konnte. Madame Markova war zu diesem Zeitpunkt verzweifelt und bereit, alles zu versuchen, um ihre Schülerin zu retten. Einige Menschen hatten die Influenza in Moskau überlebt, doch das schien mehr eine Frage des Glücks und nicht der Wissenschaft gewesen zu sein.

Die Zarin verschwendete keine Zeit mit einem Brief, sondern schickte den jüngeren der zwei Ärzte, die sich um den Großfürsten Alexej kümmerten, zu Danina. Der ältere der beiden, der ehrenwerte Dr. Botkin, war selbst an einem leichten Anfall von Influenza erkrankt. Aber Dr. Nikolai Obrajenski, dem Danina im Sommer in Liwadija begegnet war, traf eine Weile vor dem Abendessen in der Ballettschule ein und fragte nach Madame Markova. Sie war sehr erleichtert, ihn zu sehen, und begrüßte ihn voller Dankbarkeit über die Güte der Zarin. Sie war immer noch so bestürzt über den Zustand Daninas, dass sie ihn gar nicht richtig wahrnahm.

»Wie geht es ihr?«, fragte der Arzt sanft. Er konnte an

der Verfassung Madame Markovas erkennen, dass es der jungen Ballerina noch nicht besser ging. Aber sogar er, der im Krankenhaus sehr schwere Fälle von Influenza miterlebt hatte, hätte nicht damit gerechnet, die junge Tänzerin so schwach und ausgezehrt anzutreffen. Sie litt unter starker Austrocknung und befand sich im Delirium. Als er ihre Temperatur maß, überprüfte er das Ergebnis noch einmal, da er nicht glauben konnte, dass der hohe Wert auf der Anzeige des Thermometers tatsächlich korrekt war. Nachdem er die Anzeige noch einmal abgelesen hatte, hegte er wenig Hoffnung für das Überleben der Patientin und untersuchte sie behutsam. Schließlich wandte er sich mit bedrückter Miene an Madame Markova.

»Ich fürchte, Sie wissen bereits, was ich sagen werde, nicht wahr?«, fragte er und musterte sie voller Mitgefühl. In den Augen der Frau sah er, wie sehr sie Danina liebte. Sie war wie eine Tochter für sie.

»Bitte ... ich kann es nicht ertragen ...«, sagte Madame Markova und vergrub das Gesicht in den Händen. Sie war zu müde und angespannt, um den Schlag ertragen zu können, den er ihr versetzen würde. »Sie ist so jung ... so talentiert ... sie ist erst neunzehn ... sie darf nicht sterben«, stieß sie zornig hervor und flehte ihn stumm an, ihr das Unmögliche zu geben: Hoffnung, wenn nicht gar ein Versprechen.

»Ich kann ihr nicht helfen«, sagte er ehrlich. »Sie würde nicht einmal den Transport zum Krankenhaus überleben. Wenn sie die nächsten Tagen überlebt, können wir sie vielleicht verlegen.«

Aber er hielt es nicht für sehr wahrscheinlich, und Madame Markova wusste das.

»Wir können nur versuchen, das Fieber herunterzubekommen, sie mit kalten Tüchern abwischen und sie dazu bewegen, so viel wie möglich zu trinken. Der Rest liegt in Gottes Hand, Madame. Vielleicht benötigt er sie dringender als wir.« Sein Ton war gütig, doch er konnte sie nicht anlügen. Es erstaunte ihn nur, dass die Patientin so lange überlebt hatte. Er wusste, dass einige bereits am ersten Tag der Erkrankung an der schrecklichen Influenza gestorben waren. Und Danina litt bereits seit zwei Tagen an ihr. »Tun Sie für sie, was in Ihrer Macht steht, aber Sie wissen selbst, dass Sie keine Wunder vollbringen können, Madame. Wir können nur beten und hoffen, dass er zuhört«, sagte Dr. Obrajenski ernst. Er besaß keine Hoffnung für Danina.

»Ich verstehe«, erwiderte die erschöpfte Ballettmeisterin matt.

Er saß noch eine Weile bei ihnen und maß ein letztes Mal die Temperatur der Patientin. Sie war leicht gestiegen, und dabei setzte Madame Markova bereits die kalten Tücher ein, die er empfohlen hatte. Schülerinnen brachten ihr immer wieder frische kühle Tücher, doch sie konnte sie wegen der Ansteckungsgefahr nicht in das Zimmer lassen. Die fünf Mädchen, die normalerweise das Zimmer mit Danina teilten, schliefen nun auf Betten oder Matratzen im großen Schlafsaal. Das Betreten des Zimmers der Patientin war ihnen strengstens untersagt worden.

»Wie geht es ihr jetzt?«, fragte ihn Madame Markova

besorgt, nachdem sie Daninas Brust und Arme eine Stunde lang mit kühlen Tüchern abgerieben hatte. Die Patientin nahm weder ihre Anwesenheit noch die Behandlung wahr und lag leichenblass und zitternd da. Ihr Gesicht war beinah so weiß wie das Laken unter ihr.

»Unverändert«, antwortete er. Er wollte Madame Markova nicht damit beunruhigen, dass Daninas Temperatur sogar noch ein wenig gestiegen war. »Ihr Zustand wird sich nicht so schnell bessern.«

Falls überhaupt, was er ernsthaft bezweifelte. Aber sogar ihm fiel auf, wie bezaubernd Danina aussah, die leblos vor ihnen lag. Sie war eine auffallende Schönheit, mit wunderbar zarten Zügen und einem zierlichen und unglaublich graziösen Körper. Ihr langes braunes Haar lag ausgebreitet wie ein Fächer auf dem Kissen. Aber sie sah auch aus wie jemand, der dem Tod sehr nahe war, und er war inzwischen überzeugt, dass sie den nächsten Morgen nicht erleben würde.

»Können wir noch irgendetwas tun?«, fragte Madame Markova und blickte ihn verzweifelt an.

»Beten Sie«, sagte Dr. Obrajenski und meinte es ernst. »Haben Sie nach ihren Eltern geschickt?«

»Sie hat einen Vater und vier Brüder. Nach dem, was sie mir erzählt hat, sind sie offensichtlich alle an der Front.« Der Krieg war erst ein paar Monate zuvor ausgebrochen, und ihr Regiment war unter den ersten, die hatten ausrücken müssen.

»Dann gibt es nichts mehr, was Sie noch tun konnen. Wir müssen abwarten.« Er schaute auf seine Uhr. Er war nun seit drei Stunden bei Danina, und es wurde Zeit, nach Zarskoje Selo zurückzukehren und nach Alexej zu sehen. Er würde eine Stunde für die Strecke benötigen.

»Ich komme morgen früh wieder«, versprach er. Aber er fürchtete, dass Gott die Angelegenheit bis dahin in die Hand genommen haben würde. »Schicken Sie mir eine Nachricht, wenn Sie mich brauchen.« Er gab ihr die Wegbeschreibung zu seinem Haus, falls sie nach ihm schicken wollte. Doch es würde vermutlich zu spät für Danina sein, bis er mit dem Boten zurückkehrte. Er lebte mit seiner Frau und seinen Kindern noch hinter Zarskoje Selo. Er war jung, erst Ende dreißig, aber sehr verantwortungsbewusst, fähig und mitfühlend, weshalb man ihm das Wohlergehen des Großfürsten anvertraut hatte. Und Dr. Nikolai Obrajenski ähnelte dem Zaren sehr. Er besaß die gleichen distinguierten Züge, war ebenso groß wie Nikolaus II. und trug seinen Bart auf die gleiche gepflegte Art. Doch auch ohne den Bart würde der Arzt dem Zaren sehr ähnlich sehen, nur dass sein Haar dunkler war, beinah von der gleichen Farbe wie Daninas.

»Danke, dass Sie vorbeigekommen sind, Dr. Obrajenski«, sagte Madame Markova höflich, als sie ihn zur Eingangstür begleitete. Es war ein langer Weg, der sie von ihrem Schützling entfernte, doch die kühlen Korridore waren eine Erleichterung, und als sie die schwere Tür öffnete, erschreckte und erfrischte sie ein kalter Windstoß.

»Ich wünschte, ich könnte mehr für Danina tun ... und für Sie«, sagte er freundlich. »Ich sehe, wie belastend das Ganze für Sie ist.«

»Sie ist wie mein eigenes Kind«, sagte Madame Markova, und Tränen traten ihr in die Augen. Sanft berührte er ihren Arm, als er ihren Kummer sah. Er fühlte sich furchtbar hilflos.

»Vielleicht ist Gott gnädig und verschont sie.« Sie konnte nur nicken, da ihr angesichts der Verzweiflung, die sie überkam, die Worte fehlten. »Ich komme morgen sehr früh vorbei.«

»Sie beginnt jeden Morgen um fünf Uhr oder halb sechs mit dem Aufwärmen«, sagte Madame Markova, so als sei dies noch von Bedeutung. Sie wussten beide, dass Danina am nächsten Tag nicht aufstehen würde.

»Sie muss sehr hart arbeiten. Sie ist eine außergewöhnliche Tänzerin«, sagte er voller Bewunderung. Er glaubte nicht, dass die Welt sie je wieder tanzen sehen würde, doch er war froh, sie wenigstens ein Mal auf der Bühne erlebt zu haben. Dieser tragische Gedanke stimmte ihn unsäglich traurig.

»Haben Sie Danina je tanzen sehen?«, fragte Madame Markova mit traurigen Augen.

»Nur ein Mal. In *Giselle*. Sie war bezaubernd«, sagte er mitfühlend. Es war nicht zu übersehen, wie schwer dies für Madame Markova war.

»In *Schwanensee* und *Dornröschen* ist sie noch besser«, erwiderte sie mit einem traurigen Lächeln.

»Ich freue mich schon darauf«, sagte er höflich und verbeugte sich vor ihr. Dann ging er, und sie schloss die schwere Tür hinter ihm und kehrte schnell durch die Flure zu Danina zurück.

Es war für Madame Markova eine schwere Nacht, voller Kummer und Verzweiflung und Angst um ihren fiebernden und im Delirium liegenden Schützling. Am Morgen schien es, als habe Danina sie verlassen. Als der Doktor um fünf Uhr morgens zurückkehrte, saß Madame Markova erschöpft an ihrem Bett und machte selbst einen leblosen Eindruck. Sie hatte es nicht gewagt, die Kranke auch nur einen Moment allein zu lassen.

»Danke, dass Sie so früh vorbeischauen«, flüsterte sie. Im Krankenzimmer herrschte bereits eine Atmosphäre von Verlust und Trauer, und sogar Madame Markova erschien der Kampf aussichtslos. Danina hatte seit dem vergangenen Morgen das Bewusstsein nicht mehr wiedererlangt.

»Ich habe mir die ganze Nacht Sorgen um sie gemacht«, gab der Arzt mit kummervoller Miene zu. Er konnte am Gesicht der älteren Frau ablesen, wie die Nacht verlaufen war, und Danina atmete kaum noch. Er überprüfte ihren Puls und maß ihre Temperatur und stellte erstaunt fest, dass diese etwas gesunken war. Ihr Puls war immer noch schwach und unstet. »Sie liefert der Krankheit wahrlich einen guten Kampf. Wir haben Glück, dass sie so jung und stark ist.« Aber auch die jungen Menschen waren in Moskau in erschreckend hohen Zahlen gestorben, vor allem die Kinder. »Hat sie etwas Wasser getrunken?«

»Seit ein paar Stunden nicht mehr«, gab Madame Markova zu. »Ich kann sie nicht dazu bewegen, es zu schlucken, und ich habe Angst, sie zu ersticken.« Er nickte. Sie konnten wirklich nichts mehr tun, aber er hatte es eingerichtet, ein paar Stunden bei ihr zu bleiben. Sein älterer Kollege, Dr. Botkin, war inzwischen gesund genug, sich um den Großfürsten Alexej zu kümmern, falls es nötig sein sollte. Dr. Obrajenski wollte bei Danina sein, falls sie starb, und wenn auch nur, um ihre Mentorin zu trösten.

Sie saßen stundenlang schweigend nebeneinander auf ihren harten Stühlen und sahen hin und wieder nach der Patientin. Er schlug Madame Markova vor, sich ein wenig auszuruhen, solange er da war, aber sie weigerte sich, ihre geliebte Ballerina allein zu lassen.

Es war Mittag, als Danina schließlich einen gequälten Laut ausstieß und sich unruhig bewegte. Sie klang, als habe sie schlimme Schmerzen, aber als der Arzt sie untersuchte, konnte er keine Veränderung ihres Zustands ausmachen. Er konnte sich nur wundern, wie sie so lange durchgehalten hatte. Das verdankte sie eindeutig ihrer Jugend, ihrer Stärke und ihrer körperlichen Konstitution. Aber das Erfreuliche war, dass sich außer Danina beim Ballett niemand sonst angesteckt hatte.

Um vier Uhr an jenem Nachmittag war Dr. Obrajenski immer noch bei Danina, da er sie vor dem Ende nicht verlassen wollte. Madame Markova war auf ihrem Stuhl eingenickt, als der Arzt sah, dass Danina sich unruhig bewegte. Sie stieß erneut ein Stöhnen aus, aber Madame Markova war zu erschöpft, um sie zu hören. Der Doktor untersuchte die Patientin und bemerkte, dass ihr Herz schwach und unstet schlug. Er hielt dies für ein sicheres Zeichen, dass es bald mit ihr zu Ende gehen würde. Ihr Puls ging ebenfalls unregelmäßig, und sie schien Schwierigkeiten beim Atmen zu haben. All diese Anzeichen hatte er erwartet. Er hätte ihr gerne das Ende erleichtert, aber er konnte nichts tun, außer bei ihr zu sein. Er nahm ihre Hand in seine, nachdem er noch einmal ihren Puls gemessen hatte, und streichelte sie sanft, während er ihr wunderschönes junges Gesicht beobachtete, auf dem sich ihre Krankheit und all ihre Qualen abzeichneten. Es schmerzte ihn, dies zu sehen und ihr so wenig helfen zu können. Es war wie ein Kampf mit Dämonen, die sie in ihr Lager ziehen wollten. Er versuchte Danina zu zwingen, in das Leben zurückzukehren und gesund zu werden. Dann berührte er mit der Hand sanft ihre Stirn. Sie bewegte sich erneut unruhig und sagte etwas. Es klang, als würde sie zu einer Freundin sprechen oder zu einem ihrer Brüder. Schließlich sagte sie ein einziges Wort, öffnete die Augen und sah ihn an. Er hatte dies schon unzählige Male beobachtet, jenes letzte Aufbäumen vor dem Ende. Ihre Augen waren weit geöffnet, als sie laut und deutlich sagte: »Mama, ich sehe dich.«

»Es ist alles gut, Danina, ich bin hier«, sagte er beschwichtigend. »Jetzt wird alles gut.« Es würde sehr bald vorbei sein.

»Wer sind Sie?«, fragte sie mit heiserer, brüchiger Stimme, so als könne sie ihn deutlich erkennen. Er wusste jedoch, dass dies unmöglich war und sie im Delirium jemand ganz anderen sah als den Arzt an ihrem Bett.

»Ich bin Ihr Arzt«, antwortete er leise. »Ich bin hier, um Ihnen zu helfen.«

»Oh«, sagte sie und schloss wieder die Augen. Dann legte sie den Kopf zurück in das Kissen. »Ich werde meine Mutter sehen.« Er erinnerte sich an Madame Markovas Worte, dass sie nur noch einen Vater und vier Brüder besaß. Er begriff, was sie meinte, doch er würde es nicht zulassen.

»Ich werde Ihnen das nicht erlauben«, sagte er streng. »Ich möchte, dass Sie hier bei mir bleiben. Wir brauchen Sie, Danina.«

»Nein, ich muss gehen ...«, sagte sie, schloss die Augen und wandte den Kopf ab. »Ich komme zu spät zum Unterricht, und Madame Markova wird wütend auf mich sein.« Dies war das Längste, was sie in den vergangenen zwei Tagen gesagt hatte. Offensichtlich wollte sie sie verlassen oder wusste zumindest, dass sie gehen musste.

»Sie müssen zum Unterricht bei uns bleiben, Danina ... oder Madame Markova und ich werden sehr zornig sein. Öffnen Sie Ihre Augen, Danina ... Öffnen Sie Ihre Augen und sehen Sie mich an.« Und zu seiner großen Überraschung kam sie seinem Befehl nach und schaute ihn mit ihren großen Augen direkt an. Ihr schmales, blasses Gesicht wirkte, als sei es durch das Fieber der vergangenen Tage geschrumpft.

»Wer sind Sie?«, fragte sie erneut mit schwacher Stimme. Diesmal wusste er jedoch, dass sie ihn tatsächlich wahrnahm. Er berührte sanft ihre Stirn, und zum ersten Mal seit zwei Tagen war diese merklich kühler.

»Ich bin Nikolai Obrajenski, Mademoiselle. Ich bin Ihr Arzt. Die Zarin hat mich geschickt.«

Sie nickte und schloss einen Moment lang die Augen. Dann öffnete sie sie wieder und flüsterte ihm zu: »Ich habe Sie letzten Sommer bei Alexej gesehen ... in Liwadija ...« Sie erinnerte sich. Sie war zurückgekehrt. Sie hatte noch einen langen Weg vor sich, doch der Bann schien, so unglaublich dies auch war, endlich gebrochen. Er hätte am liebsten seine Freude laut herausgeschrien, doch er wollte nicht zu früh triumphieren. Möglicherweise war es doch nur das letzte Aufbäumen vor dem Ende. Er traute noch nicht ganz dem, was seine Augen wahrnahmen.

»Ich werde Ihnen diesen Sommer das Schwimmen beibringen, wenn Sie hier bleiben«, neckte er sie behutsam und erinnerte sich an den Spaß zurück, den sie alle gehabt hatten, als Alexej es ihr beizubringen versuchte. Sie probierte ein Lächeln, doch sie war noch viel zu schwach und konnte ihn nur benommen anschauen.

»Ich muss tanzen«, sagte sie mit besorgter Stimme. »Ich habe keine Zeit zu schwimmen.«

»Doch, die haben Sie. Sie werden sich wohl noch eine Weile ausruhen müssen.« Bei seinen Worten riss sie erschrocken die Augen auf, und er fasste Mut. Sie begriff jedes einzige Wort von dem, was er sagte.

»Ich muss morgen zum Unterricht.«

»Ich denke, Sie sollten bereits heute Nachmittag hingehen«, zog er sie auf, und diesmal verzog sie die Lippen zu einem schwachen Lächeln. »Sie sind wirklich sehr faul.« Er lächelte sie an und hatte das Gefühl, den Kampf seines Lebens gewonnen zu haben. Er hatte bei ihr absolut keine Hoffnung gehabt. Eine Stunde zuvor war es fast mit ihr zu Ende gegangen und nun war sie wach und sprach mit ihm.

»Sie sind wirklich zu albern«, flüsterte sie. »Ich kann heute nicht zum Unterricht gehen.«

»Warum nicht?«

»Keine Beine«, erwiderte sie mit sorgenvoller Miene. »Sie sind wahrscheinlich abgefallen, denn ich kann sie nicht mehr spüren.« Besorgt griff er unter die Decke und berührte ihre Beine. Anschließend fragte er sie, ob sie seine Hände spüren könne. Sie spürte seine Berührungen, war jedoch zu schwach, ihre Beine zu bewegen.

»Sie sind nur erschöpft, Danina«, versicherte er ihr. »Sie werden wieder gesund.« Doch er wusste sehr wohl, dass ihre Genesung, sollte sie überleben, was nun durchaus möglich schien, Monate dauern würde. Sie war noch lange nicht aus dem Gröbsten raus und musste sorgsam gepflegt werden, wenn sie völlig gesunden wollte. »Sie werden sehr brav sein und viel schlafen, essen und trinken müssen.« Wie zum Beweis reichte er ihr das Wasserglas, und diesmal nahm sie es. Sie trank zwar nur einen Schluck, doch es war ein großer Fortschritt. Als er das Glas auf dem Tisch neben sich abstellte, erwachte Madame Markova erschrocken und voller Angst, dass etwas Schreckliches geschehen sein könnte, während sie geschlafen hatte. Doch stattdessen sah sie Danina, die zwar schwach, aber lebendig dalag und matt den Arzt anlächelte.

»Mein Gott, es ist ein Wunder«, sagte sie und kämpfte gegen Tränen der Erleichterung und Erschöpfung an. Sie sah beinah so schlecht aus wie Danina, aber sie hatte kein Fieber und war auch nicht krank. Sie war nur völlig ausgelaugt von der schrecklichen Vorstellung, Danina verlieren zu können. »Kind, fühlst du dich besser?«

»Ein bisschen.« Danina nickte und blickte dann wieder zu dem Doktor auf. »Ich glaube, Sie haben mich gerettet.«

»Nein, das habe ich nicht. Ich wünschte, ich könnte den Dank dafür beanspruchen, aber ich fürchte, ich war sehr nutzlos. Ich habe nur neben Ihnen gesessen. Madame Markova hat viel mehr für Sie getan als ich.«

»Das war Gottes Werk«, sagte Madame Markova entschieden, »und das deiner eigenen Kraft.« Sie verspürte den drängenden Wunsch, den Arzt zu fragen, ob Danina wieder gesund werden würde, aber vor der Patientin konnte sie ihm diese Frage unmöglich stellen. Doch Danina schien in der Tat auf dem Weg der Besserung zu sein. Sie wirkte wacher und stärker, so als habe sie die entscheidende Klippe umschifft. Sie hätten sie um Haaresbreite verloren, und Madame Markova zitterte bei dem Gedanken immer noch.

»Wann kann ich wieder tanzen?«, fragte Danina, und sowohl der Arzt als auch Madame Markova lachten. Es ging ihr tatsächlich wieder besser.

»Nicht vor nächster Woche, das kann ich Ihnen versprechen, meine Liebe«, erwiderte er, begleitet von einem Lächeln. Und nicht vor Ablauf der nächsten Monate, doch er wusste, dass es zu früh war, ihr dies zu sagen. Er ahnte, dass sie angesichts der Wahrheit vor Schuldgefühlen und Sorge ganz außer sich geraten würde. »Bald. Wenn Sie ein braves Mädchen sind und alles tun, was ich Ihnen sage, sind Sie im Handumdrehen wieder auf den Beinen.«

»Ich habe morgen eine wichtige Probe«, beharrte sie.

»Ich denke, die werden Sie aller Wahrscheinlichkeit

nach versäumen. Sie haben keine Beine, erinnern Sie sich?«

»Was war das?«, fragte Madame Markova besorgt, als sie diese Bemerkung hörte, aber er klärte das Missverständnis rasch auf.

»Vor ein paar Minuten konnte sie ihre Beine nicht spüren, aber es ist alles bestens. Sie ist nur durch das Fieber sehr geschwächt.«

Und einen Augenblick später, als Danina versuchte, sich aufzusetzen und einen weiteren Schluck Wasser zu trinken, brachte sie tatsächlich nicht genug Kraft dafür auf. Sie konnte nicht einmal den Kopf aus dem Kissen heben.

»Ich fühle mich wie Wackelpudding«, sagte sie, und er lachte leise über ihren treffenden Vergleich.

»Sie sehen jedoch viel besser aus als Wackelpudding, und ich denke, ich werde jetzt wieder zu meinem anderen Patienten zurückkehren, bevor dieser vergisst, wie ich aussehe.« Es war nach sechs Uhr, und er war mittlerweile dreizehn Stunden bei ihr gewesen. Doch er versprach, am nächsten Morgen wiederzukommen. Als sie gemeinsam zur Tür gingen, dankte ihm Madame Markova innig und fragte ihn, was ihnen nun noch bevorstehen würde.

»Eine sehr, sehr lange Genesung«, erwiderte er ehrlich. »Sie muss mindestens einen Monat im Bett verbringen, oder sie riskiert einen Rückfall. Und das nächste Mal hat sie womöglich nicht so viel Glück.« Der bloße Gedanke daran erfüllte Madame Markova mit Schrecken. »Es werden viele Monate vergehen, bis sie wieder tanzen kann. Drei, vielleicht auch vier. Möglicherweise noch länger.«

»Wir werden sie anbinden, wenn es nötig ist. Sie haben ja gehört, wie sie ist. Sie wird mich spätestens morgen Abend schon anbetteln, wieder tanzen zu dürfen.«

»Sie wird überrascht sein, wie schwach sie ist. Sie muss geduldig sein, denn die völlige Gesundung benötigt Zeit.«

»Ich verstehe«, sagte Madame Markova und dankte ihm erneut, bevor er aufbrach. Und nachdem sie die Tür hinter ihm geschlossen hatte, ging sie langsam zu Daninas Zimmer zurück. Was, wenn sie tatsächlich gestorben wäre. Sie hatten unermessliches Glück gehabt, sie nicht verloren zu haben. Sie war der Zarin jedenfalls unendlich dankbar, dass sie ihnen den persönlichen Arzt des Großfürsten geschickt hatte. Er hatte zwar wenig tun können, aber es war ein außerordentlicher Trost gewesen, ihn dort zu haben. Und er hatte erstaunlich großen Einsatz bewiesen, so lange bei Danina zu bleiben.

Als Madame Markova Daninas Zimmer betrat, betrachtete sie die junge Frau, die sie so sehr liebte, und lächelte. Danina lag schlafend in ihrem Bett und sah aus wie ein Kind, und auf ihren Lippen lag ein leises Lächeln.

Kapitel 2

Genau wie er es versprochen hatte, kam Dr. Obrajenski am nächsten Tag, um nach Danina zu sehen. Da er jedoch wusste, dass sie nicht länger in Lebensgefahr schwebte, verschob er seinen Besuch auf den Nachmittag. Als er ihr Zimmer betrat, stellte er erfreut fest, dass sie wieder Nahrung und Flüssigkeit zu sich nahm. Sie besaß zwar kaum die Kraft, den Kopf aus dem Kissen zu heben, doch sie lächelte ihn an, sobald er hereinkam. Sie schien sich offensichtlich zu freuen, ihn zu sehen.

»Wie geht es Alexej?«, fragte sie sogleich.

»Sehr gut. Viel besser als Ihnen. Als ich ihn heute Morgen sah, spielte er Karten und bereitete seinen Schwestern eine vernichtende Niederlage. Er wünscht Ihnen eine baldige Genesung, und die Großfürstinnen und die Zarin schließen sich diesen Wünschen an.«

Letztere hatte Madame Markova eine Nachricht geschrieben, deren Inhalt Dr. Obrajenski bereits bekannt war. Die Zarin hatte ihn in der betreffenden Angelegenheit um Rat gebeten.

Madame Markova war immer noch im Krankenzimmer, aber auch sie sah bedeutend ausgeruhter aus. Als sie die Nachricht der Zarin las, weiteten sich ihre Augen erschrocken, und sie blickte überrascht zu ihm auf. Er nickte. Es war sein Vorschlag gewesen. Die Zarin hatte Danina eingeladen, ihre Rekonvaleszenz in einem der kleinen Gästehäuser in Zarskoje Selo, der kaiserlichen Residenz in der Nähe von Sankt Petersburg zu verbringen. Man könne sich dort sehr gut um sie kümmern, argumentierte die Zarin, und es wäre Danina möglich, die langwierige und notwendige Genesungsphase anzutreten, ohne mitten im Geschehen des Balletts zu sein, was sie sicherlich sehr quälen würde. Ein Aufenthalt in Zarskoje Selo sei sicherlich sehr erholsam für sie und man könne sich dort gut um sie kümmern und sie pflegen, sodass sie in aller Ruhe wieder ganz gesund werden und zum Ballet zurückkehren könne.

Nachdem sie an diesem Nachmittag Daninas Zimmer verlassen hatten, fragte der Arzt Madame Markova, was sie von der Einladung der Zarin hielt. Sie war immer noch sehr überrascht. Es war ein äußerst schmeichelhaftes Angebot, aber sie hatte keine Ahnung, ob Danina es annehmen würde. Die junge Tänzerin war so stark mit dem Ballett verbunden, und Madame Markova konnte sich nicht vorstellen, dass sie die Ballettcompagnie auch nur für eine Minute verlassen würde. Dabei spielte es keine Rolle, dass sie momentan gar nicht tanzen konnte. Madame Markova musste jedoch einräumen, dass es

Danina irgendwann verrückt machen würde, dort zu bleiben und den anderen monatelang zuzusehen, ohne mittanzen zu können.

»Es könnte ihr gut tun, von hier fortzukommen«, gab Madame Markova zu. »Aber ich bin mir nicht sicher, wie wir sie davon überzeugen sollen. Ich vermute, sie wird bleiben wollen, auch wenn sie nicht tanzen kann. Sie hat uns seit zwölf Jahren nicht verlassen, abgesehen vom letzten Sommer, anlässlich ihres Besuchs in Liwadija.«

»Aber es hat ihr dort gefallen, nicht wahr? Und der Erholungsbesuch in Zarskoje Selo wäre doch etwas Ähnliches. Außerdem kann ich dort regelmäßig nach ihr sehen. Es ist schwierig für mich, so oft und so lange herzukommen, wie ich es in den letzten Tagen getan habe. Ich darf meine Verantwortung gegenüber dem Großfürsten nicht vernachlässigen.«

»Sie waren so gut zu ihr«, gab Madame Markova unumwunden zu. »Ich wüsste nicht, was wir ohne Sie getan hätten.«

»Ich habe absolut nichts getan, um ihr zu helfen«, erwiderte er bescheiden. »Ich habe nur für sie gebetet, genau wie Sie, Madame. Sie hat sehr viel Glück gehabt.« Das galt sowohl für die Unterstützung durch die Zarenfamilie als auch für die Behandlung durch ihren Arzt. »Ich denke, die Zarin und die Kinder wären sehr enttäuscht, wenn sie nicht käme.« Und dann erinnerte er Madame Markova sanft an etwas, das sie bereits wusste. »Diese ungewöhnliche Einladung ist eine Auszeichnung. Ich denke, Danina würde es sehr genießen.«

»Wer würde das nicht?«, entgegnete Madame Markova mit einem ehrlichen Lachen. »Ich kenne mindestens ein Dutzend Ballerinen, die mehr als glücklich wären, ihren Platz in Zarskoje Selo einzunehmen. Das Problem ist, dass Danina nicht ist wie sie. Sie möchte nicht von hier fortgehen, aus Angst, etwas zu versäumen. Sie geht niemals einkaufen oder unternimmt Spaziergänge oder besucht das Theater. Sie tanzt und tanzt ... und dann sieht sie den anderen beim Tanzen zu und tanzt anschließend selbst weiter. Außerdem hängt sie sehr an mir. Vermutlich, weil sie keine Mutter hat.« Es war ganz offensichtlich, dass Madame Markova sie aufrichtig liebte.

»Wie lange ist sie schon hier?«, fragte Dr. Obrajenski interessiert. Danina faszinierte ihn, denn sie war wie ein seltener, zarter Vogel, der ihm mit einem gebrochenen Flügel vor die Füße geflattert war. Und nun wollte er alles in seiner Macht Stehende tun, um ihr zu helfen. Er hatte sich für sie bei dem Zaren und der Zarin verwendet, doch dies war nicht sehr schwer gewesen, da das kaiserliche Paar die junge Tänzerin ebenfalls schätzte und sehr mochte. Es war unmöglich, jemanden mit solch einem enormen Talent nicht zu bewundern.

»Sie ist seit zwölf Jahren bei uns«, beantwortete Madame Markova seine Frage. »Seit ihrem siebten Lebensjahr. Sie ist nun neunzehn, beinah zwanzig.«

»Vielleicht wird ihr ein kleiner Urlaub gut tun«, sagte er entschieden, denn er war überzeugt, dass es wichtig für die Geschwächte war, aus der anstrengenden Ballettatmosphäre zu entfliehen, um gesund zu werden.

»Ich bin ganz Ihrer Meinung. Das Problem besteht

nur darin, sie zu überzeugen. Ich werde mit ihr darüber sprechen, wenn sie etwas kräftiger ist.«

Danach kam Dr. Obrajenski täglich vorbei, und ein paar Tage später schnitt Madame Markova das Thema ihr gegenüber an. Danina war von der Einladung der Zarenfamilie überrascht und freute sich darüber, doch sie hatte nicht die Absicht, sie anzunehmen. »Ich kann Sie nicht verlassen«, sagte sie nur zu Madame Markova. Die Begegnung mit dem Tod hatte sie verunsichert, und das Ballett war ihr Zuhause. Sie wollte nicht inmitten fremder Menschen ihre Rekonvaleszenz verbringen, auch wenn diese Fremden die Zarenfamilie waren. »Sie werden mich doch nicht zwingen, oder?«, fragte sie verängstigt.

Doch sobald sie versuchte aufzustehen, erkannten sowohl sie als auch Madame Markova das volle Ausmaß ihrer Krankheit. Sie konnte nicht einmal auf einem Stuhl sitzen, ohne dass sie beinah das Bewusstsein verlor, und man musste sie zu ihrer eigenen Sicherheit festhalten. Außerdem konnte sie nicht ohne Hilfe ins Badezimmer gelangen, sondern musste dorthin getragen werden.

»Sie benötigen ständige Pflege«, erklärte der Arzt bei einem seiner Besuche, »und das kann noch eine Weile der Fall sein, Danina. Es wird eine enorme Belastung für die Menschen hier sein, und sie sind viel zu beschäftigt, um Ihnen zu helfen.« Sie wusste, dass er Recht hatte. Sie war bereits für alle, ganz besonders aber für Madame Markova, eine ungeheure Bürde gewesen. Aber sie wollte sie dennoch nicht verlassen. Dies war ihr Zuhause, und die Menschen um sie herum waren ihre Familie. Sie konnte den Gedanken fortzugehen nicht ertragen, und als sie an jenem Abend mit Madame Markova darüber sprach, kamen ihr die Tränen.

»Warum kannst du nicht für eine kurze Zeit gehen?«, schlug Madame Markova vor. »Nur so lange, bis du dich kräftiger fühlst. Es ist eine sehr freundliche Einladung und auch eine Ehre, und es wird dir sicherlich gefallen.«

»Ich fürchte mich«, erwiderte Danina. Aber am nächsten Morgen bestand Madame Markova weiterhin darauf, dass sie das Angebot annahm. Sie war nicht nur davon überzeugt, dass es Danina gut tun würde, sie fürchtete auch, es könne die Zarin vor den Kopf stoßen, wenn Danina das großzügige Angebot ablehnte. Es kam sehr selten vor, wenn es nicht sogar das erste Mal war, dass jemand nach Zarskoje Selo eingeladen wurde, um sich dort von einer Krankheit zu erholen. Sie war Dr. Obrajenski sehr dankbar dafür, dass er diese Möglichkeit arrangiert hatte. Er hatte sich nicht nur als sehr liebenswürdig herausgestellt, sondern auch als äußerst aufmerksam und aufrichtig besorgt um Danina. Seine täglichen Besuche hatten die Patientin aufgemuntert. Geistig war sie fast schon wieder die Alte, nur ihr Körper war nicht gewillt oder nicht in der Lage, ebenso schnell gesund zu werden.

»Ich denke, du solltest gehen«, sagte Madame Markova entschieden. Am Ende der Woche fassten sie und Dr. Obrajenski schließlich den Entschluss, dass sie Danina einfach nach Zarskoje Selo schicken mussten, ob sie nun wollte oder nicht. Es war nur zu ihrem Besten. Ohne richtige Pflege würde sie womöglich niemals ganz gesund werden und nie wieder in der Lage sein zu tanzen. Das sagte Madame Markova ihr schließlich auch. »Was, wenn das Ballett durch deinen Starrsinn für immer dein Talent verliert?«, fragte sie streng.

»Könnte das passieren?« Daninas Augen füllten sich mit Entsetzen.

»Das wäre möglich«, erwiderte Madame Markova besorgt. »Du warst sehr, sehr krank, meine Liebe. Du darfst das Schicksal nicht herausfordern, indem du dich störrisch oder leichtsinnig verhältst.«

Die Zarenfamilie hatte sie eingeladen, so lange zu bleiben, bis sie wieder völlig gesund war und zur Ballettcompagnie zurückkehren konnte. Es war eine außergewöhnliche Einladung, und Danina wusste dies sehr wohl. Sie benahm sich kindisch und wollte die Sicherheit der vertrauten Umgebung und die Menschen, die sie kannte, nicht verlassen.

»Was, wenn ich nur für einige Wochen gehe?« Dies war ein kleines Zugeständnis von ihrer Seite, aber wenigstens ein Anfang.

»Du wirst so schnell nicht in der Lage sein, wieder zu tanzen. Fahre wenigstens für einen ganzen Monat, und wir werden sehen, wie es dir dann geht. Wenn es dir dort nicht gefällt, kannst du immer noch zurückkommen und deine Rekonvaleszenz hier fortsetzen. Doch geh wenigstens für einen Monat. Wenn du dich dort aber wohl fühlst, kannst du länger bleiben, wenn du das möchtest, denn sie waren so gütig, dich für unbestimmte Zeit einzuladen. Und ich verspreche, ich werde kommen und dich besuchen.«

Selbst dieser Kompromiss fiel Danina äußerst schwer, aber schließlich stimmte sie zu. An dem Tag, an dem sie aufbrechen sollte, weinte sie unaufhörlich bei dem Gedanken, ihre Freunde und ihre Mentorin zurückzulassen. »Wir schicken dich schließlich nicht nach Sibirien«, erinnerte Madame Markova sie sanft.

»So kommt es mir aber vor«, erwiderte Danina und lächelte unter Tränen. Es fiel ihr unendlich schwer, sie alle zu verlassen. »Ich werde Sie so sehr vermissen«, sagte sie und klammerte sich an Madame Markovas Hand. Man hatte ihr für die Reise einen Schlitten der Zarin geschickt. Er war warm und bequem und mit Pelzen und dicken Decken ausgestattet. Die Zarin hatte an nichts gespart, und Dr. Obrajenski war sogar mitgekommen, um sie persönlich zu begleiten. Bevor er nach Sankt Petersburg aufgebrochen war, hatte er in dem für Danina vorgesehenen Gästehaus nach dem Rechten gesehen. Es war warm und gemütlich, und er wusste, dass sie sich dort sehr wohl fühlen würde. Er brachte außerdem eine Nachricht von Alexej mit, der es kaum erwarten konnte, sie zu sehen, und der einen neuen Kartentrick kannte, den er ihr beibringen wollte.

Alle Tänzer hatten sich draußen versammelt, um sie zu verabschieden, und jeder winkte, als der Schlitten losfuhr. Der Doktor saß neben ihr, und sie war so nervös, dass er ihre Hand hielt, während sie mit der anderen ihren Freunden heftig zuwinkte. Noch bevor sie Zarskoje Selo erreichten, hatte sie die Aufregung der Abreise emotional völlig erschöpft.

»Es ist mein Leben, wissen Sie. Ich kenne nichts anderes. Ich bin schon so lange beim Ballett, dass ich mir gar nicht vorstellen kann, woanders zu sein, nicht einmal für eine Minute«, erklärte sie ihm, während der Schlitten dahinglitt. Sie wusste, dass er sie verstand, und wie immer reagierte er freundlich und mitfühlend.

»Sie werden nichts verlieren, nur weil Sie eine Weile fort sind. Sie gewinnen Ihre Kraft zurück, Danina, ganz so wie es sein soll, und die anderen Tänzer werden noch da sein, wenn Sie zurückkehren. Und Sie werden besser sein denn je. Vertrauen Sie mir.«

Das tat sie, und sie war dankbar für seine Unterstützung und Gesellschaft während der Reise. Es war so einfach, mit ihm zusammen zu sein. Es war leicht zu begreifen, warum die ganze Zarenfamilie ihn liebte.

Sobald sie ankamen, brachte er sie in das kleine Gästehaus, das luxuriöser war als alles, was sie sich je erträumt hatte. Das Schlafzimmer war in rosafarbenem Satin dekoriert, und das Wohnzimmer in einem bezaubernden Blau und Gelb gehalten. Überall standen wunderschöne Antiquitäten, und es gab eine Küche, in der ihre Mahlzeiten zubereitet werden konnten. Es würden sich vier Dienstboten und zwei Krankenschwestern um sie kümmern. Eine halbe Stunde nach ihrer Ankunft kam die Zarin vorbei und brachte Alexej mit, damit er Danina den Kartentrick zeigen konnte. Beide waren schockiert zu sehen, wie sehr die Krankheit die zarte Tänzerin mitgenommen hatte, und sie freuten sich, dass sie nach Zarskoje Selo gekommen war, um dort wieder gesund zu werden. Sie blieben nur kurz, um sie nicht zu ermüden, und als sie gingen, schloss Dr. Obrajenski sich ihnen an. Er wollte sie ebenfalls nicht erschöpfen und versprach, am nächsten Morgen zurückzukehren und sich davon zu überzeugen, dass sie auch »brav« gewesen war.

Es kam ihr seltsam vor, die Nacht ohne die vertrauten Menschen und die anderen Mädchen zu verbringen, die mit ihr das Zimmer teilten. Trotz der luxuriösen Umgebung fühlte sie sich einsam. Kurz nachdem Danina zu Bett gebracht worden war, kündigte die Krankenschwester überraschend einen Besucher an. Dr. Obrajenski war zurückgekehrt, um noch einmal nach ihr zu sehen. Es war erst acht Uhr, doch sie hatte ihn frühestens am nächsten Morgen zurückerwartet, und sein unverhoffter Besuch überraschte sie.

»Ich war auf dem Nachhauseweg«, erklärte er, »und dachte mir, ich komme vorbei und sehe nach Ihnen.« Er musterte sie eindringlich und konnte sehen, dass seine Vermutungen zutrafen. Sie wirkte ein wenig traurig. »Ich befürchtete, Sie könnten sich vielleicht einsam fühlen.«

»Das stimmt«, gestand sie verlegen und fragte sich insgeheim, woher er das wusste. Er schien sie so gut zu verstehen. »Ich nehme an, das ist sehr albern von mir.« Es war ihr peinlich, auf ihn einen so undankbaren Eindruck zu machen.

»Natürlich nicht«, sagte er, zog einen Stuhl heran und setzte sich neben sie ans Bett. »Sie sind daran gewöhnt, in einer Gemeinschaft zu leben.« Er hatte den Raum gesehen, in dem sie mit fünf anderen Tänzerinnen lebte, und einige von ihnen kennen gelernt, als diese Danina besuchten. »Es ist eine große Veränderung für Sie, hier allein zu sein.« Sie war noch so jung, erst neunzehn Jahre alt, und während sie in mancher Hinsicht erstaunliche Disziplin und Reife bewies, war sie in anderer Hinsicht äußerst kindlich und naiv. Madame Markova hatte sie sehr behütet. Doch gerade das gefiel ihm an ihr. »Gibt es irgendetwas, mit dem ich Ihnen Ihren Aufenthalt hier erleichtern kann?«

»Nein, aber ich finde es schön, wenn Sie mich besuchen«, erwiderte sie und lächelte ihn an. Der Besuch an diesem Abend hatte sie ganz besonders berührt, denn er schien genau zu wissen, was sie fühlte.

»Dann werde ich Sie wohl häufiger besuchen«, versprach er. Es war nun einfacher für ihn, sie zu sehen, denn es bedeutete nur einen kurzen Spaziergang zwischen ihrem Gästehaus und dem Palast. Er wusste, dass Alexej und seine Schwestern bereits planten, ihr Gesellschaft zu leisten, denn schließlich war das einer der Beweggründe für ihre Einladung gewesen. »Sie werden nicht lange allein sein, und bald können Sie Spaziergänge unternehmen und zum Palast hinübergehen, wenn Sie sich kräftiger fühlen.« Noch konnte sie ohne Hilfe nicht einmal das Zimmer durchqueren. »Ich verspreche Ihnen, es wird Ihnen ganz schnell besser gehen.«

Plötzlich kam sie sich dumm vor, weil sie sich so einsam fühlte. Jeder war gütig zu ihr, und obwohl sie ihre Freunde und Madame Markova vermisste, war sie plötzlich sehr froh, der Einladung gefolgt zu sein.

»Danke, dass Sie das hier für mich arrangiert haben«, sagte sie dankbar. »Ich bin froh, hier zu sein.«

»Und ich bin froh, dass Sie gekommen sind, Danina«,

erwiderte er ruhig. Er wirkte entspannt und ein bisschen müde. Es war ein langer Tag für ihn gewesen, und er war sicherlich bedacht darauf, nach Hause zu seiner Frau und seinen Kindern zu kommen. Sie fühlte sich schuldig, weil sie ihn aufhielt, aber sie genoss seine Anwesenheit sehr. »Ich wäre enttäuscht gewesen, wenn Sie sich anders entschieden hätten.«

»Ich auch«, gestand sie mit einem Lächeln, das ihn tief in seiner Seele berührte, auch wenn sie sich dessen nicht bewusst war. »Dieses Haus ist bezaubernd.« Sie blickte sich bewundernd um, immer noch ganz überwältigt von dem Luxus, den man ihr zuteil werden ließ. So etwas hatte sie noch nie zuvor gesehen.

»Ich dachte mir, dass es Ihnen gefallen würde.« Er lächelte sie sanft an.

»Wie könnte es das nicht?«, erwiderte sie.

»Werden Sie das Tanzen sehr vermissen?«, fragte er, obwohl er die Antwort bereits kannte. Doch ihr Leben beim Ballett faszinierte ihn.

»Ich lebe für das Tanzen«, antwortete sie. »Es ist das einzige Leben, das ich kenne, das einzige Leben, das ich will. Ich kann mir nicht vorstellen, ohne den Tanz zu existieren. Nicht tanzen zu können würde mich vermutlich umbringen.« Er nickte und beobachtete ihre Augen und ihr Gesicht. Er genoss es ungemein, sich mit ihr zu unterhalten, und jetzt, da sie sich besser fühlte, kam ihr köstlicher Sinn für Humor zum Vorschein.

»Sie werden bald wieder tanzen, Danina, das verspreche ich Ihnen.« Aber nicht zu bald. Sie würde noch Geduld haben müssen, bis sie stark genug war, und das wussten sie beide. »Sie werden sich in der Zwischenzeit eine andere Beschäftigung suchen müssen.« Er hatte ihr bereits einen Stapel Bücher gebracht, und sie hatte sich fest vorgenommen, sie alle zu lesen. Wenn sie tanzte, hatte sie nie die Zeit, etwas zu lesen.

»Mögen Sie Poesie?«, fragte er vorsichtig. Er wollte nicht töricht oder pedantisch auf sie wirken, aber Poesie war eine seiner Leidenschaften.

»Sehr«, nickte sie.

»Ich bringe Ihnen morgen ein paar Gedichte vorbei. Die Arbeiten von Puschkin gefallen mir besonders. Vielleicht mögen Sie ihn ja auch.« Sie hatte einige Jahre zuvor ein paar seiner Gedichte gelesen und wollte gerne mehr von ihm lesen, jetzt, da sie dazu Zeit hatte. »Ich komme morgen zu Ihnen, wenn ich nach Alexej gesehen habe. Vielleicht kann ich mit Ihnen zu Mittag essen, damit Sie nicht so allein sind.« Mit diesen Worten erhob er sich, doch er schien zu zögern, sie zu verlassen. »Sie werden heute Nacht zurechtkommen, nicht wahr?« Er machte sich Sorgen um sie und wollte nicht, dass sie unglücklich war.

»Ich komme zurecht«, sagte sie mit einem warmherzigen Lächeln. »Ich verspreche es. Jetzt gehen Sie nach Hause zu Ihrer Familie, bevor sie mich noch für eine schreckliche Plage halten.«

»Sie verstehen, was es bedeutet, mit einem Arzt zu leben. Ich sehe Sie dann morgen«, sagte er und wandte sich zum Gehen. Sie winkte ihm vom Bett aus zu, und ihr ging durch den Kopf, wie liebenswürdig er war und wie glücklich sie sich schätzen konnte, ihn zu kennen.

Kapitel 3

Der Gedichtband, den Dr. Obrajenski am nächsten Tag mitbrachte, war so wunderschön, dass ihr die Tränen in die Augen traten, während er ihr etwas daraus vorlas. Er öffnete ihr langsam eine Tür zu einer Welt, die sie weder gekannt noch sich erträumt hatte, eine Welt voller intellektueller und geistiger Interessen, nach denen es sich zu streben lohnte. Erst an diesem Morgen hatte sie einen der Romane angefangen, die er ihr dagelassen hatte, und beim Mittagessen unterhielten sie sich darüber. Wie die Gedichte, die er ihr vorbeigebracht hatte, gehörte das Buch zu seinen Lieblingswerken. Während sie sich mit ihm unterhielt, schien die Zeit wie im Flug zu vergehen.

Sie stellten beide überrascht fest, dass es bereits vier Uhr am Nachmittag war, als er wieder aufbrach, und er musste sich schuldbewusst eingestehen, dass sie völlig erschöpft aussah.

»Ich sollte Sie nicht ermüden«, sagte er mit einem reumütigen Blick. »Ich sollte es doch wirklich besser wissen.«

»Es geht mir gut«, versicherte sie ihm. Sie hatte die Unterhaltung mit ihm wirklich sehr genossen, die sich entwickelt hatte, während sie das Mittagessen im Bett einnahm und er an einem kleinen Tisch in ihrer Nähe saß.

»Ich möchte, dass Sie jetzt schlafen«, sagte er sanft und half ihr, sich bequemer hinzulegen und ihre Kissen neu zu ordnen. Dies hätte eigentlich die Krankenschwester für sie tun können, aber er übernahm das gerne für sie. »Schlafen Sie, so lange Sie können. Ich esse heute Abend im Palast und sehe auf dem Nachhauseweg nach Ihnen, wenn es Ihnen recht ist.« Dies hatte er, sehr zu ihrer Freude, am Abend zuvor auch schon getan und damit ihre Einsamkeit vertrieben, die sie wie Spinnweben einzufangen schien.

»Das würde mir sehr gefallen«, sagte sie ein wenig schläfrig. Er löschte die Lampe neben ihr und verließ leise das Zimmer. An der Tür drehte er sich noch einmal zu ihr um. Sie hatte bereits die Augen geschlossen, und als er das kleine Haus verließ, schlief sie bereits tief und fest.

Als Danina gegen Abend aufwachte, fand sie neben ihrem Bett eine Zeichnung vor. Alexej war am Nachmittag zu Besuch gekommen, und die Krankenschwester hatte ihm gesagt, dass sie schlafe. Er hatte ihr ein Bild gemalt, das zeigte, wie sie im vergangenen Sommer versucht hatte, das Schwimmen zu lernen. Wie die meisten Jungen in seinem Alter neckte er sie gerne. Außerdem fühlte er sich in ihrer Gegenwart besonders wohl, da sie im gleichen Alter war wie seine Schwestern.

An diesem Abend gab es eine Suppe, und sie nippte gerade an ihrem Tee, als Dr. Obrajenski auf seinem Nachhauseweg vom Alexanderpalast bei ihr vorbeischaute. Er schien in einer sehr heiteren Stimmung zu sein und berichtete ihr alles, was sich beim Abendessen zugetragen hatte. Er speiste mehrere Male in der Woche mit der Zarenfamilie, um genau zu sein, fast jeden Abend.

»Es sind wunderbare Menschen«, sagte er gefühlvoll. Er bewunderte sowohl den Zaren als auch die Zarin sehr. »Sie haben eine so große Verantwortung, so viele Bürden zu tragen. Es herrschen momentan auf der Welt schwere Zeiten, besonders durch den Krieg. In den Städten gibt es viele Unruhen, und natürlich birgt Alexejs Gesundheitszustand immer eine große Sorge.« Seine Bluterkrankheit war ein ständiges Problem, sodass jederzeit ein Arzt in seiner Nähe sein musste. Daher verbrachte der Doktor auch sehr viel Zeit mit der Zarenfamilie, obwohl er sich die Verantwortung natürlich mit Dr. Botkin teilte.

»Es muss hart für Sie sein«, sagte Danina leise, »so oft von Ihrer Familie und Ihren eigenen Kindern getrennt zu sein.« Danina wusste, dass seine Frau Engländerin war und dass sie zwei Söhne hatten, der eine zwölf und der andere vierzehn Jahre alt.

»Der Zar und die Zarin sind sehr verständnisvoll und so gütig, Marie ebenfalls einzuladen, doch sie lehnt stets ab. Sie hasst gesellschaftliche Anlässe und zieht es vor, mit den Jungen zu Hause zu bleiben oder einfach nur ruhig dazusitzen und zu nähen. Sie interessiert sich gar nicht für meine Arbeit und die Menschen, für die ich arbeite.«

Das überraschte Danina vollkommen, vor allem, wenn man bedachte, wer diese Menschen waren. Es waren wohl kaum gewöhnliche Arbeitgeber, und sie fragte sich unwillkürlich, ob seine Frau nicht eifersüchtig auf ihn war. Es war schwer zu glauben, dass sie so wenig gesellschaftliche Neigungen besaß. Vielleicht war sie nur schüchtern oder ein wenig unbeholfen.

»Zudem ist ihr Russisch nicht besonders gut, was es sehr schwer für sie macht. Sie hat sich nie wirklich die Zeit genommen, es zu lernen.« Dies war schon lange ein Streitpunkt zwischen den Eheleuten, aber das sagte er Danina nicht. Es wäre unloyal gewesen, sich bei ihr über Marie zu beschweren, und doch fand er es erstaunlich, wie verschieden die beiden Frauen waren. Die eine war so voller Vitalität, die andere so müde und unglücklich, so gelangweilt und stets unzufrieden.

Sogar nach ihrer Krankheit wirkte Daninas Energie und Neugier auf das Leben ansteckend. Für sie waren die Unterhaltungen mit ihm ebenfalls etwas Neues. Abgesehen von den Tänzern aus dem Mariinski-Theater hatte sie nie männliche Freunde gehabt. Sie war nie von jemandem hofiert worden oder hatte eine Romanze erlebt. Ihre einzige Beziehung zu Männern war die zu ihren Brüdern, die sie inzwischen nur noch selten sah. Sie waren zu beschäftigt, um Danina zu besuchen, und kamen ungefähr einmal im Jahr nach Sankt Petersburg, um sie tanzen zu sehen. Ihr Vater besuchte sie auch nicht häufiger. Gerade jetzt im Krieg war ihre Familie sehr stark in ihre Verantwortlichkeiten bei der Armee eingebunden.

Aber mit Nikolai Obrajenski war alles anders. Er wurde zu einem Freund, mit dem sie reden konnte. Dies sagte sie ihm auch, und er schien sich über ihre aufrichtige Bemerkung zu freuen. Er genoss es sehr, sich mit ihr zu unterhalten, und seine Bücher, seine Ansichten und die Gedichte, die ihm etwas bedeuteten, mit ihr zu teilen. Es gab in der Tat eine Menge, das er an ihr liebte, doch er redete sich ein, dass sie ein unkompliziertes, freundschaftliches Verhältnis zueinander pflegten. Er hatte die junge Tänzerin Marie gegenüber bereits beiläufig erwähnt, bevor sie nach Zarskoje Selo gekommen und noch sehr, sehr krank gewesen war. Er hatte ihr erzählt, er sei zu einer der Tänzerinnen beim Ballett gerufen worden, die an einer ausgesprochen schweren Form der Influenza erkrankt war. Aber seine Frau hatte ihn nicht mehr danach gefragt, und nachdem er Danina besser kennen gelernt hatte, beschloss er, sie zu Hause nicht mehr zu erwähnen. In mancher Hinsicht war es leichter, ihre Freundschaft geheim zu halten.

Vor Jahren hätte er das nicht getan, aber nun, nach fünfzehn Ehejahren, erkannte er, dass er wenig oder gar kein Verlangen verspürte, Marie von seinem Leben zu erzählen. Sie schien sich überhaupt nicht dafür zu interessieren und hatte ihm die meiste Zeit nichts zu sagen. Sie hatten ein paar Jahre zuvor eine harte Zeit durchlebt, als sie nach England zurückzukehren wünschte, zumindest aber ihre Söhne dorthin aufs Internat schicken wollte. Doch er hatte dagegen protestiert. Er wollte sie in seiner Nähe wissen, wo er sie regelmäßig sehen konnte. Mittlerweile war sie nicht einmal mehr wütend darüber und verhielt sich ihm gegenüber völlig gleichgültig. Aber sie ließ nie eine Gelegenheit aus, ihm zu sagen, wie sehr sie Russland und ihr Leben an seiner Seite hasste. Im Gegensatz dazu war die Zeit, die er mit Danina verbrachte, herrlich unbeschwert. Sie beklagte sich nie über das Leben, das sie führte. Sie liebte alles daran und war im Grunde ein glücklicher Mensch.

»Sehen Ihnen Ihre Söhne ähnlich?«, fragte sie ihn beiläufig.

»Man sagt, ja.« Er lächelte. »Ich bin anderer Meinung. Ich finde, sie sehen ihrer Mutter ähnlich. Es sind gute Kinder. Um ehrlich zu sein, wachsen sie bereits zu jungen Männern heran. Für mich sind sie immer noch kleine Jungen, und ich muss mich ständig daran erinnern, dass sie das nicht mehr sind. Sie werden immer wütend auf mich, wenn es um dieses Thema geht. Sie sind sehr unabhängig. Bald schon werden sie erwachsene Männer sein und wahrscheinlich der Armee beitreten, um dem Zaren zu dienen.« Seine Worte erinnerten sie an ihre Brüder und ließen sie diese schmerzlich vermissen. Seit der Kriegserklärung im vergangenen Sommer machte sie sich ernsthafte Sorgen um ihre Familie.

Danina erzählte Nikolai Obrajenski von ihren Brüdern, und er hörte ihr lächelnd zu. Sie unterhielt ihn mit Geschichten über sie, und als sie ihn mit »Doktor« anredete, betrachtete er sie traurig. Er fühlte sich bei diesem Wort so alt und distanziert von ihr, nicht wie der Freund, der er ihr trotz der erst kurzen Zeit ihrer Bekanntschaft geworden war.

Obwohl sie sich im vergangenen Sommer in Liwadija begegnet waren, hatte sie ihn erst seit ihrer Erkrankung wirklich kennen gelernt, und ihre Freundschaft wurde von Tag zu Tag tiefer.

»Können Sie mich nicht Nikolai nennen?«, fragte er. »Es wäre doch viel einfacher.« Und sehr persönlich, doch sie dachte sich nichts dabei. Sie mochte ihn, und er hatte so bescheiden gefragt, dass seine Worte sie, wie so vieles, was er sagte, im Innersten berührten. Sie lächelte ihn an und wirkte dabei wie ein kleines Kind, nicht wie eine junge Frau. Ihre Freundschaft war so unschuldig und so harmlos.

»Natürlich, wenn es Ihnen lieber ist. Ich kann Sie ja vor anderen weiterhin mit der förmlichen Anrede ansprechen.« Es erschien ihr respektvoller, und sie war sich sehr wohl seiner Position und des Altersunterschiedes zwischen ihnen bewusst. Er war zwanzig Jahre älter als sie.

»Das klingt vernünftig«, stimmte er ihrem Vorschlag zufrieden zu.

»Werde ich Ihre Frau kennen lernen, während ich hier bin?«, fragte Danina, denn sie war neugierig auf sie und seine Kinder.

»Das bezweifele ich«, erwiderte er ehrlich. »Sie kommt so selten wie möglich in den Palast. Wie ich schon sagte, geht sie nur ungern aus und lehnt alle Einladungen der Zarin ab, vielleicht mit Ausnahme von einer im Jahr, bei der sie sich verpflichtet fühlt, sie anzunehmen.«

»Verursacht Ihnen diese Einstellung Nachteile bei der Zarenfamilie?«, fragte Danina direkt. »Ist die Zarin verärgert darüber?«

»Nicht dass ich wüsste. Wenn ja, dann ist sie viel zu diskret, etwas zu sagen. Und ich denke, sie hat erkannt, dass meine Frau kein Mensch ist, mit dem man leicht zurechtkommt.« Dies war der erste echte Einblick in sein Familienleben. Sie hatten bereits über viele Dinge gesprochen, und doch wusste sie nichts über ihn persönlich. Sie hatte sich ihn inmitten einer liebevollen Familie in einem glücklichen Zuhause vorgestellt.

»Ihre Frau muss sehr schüchtern sein«, sagte Danina verständnisvoll.

»Nein, das glaube ich nicht.« Er lächelte traurig. Es bestanden sehr große Unterschiede zwischen Danina und seiner Frau. »Sie trägt nicht gerne aufwändige Kleider und Abendroben. Sie ist sehr englisch. Sie reitet und jagt gerne und sie liebt das Anwesen ihres Vaters in Hampshire. Alles andere langweilt sie nur.« Er sagte nicht »einschließlich ich«, aber er hätte es Danina gegenüber gerne getan. Ihre Ehe war seit langem für beide Partner eine Enttäuschung, aber vor allem für ihn, wenn man von der Existenz seiner Kinder absah. Denn sie waren sehr verschieden. Marie war sehr kühl und überheblich, er hingegen warmherzig und offen. Das Leben, das er führte, langweilte sie, und in zornigen Momenten nannte sie ihn den Schoßhund des Zaren. Und Nikolai hatte es satt, sich ihre Klagen darüber anzuhören. Es war leicht zu verstehen, warum sie keine Freunde hatte, wenn man ihre Kälte und Eifersucht bedachte. Sogar die Söhne waren ihrer ständigen Beschwerden überdrüssig. Eigentlich wollte sie nichts sehnlicher, als in England zu leben, und sie erwartete von ihm, dass er sein ganzes Leben und all seine Verpflichtungen zurückließ, um sie zu begleiten. Doch das kam für ihn nicht in Frage. Sollte sie jemals für immer nach England zurückkehren, so hatte er sie gewarnt, dann musste sie das ohne ihn tun.

»Warum missfällt ihr das Leben hier so sehr?«, fragte Danina mit unverhohlener Neugier.

»Es liegt an den Wintern, oder zumindest sagt sie das. Das Wetter in England ist nicht viel angenehmer, obschon es in Russland kälter ist. Sie mag weder die Menschen noch unser Land. Sie hasst sogar das Essen.« Er lächelte. Dies war eine uralte Litanei zwischen ihnen.

»Es würde ihr besser gefallen, wenn sie Russisch sprechen könnte«, sagte Danina schlicht.

»Das habe ich ihr bereits versucht klarzumachen. Doch dies ist ihre Art, sich um keinen Preis auf das Land einzulassen. Solange sie kein Russisch spricht, ist sie nicht wirklich hier. Zumindest glaubt sie das. Aber es macht das Leben nicht gerade einfacher für sie.« Es waren sehr lange fünfzehn Jahre für ihn gewesen, besonders die letzten, doch das gestand er Danina natürlich nicht. Auch nicht, wie einsam er war. Oder wie froh er darüber war, hier zu sitzen und sich mit ihr zu unterhalten oder seine Bücher mit ihr zu teilen. Wären die Jungen nicht gewesen, hätte er Marie bereits vor Jahren nach Hause zurückkehren lassen. Abgesehen von ihren

Kindern gab es nichts mehr, was sie verband. »Jetzt schürt ihr Vater ihre Angst vor dem Krieg. Und er glaubt, dass es eines Tages zu einer Revolution kommen wird. Er sagt, Russland sei zu groß, um es kontrollieren zu können, und Zar Nikolaus sei zu schwach für diese Aufgabe. Das ist natürlich lächerlich, doch sie glaubt ihm. Ihr Vater war schon immer ein wenig hysterisch.«

Danina hörte ihm mit besorgter Miene zu. Sie wusste nichts von Politik. Sie war normalerweise viel zu sehr mit dem Ballett beschäftigt, um mitzubekommen, was in der Welt vor sich ging. »Glauben Sie das auch?«, fragte sie ernst. »Dass es eine Revolution geben wird?« Sie vertraute seinem Urteil vollkommen.

»Nein, ganz und gar nicht«, antwortete Nikolai. »Ich glaube nicht, dass hier auch nur die geringste Chance für eine Revolution besteht. Russland ist für so etwas viel zu stark. Und das gilt auch für den Zaren. Dies ist nur eine weitere Gelegenheit für Marie, sich über ihr Leben hier zu beschweren. Sie behauptet, ich riskiere die Zukunft unserer Kinder. Sie wurde schon immer sehr stark von ihrem Vater beeinflusst.« Dann lächelte er sie an. Sie hatte einen klaren Blick für die Dinge und einen offenen, wachen Verstand. Abgesehen vom Ballett war sie mit so wenig anderem konfrontiert worden, dass es ihm vorkam, als könne er ihr regelrecht zusehen, wie sie die Welt um sich herum entdeckte. Eine Welt, die er sehr gerne mit ihr teilen wollte. Verglichen mit ihr schien Marie sehr müde, wütend und verbittert. Das Leben in Russland hatte ihr Naturell nicht zum Vorteil verändert.

Marie war einmal sehr hübsch gewesen und hatte sich

für vieles interessiert. Sie hatten zahllose gemeinsame Ansichten und Interessen geteilt, und sie war von der Medizin und seiner Karriere fasziniert gewesen. Aber sie lehnte seine Position bei der Zarenfamilie ab und schien auch eine Menge an ihm persönlich zu bemängeln. Doch Danina hatte nichts von alldem. Allerdings war Marie siebzehn Jahre älter als Danina. Er war neununddreißig und seine Frau drei Jahre jünger als er. Danina hingegen wirkte im Vergleich zu ihr wie ein Baby. Seine Beschwichtigungen hinsichtlich der Revolution hatten sie beruhigt.

»Glauben Sie, der Krieg wird bald zu Ende sein?«, fragte sie ihn unschuldig, und er lächelte sie beruhigend an, obwohl die Zahl der Todesfälle und Verluste bis dato verheerend hoch ausfiel. Alle hatten geglaubt, der Krieg wäre schon vor Monaten beendet gewesen, und zum Erstaunen aller tobten die Kämpfe unvermindert weiter.

»Das hoffe ich«, sagte er nur.

»Ich mache mir Sorgen um meinen Vater und meine Brüder«, gestand sie ihm.

»Es wird ihnen schon nichts passieren. Uns allen nicht.« Sie fühlte sich viel besser, während sie sich mit ihm unterhielt. Er saß lange bei ihr, doch schließlich erhob er sich und machte Anstalten zu gehen. Sie sah wieder erschöpft aus, und er musste nach Hause. Er konnte es nicht ewig aufschieben. »Ich sehe Sie morgen«, versprach er, als er ging, und sie lauschte auf seinen Schlitten, der in der Dunkelheit verschwand.

Sie dachte über die Dinge nach, die er über seine

Frau gesagt hatte, und die Tatsache, dass er bei seinen Worten nicht sehr glücklich gewirkt hatte. Er schien in einer sehr schwierigen Lage gefangen zu sein, und sie konnte nicht umhin, sich zu fragen, ob er etwas tun konnte, um die Situation zu verbessern. Vielleicht konnte er insistieren, dass seine Frau Russisch lernte, oder von Zeit zu Zeit mit ihr nach England reisen. Es schockierte Danina, dass Nikolais Ehefrau nicht an seiner Verbindung mit der Zarenfamilie teilhaben wollte. Sie konnte das Verhalten seiner Frau nur schwer verstehen. Und dann fragte sie sich, ob sie die Sache unnötig negativ sah. Vielleicht war er nur müde, dachte sie bei sich, während sie in ihrem Bett lag und sich über ihn Gedanken machte. Der Krieg deprimierte wirklich jeden. Vielleicht rührten seine Kommentare über seine Frau daher und von anderen Sorgen, die er nicht erwähnt hatte.

Es kam ihr nicht einen Moment in den Sinn, dass sein Interesse an ihr ein anderes sein könnte als das eines Arztes an seiner Patientin. Er war schließlich verheiratet und hatte eine Familie. Und selbst wenn er einiges an seiner Frau kritisierte, dann war es sicherlich nicht so schlimm, wie es sich anhörte. Für Danina, die in dem kleinen Kosmos des Balletts lebte und die Welt durch ein winziges Teleskop betrachtete, waren die Dinge sehr einfach und die Ehe heilig. Sie war überzeugt, dass er mit Marie glücklicher war, als es schien oder er es zugab.

Während der nächsten zwei Wochen erwähnte er seine Frau kein einziges Mal bei seinen Besuchen. Danina war inzwischen in der Lage, am Tisch zu essen, und an einem sonnigen Nachmittag im Januar nahm er sie auf einen kurzen Spaziergang mit in den Garten. Die Luft wirkte sehr belebend, und sie scherzte mit ihm und neckte ihn mit dem Umstand, dass er das Leben so ernst nahm. Er hatte ihr inzwischen zahlreiche Poesiebände geliehen, und sie hatte bereits vier seiner Lieblingsromane gelesen. Am gleichen Nachmittag, als Alexej zum Tee kam, blieb Nikolai und gesellte sich zu ihnen. Sie spielten Karten, und sehr zu seiner Freude gewann Alexej und lachte triumphierend, als Danina ihn des Schummelns bezichtigte. »Das habe ich nicht!«, protestierte er vehement. »Sie haben sehr schlecht gespielt, Danina«, fuhr er ungerührt fort, und sie tat so, als sei sie empört darüber.

»Wie können Sie es wagen. Ich habe brillant gespielt. Ich bin davon überzeugt, dass Sie geschummelt haben.« Nikolai sah den beiden gerne zu und genoss die fröhliche Stimmung zwischen ihnen.

»Ich habe nicht geschummelt, und wenn Sie mich dessen bezichtigen, dann werde ich mich daran erinnern, wenn ich einmal Zar bin, und Sie köpfen lassen.«

»Ich glaube, das macht man heutzutage nicht mehr.« Danina wandte sich an Nikolai. »Oder doch?«

»Wenn ich es will, dann werde ich Sie trotzdem köpfen lassen«, verkündete Alexej, und die Aussicht schien ihn wirklich zu faszinieren. »Und vielleicht lasse ich Ihnen auch gleich die Füße abhacken, damit Sie nicht mehr tanzen können, und die Hände, damit Sie nicht mehr Karten spielen können.«

»Ohne Kopf kann ich das alles sowieso nicht mehr

tun. Es dürfte also vollkommen ausreichen, wenn Sie mich köpfen lassen«, gab Danina lächelnd zu bedenken.

»Nun, für alle Fälle werde ich den Rest auch noch abhacken lassen.« Er fand diese Aussicht scheinbar herrlich blutrünstig. Plötzlich musterte er sie voller Interesse. »Kann ich irgendwann einmal nach Sankt Petersburg kommen und Sie tanzen sehen? Ich meine, wenn Sie wieder gesund sind. Das würde mir sehr gefallen.«

»Mir ebenfalls«, erwiderte sie herzlich.

»Aber ich möchte, dass Sie noch lange hier bleiben und nicht zu schnell zurückkehren.« Dann fiel ihm etwas ein. »Meine Mutter lässt fragen, ob es Ihnen wieder gut genug geht, zu uns zum Essen zu kommen.« Er wandte sich an Nikolai. »Kann sie?«

»Vielleicht in der nächsten Woche. Es ist noch ein wenig zu früh dafür.« Sie war erst zwei Wochen in Zarskoje Selo und fühlte sich immer noch ein wenig unsicher auf den Beinen. Außerdem ermüdete sie sehr schnell.

»Ich habe nichts Passendes anzuziehen«, protestierte sie.

»Sie können Ihr Nachthemd tragen«, schlug Alexej ganz pragmatisch vor. »Ich bin sicher, es wird niemandem auffallen.«

»Wie peinlich.« Sie lachte bei dem Gedanken, aber sie hatte tatsächlich keine passenden Kleider für ein Abendessen mit der Zarenfamilie dabei.

»Ich bin sicher, eine meiner Schwestern könnte Ihnen etwas leihen«, schlug Alexej höflich vor. Danina hatte ungefähr die gleiche Größe wie die Großfürstinnen.

»Werden Sie auch dabei sein?«, fragte sie Nikolai unschuldig und hoffte, dass dies der Fall sein würde. Sie fühlte sich in seiner Gegenwart wohl aufgehoben und sicher, sodass seine Anwesenheit es ihr leichter machen würde. Ein Abendessen mit der Zarenfamilie klang in ihren Ohren immer noch ein wenig Furcht einflößend.

»Möglicherweise«, sagte er lächelnd. »Ich habe noch nichts gehört, aber wenn ich an diesem Abend Dienst habe, werde ich dort sein.« Und selbst wenn seine Anwesenheit nicht eingeplant war, konnte er dafür sorgen, indem er den Dienstplan entsprechend änderte. Die beiden Ärzte waren sehr flexibel, was ihre Arbeitszeiten anging, und sein Kollege hatte gute Gründe, abends nach Hause zu gehen, anders als Nikolai. Daher überließ Dr. Botkin diesem gerne seine Abendschichten.

Nikolai brachte Alexej schließlich zurück in den Palast, und Danina legte sich hin, um ein wenig zu schlafen. Als sie aufwachte, überraschte es sie, Nikolai in ihrem Schlafzimmer stehen zu sehen, der sie mit gerunzelter Stirn betrachtete.

»Stimmt etwas nicht?« Sie fragte sich, ob in der Zwischenzeit etwas passiert war, denn sie konnte den beunruhigenden Blick in seinen Augen nicht deuten. Er wiederum wusste nicht, wie er das, was ihn bewegte, ausdrücken sollte.

»Ich wollte nur nach Ihnen sehen. Ich habe mir Sorgen gemacht, dass wir heute Nachmittag zu lange spazieren gegangen sind. Zumal Sie das erste Mal im Garten waren.«

»Es geht mir gut«, versicherte sie ihm, setzte sich im

Bett auf und musterte ihn. Sie hatte das unbändige Verlangen danach, ein wenig zu tanzen, doch sie wusste, dass sie noch nicht kräftig genug war. Es war sehr frustrierend, und sie fragte sich, wie lange sie wohl trainieren musste, um zu ihrer alten Form zurückzufinden, wenn sie zum Ballett zurückkehrte. Sie fürchtete, dass ihre Muskeln und Gelenke vergessen haben könnten, dass sie eine Tänzerin war. »Ich habe gerade zwei Stunden geschlafen. Es hat Spaß gemacht, mit Alexej Karten zu spielen.«

»Übrigens, er schummelt tatsächlich. Er schlägt mich jedes Mal«, sagte Nikolai mit einem unübersehbaren Lächeln. »Sie hatten ihn wirklich am Haken, und das hat ihm sehr gefallen. Er hat auf dem gesamten Nachhauseweg davon gesprochen, Sie zu köpfen und wie schmutzig es sein wird und wie sehr er es genießen will.«

»Ich bin nicht sicher, ob dies ein angemessenes Verhalten für ein Mitglied der Zarenfamilie ist.« Sie lächelte schelmisch. Es freute sie, Nikolai wieder zu sehen, und sie fragte sich, ob er auf dem Weg zum Abendessen war. Sie fragte ihn danach, und er bestätigte ihre Vermutung. Er hatte an diesem Abend Dienst im Palast.

»Ich versuche, anschließend vorbeizuschauen, doch es wird vermutlich sehr spät. Außerdem sind Sie sicherlich heute sehr müde nach Ihrem Spaziergang im Garten.« In diesem Augenblick brachte die Krankenschwester das Tablett mit Daninas Abendessen herein. Ihre Genesung machte wirklich gute Fortschritte. Sie hatte an diesem Nachmittag einen Brief von Madame Markova erhalten, die ihr befahl, nicht zu früh zum Ballett zurückzukehren. Aber Danina hatte immer noch furchtbare Schuldgefühle, weil sie nicht trainierte und probte.

Madame Markova hatte ihr alle Neuigkeiten berichtet und geschrieben, dass eines der anderen Mädchen ebenfalls die Influenza bekommen hatte. Glücklicherweise nur eine leichte, das Mädchen war nur zwei Tage krank gewesen und hatte nicht einmal Fieber bekommen. Es hatte weitaus mehr Glück gehabt als Danina.

Nikolai Obrajenski blieb noch eine Weile und plauderte mit ihr, und dann brach er widerstrebend zum Abendessen in den Palast auf. Währenddessen saß sie ruhig in ihrem Bett, nippte ihren Tee und dachte über ihn nach. Er war ein sanfter Mann mit einem warmherzigen, gütigen Wesen, und sie war dankbar für seine Freundschaft. Wären er und seine Fürsprache nicht gewesen, wäre sie nun nicht im Gästehaus des Zaren und lebte im Luxus, verwöhnt von Bediensteten und Schwestern. Es war schon außergewöhnlich, wie gut sie alle zu ihr waren und welches Glück sie gehabt hatte, zu überleben und nun an diesem Ort zu sein.

Er kam an diesem Abend nicht noch einmal vorbei, und sie vermutete, dass es beim Abendessen tatsächlich sehr spät geworden war. Vielleicht ging es Alexej auch nicht gut oder Nikolai musste sich um die Zarenfamilie kümmern, für die er so pflichtbewusst arbeitete. Sie blieb noch lange wach, um eines seiner Bücher zu Ende zu lesen. Als er am nächsten Morgen im Gästehaus erschien, um nach seiner Patientin zu sehen, war sie gerade mit dem Ankleiden fertig.

»Haben Sie gut geschlafen?«, erkundigte er sich fürsorglich, und sie bejahte seine Frage mit einem Lächeln. Sie gab ihm das Buch zurück und erzählte ihm, wie sehr es ihr gefallen hatte. Er wirkte sehr glücklich, als er hörte, dass auch sie dieses Buch schätzte, und hatte ihr drei weitere Romane mitgebracht. »Die Zarin hat gestern Abend von Ihnen gesprochen; sie möchte eine kleine Abendgesellschaft für Sie geben. Nur ein paar ihrer Freunde aus Sankt Petersburg, nichts, was Sie ermüden könnte. Fühlen Sie sich dem gewachsen?«, fragte er besorgt. Er hatte die Zarin gewarnt, dass es zu früh sein könnte, aber Danina schien die Aussicht darauf zu reizen.

»Vielleicht in ein paar Tagen ... Was denken Sie, Doktor?«

»Ich denke, Sie machen ausgezeichnete Fortschritte.« Er lächelte sie an. »Ich möchte nur nicht, dass Sie sich zu früh überanstrengen. Ich werde Sie höchstpersönlich hinbringen, und sobald Sie müde werden, bringe ich Sie zurück.«

»Ich danke Ihnen, Nikolai«, sagte sie sanft. Sie gingen auf einen Spaziergang in den Garten hinaus. Es war ein kalter Morgen, und der Wind war stärker als am Tag zuvor. Daher brachte er sie nach ein paar Minuten zurück ins Haus. Er hielt noch immer ihre Hand in der seinen, als sie schon in ihrem Wohnraum standen, doch keiner von ihnen schien es zu bemerken. Ihre Wangen waren gerötet und ihre Augen glänzten, und so einen gesunden Eindruck hatte sie seit ihrer Ankunft in Zarskoje Selo nicht auf ihn gemacht. Doch sie war immer noch weit davon entfernt, das Tanzen wieder aufnehmen zu können. Sie hatte begonnen, täglich eine halbe Stunde zu trainieren, und ihm davon erzählt, aber er konnte sich einfach nicht vorstellen, ihr vor April zu gestatten, zum Ballett zurückzukehren. Sie musste erst ganz gesund werden und zu Kräften kommen, bevor überhaupt daran zu denken war. Sie hatte immer noch lange Monate der Genesung vor sich, und keiner von beiden erachtete dies als deprimierende Perspektive. Sie vermisste die Menschen beim Ballett, die für sie wie eine Familie waren, aber sie hatte in den wenigen Wochen gelernt, sich in ihrer neuen Umgebung heimisch zu fühlen. Und nun fand sie die Aussicht auf die kleine Abendgesellschaft der Zarin sehr verlockend.

Er blieb an diesem Tag zum Mittagessen bei ihr, so wie er es häufig tat, und verließ sie kurz darauf, um seine Pflichten im Palast wahrzunehmen. Eine weitere lieb gewonnene Angewohnheit war, dass er später am Nachmittag und noch einmal nach dem Abendessen zu ihr zurückkam. Dies war ein Tagesablauf, mit dem sie sich beide sehr wohl fühlten und mit dem Danina beinah schon rechnete.

Am nächsten Tag hatte er der Zarin signalisiert, dass eine Abendgesellschaft für Danina möglich sei. Nur die engsten Freunde würden dort sein, ein paar Verwandte und natürlich die Kinder. Der Zar befand sich wieder bei seinen Truppen an der Front und konnte daher nicht dabei sein.

In der darauf folgenden Woche schickten die Großfürstinnen Demidowa, die Zofe ihrer Mutter, mit einigen Kleidern zu Danina. Zwei der Kleider standen ihr ausgezeichnet. Sie war ein wenig schlanker als die Zarentöchter, besonders nun nach ihrer Krankheit, aber nachdem sie die Schärpe an dem Modell, das sie bevorzugte, enger gezogen hatte, passte es wie angegossen. Es war ein blaues, mit Zobel besetztes Samtkleid, das ihre Figur ganz besonders gut zur Geltung brachte. Es besaß ein passendes Cape, einen Hut und einen Muff, sodass sie die kurze Entfernung zum Palast warm eingehüllt zurücklegen konnte.

Am Abend der Gesellschaft war Danina so aufgeregt, dass sie es kaum aushalten konnte. Sie war den ganzen Nachmittag im Bett geblieben, um ihre Kräfte zu sammeln, und Nikolai kam sie abholen, als sie sich gerade ankleidete. Er las in einem der Poesiebände, die er ihr geliehen hatte, während er auf sie wartete, und nahm sich eine dampfende Tasse Tee aus dem silbernen Samowar auf dem Tisch. Er fühlte sich inzwischen bei ihr ganz wie zu Hause. Als er ein Geräusch an der Tür hörte, schaute er, die Tasse in der Hand, auf und lächelte, als er sie erblickte. Sie sah in ihrem geliehenen Kleid ganz bezaubernd aus. Ihr glänzendes schwarzes Haar hatte die gleiche Farbe wie der Zobelbesatz.

»Sie sehen großartig aus«, sagte er und betrachtete sie ehrfürchtig. »Ich fürchte, Sie werden jede andere Frau in den Schatten stellen, sogar die Großfürstinnen und selbst die Zarin.«

»Das bezweifle ich, aber es ist sehr nett, dass Sie das sagen.« Sie machte einen tiefen Knicks, so wie sie es auf der Bühne getan hätte, und als sie sich langsam aufrichtete, spürte sie, wie schwach ihre Beine noch waren. Ihm fehlten indes die Worte, seine Empfindungen bei ihrem Anblick in Worte zu fassen. Er konnte sich nicht erklären, wie dieses bezaubernde Geschöpf, das so elegant, so grazil und so bezaubernd war, in sein Leben getreten war. Dabei nahm ihn ihr Wesen ebenso gefangen wie ihre Schönheit. Er hatte noch nie jemanden wie sie gesehen oder gekannt.

»Sie sehen wirklich wunderschön aus, meine Liebe. Sollen wir losfahren?«, fragte er, und sie nickte, während er ihr in das Zobelcape half. Sie bemerkte noch einmal, wie außergewöhnlich großzügig die Großfürstinnen gewesen waren, ihr dieses Kleid zu schicken.

Sie legten die kurze Strecke bis zum Palast in seinem Schlitten zurück, und er hüllte sie vorher vorsichtig in eine schwere Decke. Es war eine kalte, klare Nacht, und man konnte unzählige Sterne am Himmel sehen. Jeder einzelne von ihnen schien sich in den Kerzen widerzuspiegeln, die hell in den Fenstern des Palastes brannten.

Nikolai brachte sie schnell ins Innere und führte sie nach oben in einen großen, prächtig eingerichteten Salon, der ganz in blasser Seide und Brokat dekoriert und mit Marmor und Malachit sowie unzähligen Schätzen ausgestattet war. Der Raum war weniger formell als viele der anderen Säle, und dank des prasselnden Feuers im Kamin, des Kerzenlichts und der warmherzigen Begrüßung, die man ihr zuteil werden ließ, hätte sie sich nirgends heimischer oder wohler gefühlt. Es war wie ein Traum, mit der Zarenfamilie, mit Nikolai und den Freunden der Familie zusammen zu sein. Während des ganzen Abendessens wich ihr Alexej nicht von der Seite.

Er saß auf eigenen Wunsch hin neben ihr, während Nikolai sich an ihrer anderen Seite befand, damit er ihren »Zustand« besser im Auge behalten konnte. Aber es gab an diesem Abend nichts im Auge zu behalten, mit Ausnahme der Freude und des Entzückens der anderen Gäste darüber, Danina kennen zu lernen. Jeder fand sie bezaubernd, wunderschön und charmant.

Sie unterhielten sich mit ihr über das Ballett und stellten überrascht fest, dass sie sich auch bei vielen anderen Themen auskannte. Dank Nikolai hatte sie, zumindest in den vergangenen Wochen, sehr viel gelesen und gelernt. Sie schien neues Wissen wie ein Schwamm aufzusaugen, und erinnerte sich an alles, was er ihr erzählt hatte. Während er ihr nun zuhörte, erfüllte ihn ein seltsamer Stolz, so als wäre sie seine Tochter oder ein Wesen, das er geschaffen hatte.

Er erlaubte ihr, recht lange zu bleiben, und als er schließlich gegen elf Uhr bemerkte, dass sie ein wenig blass geworden war und weniger lebhaft wirkte, hielt er es für das Beste, sie zurückzubringen. Er flüsterte der Zarin unauffällig etwas zu und sagte Danina dann leise, dass er sie nun nach Hause begleiten werde. Es war ein sehr aufregender erster Abend im Alexanderpalast für sie gewesen, und obwohl sie jede einzelne Minute genossen hatte, widersprach sie ihm nicht. Sie gab es nur ungern zu, doch sie war erschöpft, was sie ihm nicht verheimlichen konnte. Und als sie zum Gästehaus fuhren, legte Danina den Kopf in den Nacken und schaute mit einem Lächeln auf den Lippen zu den Sternen hinauf.

Als Nikolai sie hineinbrachte, ging er dicht neben ihr

und legte einen kurzen Moment den Arm um sie. Danina schmiegte den Kopf an seine Schulter. Dies geschah teils aus Müdigkeit, doch es war viel mehr eine Geste der Vertrautheit, die sie füreinander empfanden, und der Dankbarkeit für all das, was er für sie getan hatte.

»Ich hatte einen wunderbaren Abend, Nikolai. Danke, dass Sie mir diese Abendgesellschaft erlaubt haben und dass Sie all das für mich arrangiert haben. Alle waren so nett zu mir. Ich hatte einen bezaubernden Abend.« Dann sprach sie über einen der Gäste, der sehr amüsant gewesen war. »Schade, dass der Zar nicht dabei sein konnte.« Alle hatten betont, wie sehr sie ihn vermissten. Dann lächelte sie zu ihrem Freund auf. »Es war eine wunderbare Gesellschaft.«

»Jeder hat sich heute Abend in Sie verliebt, Danina. Graf Orlowski hielt Sie für besonders liebreizend.« Der Graf war weit über achtzig und hatte den ganzen Abend schamlos mit ihr geflirtet, aber selbst seine Frau hatte sich köstlich darüber amüsiert. In den fünfundsechzig Jahren ihrer Ehe hatte er dies schon bei vielen schönen Frauen getan, aber er war nie über den Flirt hinausgegangen.

»Alexej war sehr enttäuscht darüber, dass ich heute Abend nicht mit ihm Karten gespielt habe«, sagte sie, während sie ihr Cape ablegte. Es war ein seltsames Gefühl, gemeinsam nach Hause zu kommen und sich mit ihm über den Abend zu unterhalten, ganz so als wären sie ein Ehepaar. »Ich habe nicht mit ihm Karten gespielt«, erklärte sie, »weil ich nicht unhöflich gegenüber den anderen sein wollte.«

»Sie können jederzeit mit ihm Karten spielen. Vielleicht morgen, wenn Sie beide dazu aufgelegt sind. Ich fürchte, er wird sehr müde sein. Was ist mit Ihnen?« Er musterte sie besorgt. »Wie fühlen Sie sich?«

Als Danina ihm antwortete, wirkten ihre Augen lebendig und wach und strahlten blauer denn je. »Ich bin glücklich und fühle mich wunderbar, so als hätte ich den schönsten Abend meines Lebens verbracht.« Sie stand da, und ein leises Lächeln umspielte ihre Lippen, als er langsam, immer noch mit seinem Mantel bekleidet, auf sie zuging.

»Ich bin noch nie jemandem wie Ihnen begegnet«, sagte er sanft, als er direkt vor ihr stand und auf sie hinunterblickte. Einen Augenblick vergaß er völlig, wer sie war. Sie war nicht mehr die Primaballerina und auch nicht mehr seine Patientin. Sie war eine Freundin, aber mehr noch eine Frau, von der er verzaubert war und die er völlig unverhofft lieben gelernt hatte. »Sie sind wirklich außergewöhnlich«, flüsterte er, und als sie seine nächsten Worte hörte, stockte ihr der Atem und ihre Augen weiteten sich vor Überraschung. »Danina ... ich liebe Sie ...« Und ohne eine Antwort abzuwarten, beugte er sich behutsam vor und küsste sie. Er hielt sie in seinen Armen, und es überraschte sie, wie kräftig er war. Ohne nachzudenken, schmiegte sie sich an ihn und erwiderte seinen Kuss. Doch sofort entzog sie sich ihm und schaute entsetzt zu ihm auf. Was hatten sie getan? Was sollten sie nun tun? Es würde alles verderben, wenn sie diesen Gefühlen nachgaben.

»Ich ... Ich will nicht ... wir können nicht ... wir dürfen

das nicht, Nikolai ... ich weiß nicht, wie das passieren konnte ...« Tränen traten ihr in die Augen, als er ihre Hände in seine nahm. Er war der erste Mann, den sie je geküsst oder der sie geküsst hatte. Er hatte eine Tür geöffnet, die in den neunzehn Jahren ihres Lebens bis dahin verschlossen gewesen war, und sie wusste nicht, was sie nun tun sollte.

»Ich weiß genau, wie es passiert ist, Danina«, sagte er und klang dabei ruhiger, als er sich fühlte. Mit pochendem Herzen sah er sie an. Plötzlich überkam ihn die Angst, sie zu verlieren. Vielleicht hatte er sie mit seiner kühnen Geste für immer vertrieben, und diese Aussicht erfüllte ihn mit Entsetzen. Egal, was nun auch geschah, er durfte sie nicht verlieren. »Ich habe mich in Sie verliebt, als ich Sie das erste Mal krank in Ihrem Bett liegen sah. Ich hätte nie gedacht, dass Sie die Nacht überleben würden. Aber Ihr Anblick hat mich all diese Tage verfolgt. Sie waren eine Illusion von Grazie und Schönheit, ein verletzter Schmetterling, der, so fürchtete ich, nicht verschont werden würde. Aber ich hatte keine Ahnung, wer Sie waren, ich wusste nichts von Ihnen ... bis jetzt ... bis Sie hierher kamen und wir uns jeden Tag unterhalten haben. Und nun liebe ich alles an Ihnen, Ihren Geist, Ihre Seele, Ihr gütiges Herz ... Danina, ich kann ohne Sie nicht leben.« Seine Worte waren ein Flehen um Gnade und zugleich ein Geschenk an sie, das war ihr allzu deutlich.

»Aber Nikolai, Sie sind verheiratet«, sagte sie mit Tränen in den Augen, und sie blickte ihn voller Kummer an. »Wir dürfen das nicht ... wir müssen es vergessen.«

»Meine Ehe besteht nur noch auf dem Papier. Das muss Ihnen doch nach dem Wenigen, das ich Ihnen erzählt habe, klar sein. Sie haben es sicherlich gespürt. Ich habe so etwas noch nie zuvor getan ... das schwöre ich ... Sie sind die erste Frau, die ich je geliebt habe. Ich bin nicht sicher, ob Marie und ich uns je geliebt haben. Nicht so. Und nun lieben wir uns ganz bestimmt nicht mehr. Danina, ich schwöre ... sie hasst mich.«

»Vielleicht irren Sie sich, vielleicht verstehen Sie ihre Gefühle nicht oder ihre Schwierigkeiten, hier in Russland zu leben. Vielleicht sollten Sie mit ihr nach England ziehen.« Sie wanderte erregt und aufgewühlt im Zimmer auf und ab, und er befürchtete mehr denn je, sie zu verlieren. Und dann wandte sie sich ihm zu und sagte die Worte, die er am meisten fürchtete und die schlimmer waren als eine Leugnung ihrer Liebe. Denn während ihres Kusses hatte er gespürt, dass sie ihn liebte. Sie fühlte das Gleiche wie er, doch sie hatte Todesangst, es zuzugeben. »Ich muss nach Sankt Petersburg zurückkehren. Sie müssen mich gehen lassen. Ich kann nicht hier bleiben.«

»Sie können nicht zurückkehren. Sie sind noch nicht stark genug, in diesen eiskalten Baracken zu leben und wieder zu tanzen. Es wird noch Monate dauern, bis Sie wieder gesund sind. Sie werden einen Rückfall erleiden. Es könnte schlimm für Sie ausgehen.« Er war bei diesen Worten den Tränen nahe. »Ich flehe Sie an, fahren Sie nicht ab.« Er konnte den Gedanken nicht ertragen, von ihr getrennt zu sein.

»Ich kann nicht in Ihrer Nähe bleiben ... wir werden

beide wissen, dass wir ein schreckliches Geheimnis in unserem Herzen tragen, eine schreckliche Sünde, für die man uns bestrafen wird.«

»Ich lebe bereits seit fünfzehn Jahren mit meiner Strafe. Sie können mich nicht auf ewig zu diesem Leben verdammen.«

»Was sagen Sie da?« Entsetzt riss sie die Augen auf und schlug die Hand vor den Mund, als sei sie schockiert über das, was er ihr vorschlug.

»Ich sage Ihnen, dass ich alles für Sie tun werde. Ich werde meine Frau und meine Familie verlassen ... Danina, ich würde alles dafür geben, bei Ihnen zu sein.«

»Das dürfen Sie nicht. Das dürfen Sie nicht einmal sagen. Ich kann den Gedanken nicht ertragen, dass Sie so etwas Schreckliches tun könnten ... Nikolai, denken Sie an Ihre Kinder!«, rief sie mit erstickter Stimme. Ihm kamen ebenfalls die Tränen, als er ihr antwortete.

»Ich habe schon unzählige Male an meine Kinder gedacht, jeden Tag, seit ich Ihnen das erste Mal begegnet bin. Aber sie sind keine Babys mehr. Sie sind zwölf und vierzehn Jahre alt. In ein paar Jahren sind sie erwachsene Männer, und ich kann nicht ihnen zuliebe den Rest meines Lebens mit einer Frau zusammenleben, die ich nicht mehr ertrage. Und ich kann auch nicht die einzige Frau aufgeben, die ich je geliebt habe. Danina, laufen Sie nicht fort, bitte ... bleiben Sie bei mir ... wir können darüber reden. Ich werde nichts gegen Ihren Willen tun, das verspreche ich Ihnen.«

»Dann dürfen Sie nie wieder darüber sprechen. Niemals. Wir müssen beide versuchen zu vergessen, dass Sie es je ausgesprochen haben. Ich kann nicht mehr für Sie sein, als ich es jetzt bin. Ihr Leben ist hier, beim Zaren und bei Ihrer Familie. Meines gehört dem Ballett. Ich kann mich Ihnen nicht hingeben, denn ich habe kein Leben, das ich Ihnen schenken könnte. Mein Leben ist ganz dem Ballett geweiht, bis ich zu alt bin, um weiter zu tanzen, und dann werde ich mein Können an die Kinder weitergeben, so wie Madame Markova es hält.«

»Wollen Sie damit sagen, dass Sie wie eine Nonne leben müssen, um tanzen zu können?« Er hörte diesen Gedanken zum ersten Mal. Er wusste sehr wohl, dass sie noch nie geliebt hatte oder einem Mann nahe gekommen war, da sie ihm dies während einer ihrer Unterhaltungen anvertraut hatte.

»Madame Markova sagt, dass ein unreines Leben, ein Leben mit Männern, eine Ablenkung bedeutet. Man kann keine große Primaballerina sein, wenn man wie eine Dirne leben möchte.« Ihre ungeschminkten Worte überraschten ihn.

»Ich wollte Ihnen wohl kaum vorschlagen, das Leben einer Dirne zu führen, Danina. Ich habe Ihnen gesagt, dass ich Sie liebe und Sie heiraten möchte, wenn Marie in eine Scheidung einwilligt.«

»Und ich sage Ihnen, dass das unmöglich ist. Ich gehöre dem Ballett. Der Tanz ist mein Leben, mein Ein und Alles, alles, was ich kenne. Es ist meine Bestimmung, und ich werde nicht zulassen, dass Sie wegen mir Ihre Existenz zerstören.«

»Es ist Ihre Bestimmung, zu lieben und geliebt zu werden, so wie wir alle. Mit einem liebenden Mann und

Kindern zu leben, nicht in einem zugigen Gebäude zu tanzen, sich zu Tode zu schuften und Ihre eigene Gesundheit zu ruinieren, bis Sie sterben oder zu alt und verkrüppelt sind, um der Compagnie von Nutzen zu sein. Sie verdienen mehr als das, und das möchte ich Ihnen geben.«

»Aber das können Sie nicht«, erwiderte sie voller Verzweiflung. »Sie können mir nicht geben, was nicht in Ihrer Macht liegt. Und was ist, wenn Marie nicht in eine Scheidung einwilligt?«

»Sie wäre glücklich, nach England zurückkehren zu können. Sie würde sich liebend gerne ihre Freiheit erkaufen, indem sie sich von mir trennt.«

»Und der Skandal? Der Zar könnte Sie nicht länger im Kreis seiner Familie dulden, und das sollte er auch nicht. Sie wären ein Ausgestoßener. Das lasse ich nicht zu. Sie müssen an sich denken und mich vergessen.« Bei diesen Worten liefen ihr die Tränen über das Gesicht.

»Ich werde alles vergessen, was wir heute Abend gesprochen haben«, sagte er mühsam, »wenn Sie mir versprechen, hier zu bleiben. Ich werde meine Gefühle nie wieder erwähnen. Sie haben mein Ehrenwort.« Ihr dieses Ehrenwort anzubieten brach ihm das Herz.

»Na gut.« Sie seufzte tief und wandte ihm mit gesenktem Kopf den Rücken zu. Während er sie betrachtete, sehnte er sich schmerzlich danach, die Arme um sie zu legen, aber er wusste, dass dies unmöglich war. Sie sah sehr unglücklich aus, doch nicht annähernd so unglücklich wie er. »Ich werde darüber nachdenken«, sagte sie nur, ohne sich zu ihm umzudrehen und ihn anzusehen.

Sie konnte es nicht, denn ihr strömten immer noch die Tränen über die Wangen. »Sie müssen nun gehen.« Er konnte ihr Gesicht nicht sehen, während sie dies sagte, nur ihren geraden jungen Rücken, die stolze Neigung ihres Kopfes und das glänzende schwarze Haar, das sich über ihre Schultern ergoss. Er sehnte sich danach, es zu berühren und sie zu halten.

»Gute Nacht, Danina«, sagte er voller Bedauern und Sehnsucht, und einen Augenblick später hörte sie, wie sich die Tür hinter ihm schloss. Schluchzend drehte sie sich um.

Sie konnte nicht glauben, was sie getan und gesagt hatten. Doch das Schlimmste war, dass sie ihn ebenfalls liebte. Aber er war ein verheirateter Mann, und sie konnte nicht zulassen, dass er ihretwegen seine Existenz zerstörte und seine Arbeit und seine Söhne verlor. Sie liebte ihn zu sehr, um dies zuzulassen. Außerdem war sie dem Ballett verpflichtet. Sie erinnerte sich nur zu deutlich an Madame Markovas unheilvolle Warnungen, die sie ihr, seit sie denken konnte, mit auf den Weg gegeben hatte.

Ihre Lehrmeisterin hatte ihr stets gesagt, dass sie anders sei und keinen Mann brauche, dass sie rein bleiben und nur durch ihre Kunst leben und wachsen müsse und dass der Tanz das Wichtigste in ihrem Leben sein müsse. So war es bis dahin auch gewesen. Aber seit ihrer Freundschaft mit Nikolai sah sie, dass es auch etwas anderes gab. Ein Leben mit ihm würde eine ewig andauernde Glückseligkeit bedeuten, aber nicht, wenn es ihn alles kostete, was ihm wichtig war. Das konnte sie nicht zulassen.

Sie wusste, dass sie nach Sankt Petersburg zurückkehren musste, doch sie konnte den Gedanken nicht ertragen, ihn zu verlassen. Sie konnte nicht ertragen, ihn nicht mehr jeden Tag zu sehen – und ihm ging es ebenso. Sie mussten nur so tun, als wäre all dies nicht geschehen. Es würde nicht leicht werden, aber sie war entschlossen, es zu versuchen. Als sie in ihr Zimmer ging und sich entkleidete, begannen ihre Knie heftig zu zittern und sie musste sich setzen. Sie konnte nur noch an seine Lippen auf den ihren denken, und was sie bei seinem Kuss gefühlt hatte. Doch ungeachtet ihrer Empfindungen wusste sie tief in ihrem Herzen, dass er ihr niemals gehören würde. Aber wenn sie blieb, würden sie sich zumindest weiterhin sehen können. Sie saß da und betrachtete ihr Spiegelbild, dachte an ihn und fragte sich, wie ihnen dies gelingen sollte. Es würde alles andere als leicht werden.

Kapitel 4

Während der nächsten zwei Tage kam Nikolai weder zu ihr noch in den Palast. Schließlich schickte er ihr zwei neue Romane und eine Nachricht, in der er ihr mitteilte, dass er eine schlimme Erkältung habe und sie nicht anstecken wolle. Er hatte jedoch vor, sie zu besuchen, sobald keine Gefahr mehr bestand. Sie wusste nicht, ob es stimmte oder nicht, aber seine Abwesenheit kam ihr nicht ungelegen. Und sie gab ihnen beiden die Gelegenheit, ihr Gleichgewicht wiederzufinden und zu vergessen, was passiert war.

Doch ohne seine Besuche wanderte sie unruhig in dem kleinen Haus umher, versuchte vergeblich zu schlafen und hatte am Ende des ersten Tages schreckliche Kopfschmerzen, gegen die sie kein Mittel einnehmen wollte. Die Krankenschwestern fanden sie ungewöhnlich aufbrausend und wehleidig, und sie entschuldigte sich unzählige Male bei ihnen für ihre schlechte Laune und schob es auf ihre Migräne. Am Ende des zweiten Tages war sie völlig verzagt. Sie fragte sich, ob er böse auf sie war oder das Geschehene bereute, ob er betrunken gewesen war, ohne dass sie es gemerkt hatte, und ob sie ihn je wieder sehen würde. Sie konnte es ertragen, ihr Geheimnis für alle Zeit zu begraben, doch sie erkannte plötzlich mit aller Deutlichkeit, dass sie auf gar keinen Fall bereit war, ihn nie mehr zu sehen.

Als er schließlich vorbeikam, stand sie gerade in ihrem kleinen Wohnzimmer am Fenster, sah dem Schnee zu, der draußen in ihrem Garten zu Boden fiel, und hörte gar nicht, dass er das Zimmer betrat. Sie drehte sich mit tränennassen Wangen um, weil sie an ihn gedacht hatte, und als sie ihn im Raum stehen sah, da flog sie ohne nachzudenken auf ihn zu, warf sich in seine Arme und gestand ihm, wie sehr sie ihn vermisst hatte. Er war sich zuerst nicht sicher, was diese Reaktion bedeutete, und fragte sich, ob sie nun doch mit ihm zusammen sein wollte oder ob sie ihn einfach nur, wie sie sagte, vermisst hatte.

»Ich habe Sie ebenfalls vermisst«, erwiderte er mit heiserer Stimme, und sie erkannte zu ihrer Erleichterung, dass der Grund für sein Fernbleiben wirklich eine Erkrankung gewesen war. »Sehr sogar«, fügte er hinzu und lächelte sie an. Aber diesmal war er nicht so dumm, sie zu küssen. Er nahm das, was sie zwei Tage zuvor gesagt hatte, ernst und war fest entschlossen, diese Grenze nicht noch einmal zu übertreten. Es sei denn, sie forderte ihn dazu auf. Sie machte jedoch keine Anstalten, ihn zu küssen, sondern ging direkt zum Samowar hinüber und schenkte ihm eine Tasse Tee ein. Als sie ihm anschließend die Tasse reichte, zitterte ihre Hand, doch auf ihren Zügen lag ein strahlendes Lächeln.

»Ich bin so froh, dass Sie krank waren ... oh, ich meine ... ach, das klingt schrecklich ...« Sie lachte zum ersten Mal seit zwei Tagen, und er nahm lächelnd neben ihr in dem kleinen behaglichen Wohnzimmer des Gästehauses Platz. »Ich fürchtete, Sie könnten mich nicht sehen wollen.«

»Sie wissen, dass das nicht stimmt«, sagte er, und seine Augen verrieten ihr all das, was sie zu hören gehofft hatte, was sie ihm jedoch nie wieder gestatten würde, laut auszusprechen. Sie war ungeheuer glücklich, ihn wieder zu sehen. »Ich wollte nicht, dass Sie durch mich nach all dem, was Sie durchgemacht haben, wieder krank werden. Aber es geht mir schon wieder viel besser.«

»Ich bin froh, das zu hören«, sagte sie und fühlte sich in seiner Gegenwart ein wenig seltsam. Dennoch musterte sie ihn aufmerksam. Er erschien ihr plötzlich noch attraktiver, größer und stärker. Er gehörte nun auf eine seltsame Art und Weise ihr, und das machte ihre Gefühle für ihn noch intensiver, als sie schon waren, auch wenn sie niemals haben konnten, was sie sich wünschten. Und das aus gutem Grund.

»Waren Sie sehr krank?«, fragte sie besorgt, und ihre Anteilnahme rührte ihn. Sie trug ein rosafarbenes Wollkleid, in dem sie unbeschreiblich hübsch und jünger aussah, als er sie in Erinnerung hatte. Sie hatte zwei Abende zuvor in dem blauen Samtkleid sehr elegant und erwachsen ausgesehen, und nun wirkte sie wie ein junges Mädchen, das in ihm mehr denn je den Wunsch weckte, sie zu küssen. Aber diesmal wusste er, dass es unmöglich war.

»Ich war Gott sei Dank nicht so krank wie Sie. Es geht mir wieder gut.«

»Sie sollten bei diesem Schnee nicht vor die Tür gehen«, schalt sie ihn, und er quittierte diese Bemerkung mit einem Lächeln.

»Ich bin gekommen, um nach Alexej zu sehen«, erklärte er, doch seine Augen verrieten ihr etwas anderes. Er hatte an erster Stelle sie sehen wollen, nicht Alexej.

»Werden Sie zum Mittagessen bleiben?«, fragte sie höflich. Er nickte, und ein erfreutes Lächeln erhellte sein Gesicht.

»Sehr gerne.« Während dieses Wortwechsels waren sie beide fest davon überzeugt, dass es ihnen gelingen würde. Sie konnten ihre Zeit miteinander verbringen, so wie zuvor, ohne je einem anderen Menschen oder gar sich selbst ihr Geheimnis preiszugeben. Doch sie begann sich zu fragen, was passieren würde, wenn sie in einem oder zwei Monaten nach Sankt Petersburg zurückkehrte. Würden sie sich vergessen oder würde er sie besuchen kommen? Würde dies alles nur zu einer kostbaren Erinnerung werden und ihre Liebe verblassen wie die Symptome ihrer Influenza? Es fiel ihr bereits schwer, sich ihre Rückkehr zu Madame Markova und der Compagnie auch nur auszumalen.

Sie unterhielten sich bis weit in den Nachmittag hinein miteinander. Sie gab ihm einige seiner Bücher zurück, und er versprach, sie am Abend auf dem Nachhauseweg noch einmal zu besuchen. Alles schien wieder beim Alten, als er sie verließ. Aber er kehrte an diesem Abend nicht, wie angekündigt, zurück, sondern schickte ihr stattdessen eine Nachricht. Alexej ging es nicht gut, und Nikolai würde die Nacht mit seinem Patienten und Dr. Botkin im Palast verbringen. Wegen seiner Bluterkrankheit benötigte der Junge ständige ärztliche Betreuung, und Nikolai hielt es für unklug, ihn allein zu lassen. Aber Danina hatte Verständnis für seine Situation und machte es sich mit einem seiner Romane im Bett gemütlich. Sie war erleichtert darüber, dass sie ihn am Morgen gesehen hatte. Seine zweitägige Abwesenheit nach dem dramatischen Zwischenfall nach der Abendgesellschaft war unerträglich für sie gewesen, und allein sein Erscheinen hatte ihre Migräne augenblicklich vertrieben.

Ihre Erleichterung verstärkte sich, als er am nächsten Morgen bei ihr vorbeikam, um gemeinsam mit ihr zu frühstücken. Aber selbst sie konnte nicht ignorieren, dass ihre Beziehung plötzlich an Intensität zugenommen hatte. Obwohl sie übereingekommen waren, über ihre Gefühle füreinander nie wieder zu sprechen, war es plötzlich ganz offensichtlich, dass ihr seine Besuche unendlich viel bedeuteten. Ihn hingegen überfiel immer mehr eine drängende Unruhe, wenn er nicht bei ihr war. Trotzdem waren sie beide fest davon überzeugt, dass sie den Sturm der Gefühle kontrollieren konnten, der zwischen ihnen entbrannt war. Wenn es sein musste, für immer. Sie hatte entschieden, diese Gefühle in Schach zu halten und für den Rest ihres Lebens nicht mehr darüber zu sprechen. Währenddessen wuchs in Nikolai mit jedem Tag die Unsicherheit, ob ihm das gelingen könnte. Doch er wusste, dass er ihrem Wunsch gehorchen musste, da er sie sonst verlieren würde.

Er sprach an diesem Tag ausführlich über Alexej und erklärte ihr im Detail die Umstände seiner Krankheit. Und dies führte sie zu einer Diskussion über die Freuden, Kinder zu haben. Er ermahnte sie, sich dieses Glück nicht nehmen zu lassen, da er davon überzeugt war, dass sie eine wunderbare Mutter sein würde. Aber sie schüttelte nur den Kopf und erinnerte ihn an ihre Verpflichtung gegenüber dem Ballett. Er wandte ein, und das nicht zum ersten Mal, dass er ihren übermäßigen Eifer für unvernünftig und ungesund halte.

»Madame Markova würde es mir nie verzeihen, wenn ich das Ballett verließe«, sagte sie ruhig. »Sie hat uns ihr ganzes Leben gewidmet und wird dies auch in Zukunft tun«, erklärte sie ihm nach dem Frühstück. »Sie erwartet das Gleiche von mir.«

»Warum von Ihnen im stärkeren Maße als von den anderen Tänzern?«, fragte er sie unverblümt.

Diesmal begleitete ein Lachen ihre Antwort, und zum ersten Mal seit Tagen funkelten ihre Augen spitzbübisch.

»Weil ich eine bessere Tänzerin bin als die anderen.«

Bei ihren Worten verzog sich sein Mund zu einem breiten Lächeln. »Und mit Sicherheit bescheidener«, neckte er sie. »Aber Sie haben Recht, Sie sind eine bessere Tänzerin. Doch das ist noch lange kein Grund, Ihr Leben dafür zu opfern.«

»Ballett ist mehr als nur tanzen, Nikolai. Es ist eine Lebensweise, eine Gesinnung, ein Teil meiner Seele, eine Religion.«

»Sie sind verrückt, Danina Petroskova, aber ich liebe Sie.« Die Worte waren ihm nur herausgerutscht, und er blickte sie entsetzt an, doch sie schwieg. Sie wusste, dass es ein Fehler war, ein Versprecher, und beschloss, diesen zu übergehen.

Nach einem zwei Tage anhaltenden, heftigen Schneetreiben hatte es endlich zu schneien aufgehört, und sie gingen gemeinsam in den Garten hinaus, als Danina plötzlich begann, ihn mit Schneebällen zu bombardieren. Er genoss ihre Gegenwart so sehr, dass er keine Worte für seine Gefühle finden konnte. Er liebte ihren kindlichen Charakter, mit dem eine enorme Intensität und Hingabe an alles, an das sie glaubte, einherging. Sie war eine außergewöhnliche junge Frau. Als er sie an diesem Nachmittag verließ, um nach Hause zu fahren und sich nach der Nacht mit seinem Patienten umzuziehen, fühlten sich beide in der Gegenwart des anderen entspannt und gelöst. Die Wolke, die in den vergangenen Tagen über ihnen gehangen hatte, schien völlig verschwunden zu sein, und sie waren beide zuversichtlich, dass sie mit den Einschränkungen leben konnten, die Danina ihnen auferlegt hatte. Am Ende einer weiteren Woche fühlten sich beide mit dem Arrangement wieder äußerst wohl.

Nikolai besuchte sie mindestens zwei Mal am Tag, und wenn möglich, sogar noch häufiger. Er aß regelmäßig mit ihr zu Mittag oder zu Abend, und manchmal kam er früh genug vorbei, um mit ihr zu frühstücken. Das Wetter war in diesem Monat recht rau, und sie blieben die meiste Zeit im Haus, doch Ende Januar wurde es langsam besser. Das Gleiche galt für Daninas Gesundheit. Sie machte langsame, aber stetige Fortschritte mit ihrer Genesung, aber sie war noch weit davon entfernt, zum Ballett zurückzukehren, und drängte daher nicht darauf.

Ursprünglich hatte sie Madame Markova angefleht, nur einen Monat bleiben zu müssen, während Nikolai stets empfohlen hatte, dass sie bis März oder April die Ruhe und Abgeschiedenheit in Zarskoje Selo genießen sollte. Als sie Madame Markova im Januar schrieb, teilte sie ihr mit, dass sie mit Nikolais Vorschlag einverstanden sei. Es war genau das, was sie brauchte, und Madame Markova war erleichtert, von Daninas Sinneswandel zu hören.

Das traf auch auf die Zarin zu, denn sie hatte Danina sehr gerne bei sich.

Die Großfürstinnen kamen zum Tee, wann immer es ihnen möglich war und sie nicht mit der Krankenpflege verletzter Frontsoldaten oder ihrem Unterricht beschäftigt waren. Und Alexej spielte für sein Leben gerne mit ihr Karten. Was ihn betraf, so hätte sie ein ideales neues Familienmitglied abgegeben. Es war auch Alexej, der verkündete, sie müsse unbedingt zu dem Ball seiner Eltern kommen, der am ersten Februar stattfinden sollte. Es war der erste, den sie seit einer Ewigkeit gaben. Die Zarin empfand Mitleid mit ihren Töchtern, die sich schon so lange nicht amüsiert und ohne Unterlass die Kranken gepflegt hatten, und überzeugte ihren Mann davon, dass ein Ball die Stimmung aller heben würde. Nachdem Alexej Danina davon erzählte hatte, sagte er seiner Mutter, dass er die junge Tänzerin einladen wolle.

Die Zarin erwiderte, dass ihr nichts lieber sei als das, und schickte Danina, ohne eine Antwort abzuwarten, eine Anzahl von Abendkleidern zum Anprobieren, so wie sie es auch vor der Abendgesellschaft getan hatte. Doch die Kleider, die sie ihr diesmal schickte, waren wirklich Aufsehen erregend, und Danina war überwältigt, als sie sie sah.

Es waren Roben aus Satin und Seide, aus Samt und Brokat gefertigt und hätten einer Königin oder wohl eher einer Zarin zur Ehre gereicht. Danina war die Vorstellung, sie zu tragen, fast schon peinlich. Schließlich wählte sie ein weißes Satinkleid mit einem goldenen Brokatmieder aus, das ihre schmale Taille so eng umschloss, dass sie darin nicht nur wie eine Primaballerina, sondern wie eine Märchenprinzessin aussah. Dies war genau das Wort, das Alexej benutzte, als sie es für ihn anprobierte. Das zum Kleid gehörende weiße Satincape war mit dem gleichen goldfarbenen Brokat gefüttert, der das Oberteil zierte, und mit Hermelin besetzt.

Das Kleid wirkte tatsächlich sehr königlich, und durch den Kontrast zu ihrem dunklen Haar sah Danina noch bezaubernder aus als sonst. Es kam ihr in gewisser Weise wie ein Kostüm vor, doch es war schöner als alles, was sie je getragen oder sich erträumt hatte. Nikolai freute es zu hören, dass sie zu dem Ball gehen würde. Er ermahnte sie aufs Neue, sich nicht zu überanstrengen und zum Gästehaus zurückzukehren, sobald sie müde wurde.

Aber er hatte keine Einwände, dass sie am Ball des Zaren teilnahm, und bot ihr an, sie wie schon bei der Abendgesellschaft zu begleiten.

Der Ball war in diesen Zeiten ein ungewöhnliches Ereignis. Die Zarenfamilie hatte wegen des Krieges, mit Ausnahme dieses Festes, alle gesellschaftlichen Anlässe abgesagt, und es war schwer abzuschätzen, wann wieder ein Ball stattfinden würde. Der Zar kehrte zu diesem Anlass von der Front zurück, und alle freuten sich, dass er dabei sein würde.

»Wird Ihre Frau nicht wenigstens zu diesem Ball kommen?«, fragte Danina Nikolai vorsichtig, als sie sich am Tag vor dem Fest darüber unterhielten. Doch er schüttelte nur den Kopf und wirkte ein wenig verärgert. Früher hätte er Marie darauf aufmerksam gemacht, wie unhöflich es von ihr war, die Einladung abzulehnen, doch diesmal störte es ihn nicht im Geringsten. Die Gründe hierfür waren Danina sehr wohl bewusst. Doch sie redete sich ein, dass sie zwar ein oder zwei Mal mit ihm tanzen würde, wenn er sie aufforderte, aber dass es nichts zu bedeuten hätte. Das Geständnis, das er ihr gegenüber zwei Wochen zuvor gemacht hatte, schien seitdem in Vergessenheit geraten. Sie waren wieder nur Freunde, sonst nichts.

»Natürlich nicht«, beantwortete Nikolai ihre Frage. »Sie verabscheut Bälle ... und alles andere, was nichts mit Pferden zu tun hat.« Und damit wechselte er das Thema und erzählte ihr lächelnd, Alexej habe gesagt, sie sähe in dem Kleid, das seine Mutter ihr geliehen hatte, »ganz hübsch« aus. Doch »ganz hübsch« bereitete Nikolai nicht im Entferntesten auf Daninas Anblick vor, als sie in dem weißen, mit goldenem Brokat verzierten und mit Hermelin besetzten Satinkleid aus ihrem Schlafzimmer trat. Sie sah aus wie eine junge Königin, das Haar auf dem Kopf zu einer kleinen Krone aus losen Locken aufgetürmt und an den Ohren die Perlenohrringe ihrer Mutter, das einzige Erinnerungsstück an sie. Sie war froh, dass sie daran gedacht hatte, sie mitzubringen.

Ihr Anblick nahm Nikolai den Atem, und eine Weile sagte er gar nichts. Tränen standen in seinen Augen, und er betete, dass sie sie nicht bemerken würde.

»Kann ich so gehen?«, fragte sie nervös, als wäre er einer ihrer Brüder.

»Ich weiß gar nicht, was ich sagen soll. Ich habe noch nie jemanden gesehen, der so schön ist wie Sie.«

»Sie sind sehr töricht«, erwiderte sie und lächelte ihn schüchtern an. »Aber ich danke Ihnen. Es ist ein wunderschönes Kleid, nicht wahr?«

»An Ihnen ja.« Ihre Taille war wie die eines kleinen Mädchens, und ihr Dekolletee enthüllte gerade genug, um nicht vulgär oder anstößig zu wirken. An ihr hätte niemals etwas anstößig wirken können, und Nikolai in seinem Frack war der perfekte Begleiter für sie. Gemeinsam machten sie sich auf den Weg zum Katharinenpalast. Der Katharinenpalast befand sich ebenfalls auf dem Gelände von Zarskoje Selo und war weitaus imposanter und prunkvoller als der Alexanderpalast, in dem die Familie lebte. Die Zarin zog es vor, ihn nur für Staatsanlässe zu benutzen, obwohl ein Teil des Gebäudes derzeit als Lazarett für die verwundeten Soldaten diente.

Der Palast war von Katharina der Großen umgebaut worden, doch der ursprüngliche Entwurf stammte von Rostrelli. Als sie darauf zufuhren, sahen sie als Erstes das glänzende Golddach, welches das Gebäude sehr elegant und prachtvoll wirken ließ.

Sogar inmitten der glanzvollen Roben und Juwelen und der vornehmen Gäste war Danina so etwas wie eine Sensation. Jeder wollte wissen, wer sie war, woher sie stammte und wo sie sich bis dahin versteckt hatte. Und etliche galante junge Adlige hegten die Überzeugung, dass sie eine Prinzessin war. Ihr königliches Gebaren und die grazile Art, mit der sie sich bewegte, zogen die Aufmerksamkeit aller Anwesenden auf sich. Sobald Danina die Zarin sah, dankte sie ihr unauffällig für das Kleid, das sie trug.

»Sie müssen das Kleid behalten, meine Liebe. Niemand von uns wird je in der Lage sein, es so zu tragen wie Sie.« Und Danina erkannte, dass die Zarin diese Worte wirklich ernst meinte, und war noch stärker gerührt von ihrer Großzügigkeit und Güte.

Das Diner für vierhundert Gäste fand im Silbernen Saal statt. Die Herren zogen sich nach dem Essen in das berühmte Bernsteinzimmer zurück, und anschließend versammelten sich alle Gäste zum Tanz im Großen Saal. Es war ein wunderbarer Abend, und Danina hatte seit dem Ausbruch ihrer Krankheit nicht mehr so viel Energie besessen. Sie war aufgeregt, einfach nur dabei zu sein, und wollte sich den Rest ihres Lebens an diese Nacht und an jedes wunderbare Detail erinnern.

Als Nikolai sie auf die Tanzfläche führte, spürte sie,

wie ihr Herz ein paar heftige Schläge tat, doch sie gestattete sich auch nicht den flüchtigsten Gedanken an das, was er ihr zwei Wochen zuvor gestanden hatte. Dieses Kapitel in ihrer beider Leben war vorbei. Zwischen ihnen, so redete sie sich jedenfalls ein, gab es nur Kameradschaft und Freundschaft. Doch der Blick in seinen Augen, als er sie in einem Walzer über das Parkett wirbelte, erzählte ihr eine ganz andere Geschichte. Er schien unendlich stolz auf sie zu sein. Seine sanften Berührungen, während er sie so eng hielt, wie es die Schicklichkeit erlaubte, verrieten ihr alles, was sie ihm verboten hatte, laut auszusprechen. Sogar der Zar erwähnte beim Tanzen gegenüber der Zarin etwas in der Art.

»Ich fürchte, Nikolai ist verliebt in unseren jungen Gast vom Ballett«, sagte er ohne eine Spur von Kritik oder Wertung.

»Das glaube ich nicht, Liebster«, widersprach die Zarin ihm. Sie hatte die beiden häufig miteinander erlebt und in ihrer Freundschaft und ihrem Verhalten nichts Unschickliches entdeckt.

»Es ist eine Schande, dass er mit dieser schrecklichen Engländerin verheiratet ist«, sagte er, und die Zarin lächelte nur. Sie mochte Marie auch nicht besonders.

»Ich glaube, er macht sich nur Sorgen um Daninas Gesundheit«, sagte sie entschieden. Sie war um einiges naiver als ihr Mann.

»Sie sieht in dem Kleid, das sie trägt, sehr hübsch aus. Ist es eines von deinen?« Die Zarin trug eine wunderbare rote Samtrobe und die Rubine seiner Mutter, die ihr sehr gut standen. Sie war eine schöne Frau, und er liebte sie sehr. Sie waren beide glücklich, dass er zu Hause war und sie wenigstens eine Weile den Krieg vergessen konnten.

»Es gehört Olga, aber es sieht an Danina so bezaubernd aus, dass ich ihr gesagt habe, sie soll es behalten.«

»Sie hat eine bezaubernde Figur.« Er lächelte seine Frau verliebt an und verspürte plötzlich kein Interesse mehr daran, über ihren Gast zu reden. »Du aber auch, meine Liebe. Ich finde, Mamas Rubine stehen dir sehr gut.«

»Danke«, erwiderte sie lächelnd, und sie verließen die Tanzfläche und mischten sich unter ihre Gäste. Es war ein äußerst erfolgreiches Fest. Nikolai und Danina tanzten die ganze Nacht hindurch, und man konnte sich kaum vorstellen, dass die junge Tänzerin je krank gewesen war. Während sie mit ihm tanzte, fühlte sie sich ganz bestimmt nicht krank. Es war nach Mitternacht, als er sie schließlich drängte, sich eine Weile hinzusetzen und auszuruhen, bevor sie sich völlig erschöpfte. Sie amüsierte sich so prächtig, dass sie keine Minute aufhören wollte zu tanzen.

Er brachte ihr ein Glas Champagner, und sie nahm es lächelnd entgegen. Ihre Wangen waren gerötet, ihre Augen funkelten blauer denn je und ihr cremigweißer Busen schimmerte verführerisch. Er musste sich zwingen, den Blick abzuwenden. Doch als er sie wieder ansah, konnte er ihr nicht widerstehen, und schon bald tanzten sie erneut miteinander, und sie wirkte glücklicher und bezaubernder als jemals zuvor.

»Als Hüter Ihrer Gesundheit fühle ich mich wie ein

völliger Versager«, gestand er ihr während eines weiteren Walzers. Sie sahen aus, als hätten sie schon immer miteinander getanzt. Mit seiner Frau hatte er nur ein einziges Mal getanzt, und zwar bei ihrer Hochzeit. »Ich sollte Sie zwingen, nach Hause zurückzukehren und sich auszuruhen, aber ich kann mich nicht dazu überwinden. Ich fürchte, Sie werden morgen so erschöpft sein, dass Sie sich ganz krank fühlen.«

»Das ist es mir wert«, erwiderte sie lachend, und der Klang ihrer Stimme bezauberte ihn bis ins Unerträgliche. Wie Danina wünschte Nikolai, diese Nacht würde nie zu Ende gehen.

Es war bereits nach drei Uhr, als sie schließlich mit den letzten Gästen zusammen aufbrachen, nachdem Danina sich noch einmal herzlich bei dem Zaren und der Zarin bedankt hatte. Es war ein unvergesslicher Abend gewesen, und das kaiserliche Paar dankte ihr freundlich für ihr Kommen. Wie Nikolai äußerte die Zarin Bedenken, dass sich Danina geschadet haben könnte, indem sie so viel getanzt hatte und so lange aufgeblieben war, statt sich zu schonen.

»Ich werde morgen den ganzen Tag im Bett bleiben«, versprach sie, und die Zarin bestärkte sie in diesem Plan. Schließlich wäre es eine Schande, wenn sie aufgrund des Festes einen Rückfall erlitte.

Als sie zum Gästehaus zurückfuhren, war Danina immer noch in Hochstimmung. Es war eine wunderschöne Nacht, der Himmel war mit Sternen übersät, es lag frisch gefallener Schnee, und sie konnte nur daran denken, wie sie den ganzen Abend über das Parkett gewirbelt war. Einige Männer hatten sie aufgefordert, und sie hatte bereitwillig mit ihnen getanzt, aber die meiste Zeit des Abends war sie in Nikolais Armen über die Tanzfläche geschwebt. Und wenn sie ehrlich war, zog sie dies allem anderen vor. Sie plauderte immer noch beschwingt über den Abend, als sie das Haus betraten. Er half ihr aus dem Hermelincape, und wie schon während des gesamten Abends konnte er nicht anders, als sie anzustarren. Wie schön sie in ihrer eleganten Aufmachung war, schöner als all die anderen Frauen, die er auf dem Ball gesehen hatte.

»Möchten Sie etwas trinken?«, fragte sie ihn. Sie war noch immer zu aufgeregt, um schlafen zu gehen, und hasste den Gedanken, den Abend schon zu beenden. Ihm erging es ebenso, während er sich ein Glas Cognac einschenkte. Gemeinsam setzten sie sich vor das Kaminfeuer, das die Bediensteten für sie angezündet hatten, und unterhielten sich über den Abend. Sie überraschte ihn, als sie in ihrem kostbaren Kleid zu seinen Füßen Platz nahm und den Kopf an seine Knie lehnte. Sie ließ noch einmal den Abend Revue passieren und blickte verträumt lächelnd ins Feuer, während er ihr sanft über das Haar strich und das Gefühl genoss, sie an sich gelehnt zu spüren.

»Ich werde diese Nacht nie vergessen«, sagte sie ruhig. Sie war einfach nur glücklich, bei ihm zu sein, ohne sich mehr von ihm zu erhoffen, als sie von ihm haben durfte.

»Ich ebenfalls nicht«, erwiderte er und berührte ihren langen, grazilen Arm. Anschließend ließ er seine

Hand auf ihrer Schulter liegen. Sie fühlte sich so zart an und wirkte so zerbrechlich. Lächelnd drehte sie sich zu ihm um. »Ich bin so glücklich, wenn ich bei Ihnen bin, Danina«, gestand er. Er fürchtete, erneut zu weit zu gehen und sie zu verletzen, aber es fiel ihm schwer, ihr nicht seine Gefühle zu offenbaren.

»Ich auch, Nikolai. Wir hatten großes Glück, einander gefunden zu haben.« Sie wollte ihn mit dieser Bemerkung keinesfalls aufziehen, sondern nur ihre Freundschaft würdigen. Doch sie machte es ihm damit schwerer denn je.

»Sie lassen mich wieder träumen«, sagte er traurig, den Cognacschwenker in der Hand, »und zwar von Dingen, die ich vor Jahren aufgegeben habe.« Mit seinen neununddreißig Jahren hatte er das Gefühl, bereits ein ganzes Leben hinter sich zu haben. Ein Leben voller verlorener Hoffnungen, zerstörter Illusionen und Enttäuschungen. Und nun erkannte er in ihr seinen Traum, den er aber nicht mit ihr leben durfte. »Ich bin wirklich sehr gerne bei ihnen.« Dann ließ er sich neben sie auf den Boden gleiten, weil sie ihm viel zu weit entfernt erschien, und Seite an Seite schauten sie ins Kaminfeuer, so als würden sich dort ihre Träume widerspiegeln. Er legte einen Arm um sie. »Danina«, sagte er sanft, »ich will, dass Sie immer glücklich sind.«

»Ich bin hier glücklich«, erwiderte sie aufrichtig, doch sie war auch beim Ballett glücklich gewesen. Sie war noch nie wirklich unglücklich gewesen, sondern hatte nur unendliche Disziplin und Hingabe kennen gelernt und lebte ein Leben voller Leidenschaft. Als sie ihm das Gesicht zuwandte und ihn ansah, entdeckte sie Tränen in seinen Augen, wie schon einmal zuvor an diesem Abend. Während sie sich beim ersten Mal jedoch nicht sicher gewesen war, sah sie es nun ganz deutlich.

»Sind Sie traurig, Nikolai?«, fragte sie. Sie hatte Mitleid mit ihm, denn sie wusste, dass sein Leben nicht leicht für ihn war. Obwohl sie es lieber verdrängte, wusste sie, wie unglücklich er mit seiner Frau war, die ihn nicht liebte.

»Vielleicht ein bisschen ... Aber ich bin vor allem glücklich, hier bei Ihnen zu sein.«

»Sie verdienen mehr als das«, entgegnete sie ruhig und erkannte, wie wenig er von ihr verlangt hatte, während er ihr sein Herz schenkte. Plötzlich empfand sie ihm gegenüber ein schlechtes Gewissen. Sie hatte seinen Worten aus egoistischen Gründen Einhalt geboten, um ihr Unbehagen einzudämmen, doch damit hatte sie ihn gezwungen, seine Gefühle zu verleugnen. »Sie tun so viel Gutes und verdienen es, glücklich zu sein. Sie geben so vielen Menschen so unendlich viel – auch mir«, fügte sie leise hinzu.

»Es ist leicht, Ihnen etwas zu geben. Ich wünschte, ich hätte Ihnen mehr zu geben. Das Leben ist manchmal grausam, nicht wahr? Man findet genau das, was man gesucht hat – und dann ist es zu spät.«

»Vielleicht ist es das nicht«, flüsterte sie und fühlte sich plötzlich von ihm angezogen wie noch nie zuvor von einem Mann. Er wagte nicht, sie nach der Bedeutung ihrer Worte zu fragen, sondern schaute sie nur an. Ihre Augen lockten ihn mit so viel unverhohlener Liebe für ihn, dass er die Einladung in ihnen nicht übersehen konnte.

»Ich will Ihnen nicht wehtun ... oder Sie verstören ... Dazu liebe ich Sie viel zu sehr«, sagte er und versuchte um ihretwillen, all seine Gefühle für sie zurückzuhalten.

»Ich liebe Sie, Nikolai«, sagte sie schlicht, und diesmal nahm er sie ohne zu zögern und ohne Angst in die Arme und küsste sie. Es war alles, was sie beide sich je erträumt hatten. Diesmal waren sie bereit. Nichts überraschte oder ängstigte sie, denn diesmal wollten sie es beide.

Sie küssten sich lange vor dem Kaminfeuer, und er hielt sie in den Armen, bis das Feuer schwächer wurde und sie vor Kälte und Erregung zu zittern begann. Nun wusste sie, dass sie sein war.

»Komm ... du wirst dich noch erkälten, mein Liebling. Ich bringe dich ins Bett und gehe dann«, flüsterte er im letzten Schein des Feuers und führte sie in ihr Schlafzimmer. »Soll ich dir mit dem Kleid helfen?« Die Verschlüsse daran sahen kompliziert aus, und sie konnte es nicht alleine ausziehen. Mit einem zaghaften Lächeln stimmte sie zu. Sie hätte ohne die Hilfe ihrer Dienerinnen in ihrem Kleid schlafen müssen.

Sie sah aus wie ein kleines Mädchen, als er ihr sanft aus dem Kleid half. Schließlich stand sie mit ihrem geschmeidigen schlanken jungen Tänzerinnenkörper vor ihm und sah ihn mit ihren großen Augen teils unschuldig, teils sehnsüchtig an. »Es ist zu spät für dich, nach Hause zu fahren«, flüsterte sie zaghaft. Sie war nicht sicher, was sie sagen oder wie sie es beginnen sollte. Sie hatte so etwas noch nie zuvor getan und konnte es sich auch jetzt nicht vorstellen. Aber sie konnte sich auch nicht vorstellen, nicht bei ihm zu sein.

»Was sagst du da?«, fragte er flüsternd im kühlen Morgengrauen und musterte sie voller Zweifel.

»Bleib bei mir. Wir müssen nichts tun, was wir nicht wollen. Ich möchte nur, dass du hier bei mir bist.« Er gehörte an ihre Seite, und das wussten sie beide.

»Oh Danina«, sagte er sanft und spürte, dass dies zugleich der Anfang eines neuen und das Ende eines alten Lebens war. Für sie beide war dies ein Augenblick voller Versprechen und Entscheidungen. »Ich möchte so gerne hier bei dir sein.« Er hatte es sich von Anbeginn an sehnlichst gewünscht, und seit ihrer Ankunft in Zarskoje Selo war dieser Wunsch noch stärker geworden. Und nun erkannte er, dass er genau aus diesem Grund alles in seiner Macht Stehende getan hatte, sie in das Gästehaus und in seine Nähe zu bringen.

Er entkleidete sich behutsam, und einen Moment später lagen sie gemeinsam in dem großen bequemen Bett und kuschelten sich unter die Decken. Kichernd wie ein Schulmädchen schaute sie in der Dunkelheit zu ihm auf.

»Warum lachst du, du albernes Mädchen«, flüsterte er, so als könnte sie jemand hören. Doch zu dieser Stunde war niemand da. Sie waren völlig allein mit ihrem Geheimnis und ihrer Liebe füreinander.

»Es erscheint mir nur komisch ... ich hatte solche Angst vor dem, was ich für dich empfinde ... und vor dem, was ich über deine Gefühle wusste. Und nun sind wir hier, wie zwei ungezogene Kinder.«

»Nein, nicht wie zwei ungezogene Kinder, mein Liebling ... wie zwei glückliche Kinder ... vielleicht haben wir nach alldem ein Recht darauf ... vielleicht ist es unser Schicksal. Danina, ich habe noch nie eine Frau so sehr geliebt wie dich.« Und mit diesen Worten küsste er sie, und ihre Leidenschaft wuchs wie die seine. Er lehrte sie Dinge, die sie weder gekannt noch sich je erträumt oder bei ihm zu finden geglaubt hatte. Doch es war alles zum Greifen nah gewesen, und nun erfüllte sich endlich das Geschenk ihrer Liebe, nach der sie sich so gesehnt hatten. Als sie schließlich schlafend in seinen Armen lag, hielt er sie an sich gepresst und lächelte angesichts der Großzügigkeit der Götter, die ihm Danina geschenkt hatten.

»Gute Nacht, mein Liebling«, flüsterte er dankbar und schlief dann an ihrer Seite ein.

Kapitel 5

Das Geheimnis, das sie miteinander teilten, wuchs wie eine sommerliche Wiese voller Wildblumen. Er kam jeden Tag zu ihr, wie er es schon zuvor getan hatte, aber nun blieb er jedes Mal viel länger. Dabei gelang es ihm weiterhin, seine Pflichten im Palast zu erfüllen. Abends, wenn er seine Arbeit erledigt hatte, kehrte er zu ihr zurück, und sie liebten sich. Seiner Frau erzählte er, dass sie ihn nachts benötigten, um nach Alexej zu sehen. Es schien sie nicht zu interessieren, und sie hatte keinerlei Einwände.

Danina war überglücklich, ihn bei sich zu haben. Er lehrte sie Dinge, die sie an ihn banden, und sie schenkten sich gegenseitig sowohl ihre Herzen als auch ihre Seelen. Sie erzählten sich alles und hatten keine Geheimnisse voreinander. Sie gestanden sich ihre Hoffnungen und ihre Ängste aus Kindertagen, und die einzige Furcht, die sie erfüllte, war die, den anderen eines Tages zu verlieren. Sie waren sich noch nicht im Klaren darüber, was passieren würde, wenn sie nach Sankt Petersburg zurückkehrte. Sie wussten jedoch beide, dass es eines Tages dazu kommen musste, und danach würde es sich nicht umgehen lassen, Pläne für die Zukunft zu machen. Seiner Frau hatte er noch nichts erzählt.

Bevor sie einen großen Aufruhr verursachten, wollten sie erst einmal nur genießen, was sie miteinander erlebten. Als ihnen ihr Glück so richtig bewusst wurde, flog der Februar, gefolgt vom März, nur so dahin. Sie war bereits drei Monate in Zarskoje Selo, als sie schließlich mit großer Überwindung auf ihre Rückkehr zum Ballett zu sprechen kam. Sie konnte sich nicht einmal annähernd vorstellen, wie sie diesen Schritt übers Herz bringen sollte. Sogar Madame Markova hatte sie inzwischen ganz gezielt darauf angesprochen, wann sie wieder zum Unterricht und zu den Proben zurückkehren würde. Sie würde Monate brauchen, um das aufzuholen, was sie während ihrer Krankheit eingebüßt hatte. Verglichen mit der täglichen zermürbenden Routine beim Ballett bedeuteten ihre bescheidenen Übungen, die sie während ihrer Genesung angefangen hatte zu absolvieren, rein gar nichts. Obwohl sie täglich gearbeitet hatte, würde es für das Ballett nicht ausreichen. Schließlich gab sie widerstrebend das Versprechen, Ende April nach Sankt Petersburg zurückzureisen. Doch der Gedanke, Nikolai zu verlassen, war ihr unerträglich.

An einem Nachmittag, drei Wochen vor ihrer geplanten Rückkehr, sprachen sie ernsthaft über ihre Zukunft. Er war der Meinung, dass es an der Zeit sei, mit Marie zu reden und ihr vorzuschlagen, mit den Kindern nach England zurückzukehren. Die Täuschung musste nun endlich ein Ende haben. Aber er war sich noch nicht sicher, was Danina hinsichtlich der Ballettcompagnie unternehmen wollte. In dieser Frage lag die Entscheidung ganz bei ihr.

»Was, glaubst du, wird Marie sagen, wenn du es ihr gestehst?«

»Ich denke, sie wird erleichtert sein«, erwiderte er ehrlich. Er war sich dessen ganz sicher, doch das galt nicht für Daninas Frage, ob Marie einer Scheidung zustimmen würde. Er zog es vor, seiner Frau nach Möglichkeit nichts von Danina zu sagen. Es gab mehr als genug Gründe, ihre Ehe zu beenden, ohne die Dinge noch komplizierter zu machen.

»Und die Jungen? Wird sie dir erlauben, sie zu sehen?« In Daninas Blick lag ein besorgter Ausdruck. Dies hatte sie vor Beginn ihrer Affäre sehr gequält und war der Grund für ihr Zögern gewesen, sich ihm hinzugeben. Aber es wäre ihnen niemals gelungen, sich voneinander fern zu halten. Diese Hoffnung war von Anfang an zum Scheitern verurteilt gewesen, das sah sie inzwischen ganz deutlich. Das, was sie nun miteinander erlebten, war die Realität, und sie wären nie in der Lage gewesen, sich der Liebe zu entziehen.

»Ich weiß nicht, was sie hinsichtlich der Jungen unternehmen wird«, erwiderte er. »Ich muss womöglich warten, bis sie älter sind, bevor ich sie sehen darf.« Der Schmerz angesichts dieser Vorstellung spiegelte sich auf seinen Zügen wider, und Danina sah es voller Mitgefühl.

»Und Madame Markova?«, fragte er sie. Dies war eine beinah ebenso schwerwiegende Frage, die er jedoch für leichter zu lösen hielt. Danina sah das anders.

»Ich werde mit ihr reden, wenn ich wieder in Sankt Petersburg bin«, antwortete sie. Sie versuchte, ihre Furcht zu unterdrücken und das Gefühl, einen Verrat an Madame Markova zu begehen. Ihre Mentorin hatte so viel von ihr erwartet und ihr gleichzeitig sehr viel gegeben. Es würde sie hart treffen, wenn Danina die Compagnie verließ. Aber für die junge Tänzerin hatte sich inzwischen alles verändert. Ihr Leben gehörte nun Nikolai, und diese Tatsache konnte sie nicht länger ignorieren.

Wie durch ein Wunder schien ihre Liebe von niemandem bemerkt worden zu sein, mit Ausnahme der Bediensteten im Gästehaus, die erstaunlicherweise bis dahin sehr diskret gewesen waren. Niemand aus der Zarenfamilie hatte Nikolai gegenüber etwas erwähnt, und nicht einmal Alexej, der viel Zeit mit ihnen verbrachte, spürte, dass sich etwas zwischen ihnen verändert hatte.

Doch in den letzten drei Wochen, die sie miteinander verbrachten, hing ihren Gefühlen füreinander eine gewisse Verzweiflung an. So idyllisch und vollkommen ihre gemeinsame Zeit miteinander gewesen war, sie würde doch schon bald enden. Ihnen stand ein neues Leben bevor, und Danina machte sich Sorgen. Wenn sie nun das Ballett aufgab, um bei ihm zu sein, wo würde sie leben und wer würde sie unterstützen? Sollte er sich von Marie scheiden lassen, würde ihn dann der Skandal seine gute Stellung bei der Zarenfamilie kosten? Sie mussten vieles berücksichtigen und bedenken. Nikolai hatte ihr bereits versprochen, eine Unterkunft zu besorgen und sie zu unterstützen, doch sie wollte ihm keine Last sein und hielt es für besser, beim Ballett zu bleiben, bis Marie nach England abgereist war.

Schließlich beschloss er, es Marie nach Daninas Heimkehr nach Sankt Petersburg zu sagen, um diese vor dem Skandal zu schützen, der möglicherweise zu Hause oder im Palast entstehen würde. Sie hielten dies beide für die klügste Lösung. Er würde sie so bald wie möglich beim Ballett besuchen und ihr erzählen, was passiert war, und dann konnten sie gemeinsame Pläne schmieden. Außerdem benötigte die Ballettcompagnie Zeit, einen Ersatz für sie zu finden. Obwohl sie Monate krank gewesen war, rechnete Madame Markova damit, dass sie bei den Aufführungen im Sommer und im kommenden Winter tanzen würde. Möglicherweise, so hatte Danina ihm erklärt, musste sie sogar bis zum Ende des Jahres warten, bevor sie das Ballett verlassen konnte. Doch er zeigte Verständnis. Sie würden trotz ihrer Verpflichtungen und des schweren Trainings, dass Danina nun bevorstand, so viel Zeit wie möglich miteinander verbringen. Sie war bereit und fühlte sich stärker und glücklicher als je zuvor. Sie war erfüllt von ihrer Liebe für ihn und von den Versprechen, die sie sich gegeben hatten.

Doch trotz dieser Versprechen bereitete ihnen ihre letzte gemeinsame Woche großen Kummer. Sie verbrachten jede freie Minute miteinander, und zum ersten Mal bemerkte die Zarin, wie nah sie sich standen, und stimmte dem Verdacht ihres Mannes zu. Sie war beinah überzeugt davon, dass Nikolai und Danina sich liebten. Der Zar war zu diesem Zeitpunkt nicht an der Front, und sie erwähnte es ihm gegenüber.

»Ich kann es ihm nicht verdenken«, sagte er eines Abends ruhig zu seiner Frau, während Nikolai und Danina eine der letzten Nächte im Gästehaus verbrachten. »Sie ist wirklich bezaubernd.«

»Glaubst du, er wird seine Frau für sie verlassen?«, fragte die Zarin, und der Zar erwiderte, er könne keine Vermutungen über die Torheiten anderer anstellen. »Und wenn er es täte, würde es dich stören?«, fragte sie, und das Oberhaupt der Zarenfamilie dachte eine Weile über die Frage nach, da er nicht wusste, wie er zu dieser Angelegenheit stehen sollte.

»Das kommt darauf an, wie er es anstellt. Wenn er es ohne Aufsehen beendet, dann dürfte es keine Konsequenzen haben. Wenn es sich zu einem schrecklichen Skandal ausweitet, der überall die Gemüter erregt, dann werden wir darüber nachdenken müssen, ob wir uns nicht besser von ihm trennen.« Die Zarin war angesichts dieser vernünftigen Entscheidung sehr erleichtert. Sie wollte Nikolai nicht als Arzt für Alexej verlieren. Doch sie fragte sich, ob Danina das Ballett verlassen würde. Die Tänzerin war noch sehr jung und hatte viel in ihre Karriere investiert. Und sie war die berühmteste Primaballerina der Compagnie. Der Zarin kam das Ballett ein wenig vor wie ein Nonnenkonvent, den man nicht so leicht verließ. Er war ein ernster Schritt, und das Ballett würde sicherlich alles daransetzen, sie zu halten. Sollte Danina beabsichtigen, die Truppe zu verlassen, dann stand ihr eine schwere Entscheidung bevor. Die Zarin empfand Mitgefühl mit der jungen Tänzerin. Sie hoffte, dass die Dinge gut für die beiden verlaufen würden, sollten sie beschließen, ein neues gemeinsames Leben zu beginnen. In den Monaten, die Danina bei ihnen verbracht hatte, war sie ihnen allen ans Herz gewachsen.

An ihrem letzten Abend vor ihrer Abreise gaben sie für Danina ein kleines Diner, an dem die Kinder, ein paar enge Freunde, beide Ärzte und eine Hand voll Menschen teilnahmen, die Danina kennen und lieben gelernt hatten. Tränen standen in Daninas Augen, als sie ihnen dankte und versprach, bald wiederzukommen. Die Zarin lud sie ein, sie im Sommer in Liwadija zu besuchen, wie sie es schon das Jahr zuvor mit Madame Markova getan hatte, und sie versprachen, eine ihrer Vorstellung zu besuchen, sobald sie wieder tanzte.

»Und diesmal werde ich Ihnen wirklich das Schwimmen beibringen«, versprach Alexej und gab ihr ein Geschenk, von dem er sich, wie sie wusste, nur sehr schweren Herzens trennte. Es war ein kleiner Jadefrosch von Fabergé, den er sehr liebte, weil er ihn so hässlich fand. Aber er schenkte ihn ihr, ungeschickt in eine Zeichnung eingewickelt, die er für sie gefertigt hatte. Die Mädchen hatten ihr alle ein Gedicht geschrieben und wunderschöne Aquarelle für sie gemalt, und dann schenkten sie ihr noch eine Fotografie, auf der sie alle zusammen mit Danina abgebildet waren.

Danina war tief gerührt, als sie mit Nikolai in das Gästehaus zurückkehrte, in dem sie ihre letzte Nacht miteinander verbringen würden.

»Ich kann es nicht ertragen, dich morgen zu verlassen«, sagte sie traurig, nachdem sie sich geliebt hatten und eng umschlungen dalagen und bis zum Morgengrauen redeten. Sie konnte nicht glauben, dass ihr Aufenthalt in Zarskoje Selo zu Ende war, auch wenn sie sich einredeten, dass ein neues Leben für sie beginnen würde. Als sie an diesem Abend vom Palast in das Gästehaus gefahren waren, hatte er ihr ein Medaillon geschenkt, in dem sich ein Bild von ihm befand. Auf dem Foto ähnelte er dem Zaren so sehr, dass sie sich zuerst nicht sicher war, ob es tatsächlich Nikolai war. Doch er war es, und sie versprach, den Anhänger stets zu tragen, wenn sie nicht tanzte.

Die letzten Stunden, die sie miteinander verbrachten, waren eine Qual für sie beide, und sie weinten, als Danina den Zug bestieg, mit dem sie die kurze Reise nach Sankt Petersburg antreten würde. Sie wollte nicht, dass er sie begleitete, aus Angst, Madame Markova könne sofort erkennen, was zwischen ihnen geschehen war. Sie hegte die Überzeugung, dass ihre Mentorin mystische Kräfte besaß und allwissend und allsehend war. Also hatte er zugestimmt, sie nicht zu begleiten. Er würde noch an diesem Nachmittag mit Marie sprechen und versprach, Danina sofort wissen zu lassen, was geschehen war.

Aber als er auf dem Bahnsteig stand und dem Zug hinterhersah, hatten sie beide das Gefühl, als würde ihnen das Herz brechen und ein Kapitel zu Ende gehen, das sehr kostbar für sie war. Sie lehnte sich so lange wie möglich aus dem Fenster und schaute ihn an, wie er dastand und ihr nachwinkte und ihren Blick gefangen hielt, während sie mit zitternden Fingern nach dem Medaillon tastete, das um ihren Hals hing. Er hatte ihr zugerufen, dass er sie liebe, als der Zug losfuhr, und bevor sie das Haus verlassen hatten, hatte er sie so oft geküsst, dass ihre Lippen ganz wund waren und sie sich zwei Mal hatte kämmen müssen, bevor sie aufbrechen konnten. Sie waren wie zwei Kinder, die ihren Eltern entrissen wurden, und es erinnerte sie sehr stark an den Moment, als ihr Vater sie zur Ballettschule gebracht hatte. Sie war nun ebenso verängstigt wie damals, denn sie wusste nicht, was auf sie zukam.

Madame Markova wartete am Bahnhof auf sie, als der Zug in Sankt Petersburg eintraf. Die Ballettmeisterin wirkte größer und schlanker und sah strenger aus denn je. Danina erschien sie plötzlich älter, und es kam ihr vor, als sei sie eine Ewigkeit fort gewesen. Aber Madame Markova küsste sie liebevoll und sah sehr zufrieden aus. Trotz allem, was sie während ihrer Abwesenheit erlebt hatte, hatte Danina Madame Markova sehr vermisst.

»Du siehst gut aus, Danina. Glücklich und ausgeruht.«

»Danke, Madame. Alle waren ganz wunderbar zu mir.«

»Das habe ich deinen Briefen entnommen.« In ihrer Stimme schwang ein scharfer, harter Unterton mit, den Danina ganz vergessen hatte. Es war dieser Unterton, der jeden dazu antrieb, seine Grenzen zu überschreiten, nur um ihr zu gefallen. Aber sie war darüber hinaus sehr kühl, als sie in einem Taxi zur Ballettschule zurückfuhren. Danina versuchte, die Distanz zwischen ihnen zu überbrücken, indem sie ihr von den Abenteuern mit der Zarenfamilie und den Abendgesellschaften erzählte, die sie besucht hatte. Aber sie konnte sehr deutlich spüren, dass sie ihre Lehrerin verärgert hatte, und so sehnte sich Danina mehr denn je nach dem Leben, das sie in Zarskoje Selo zurückgelassen hatte. Doch sie wusste, dass sie sich ihren Pflichten stellen musste.

»Wann beginne ich wieder mit dem Unterricht?«, fragte Danina, während sie die vertraute Stadt betrachtete, die draußen vorbeirollte.

»Morgen früh. Ich schlage vor, du fängst heute Nachmittag mit einigen Übungen an, um dich darauf vorzubereiten. Ich nehme an, du hast während deiner Genesung nichts unternommen, um deine Form zu erhalten?« Abgesehen von Daninas kurzen täglichen Übungen hatte Madame Markova richtig vermutet, und sie sah nicht sehr erfreut aus, als Danina nickte.

»Der Doktor hielt es nicht für sehr klug, Madame«, war ihre einzige Entschuldigung. Sie machte sich nicht einmal die Mühe, die halbe Stunde zu erwähnen, die sie täglich trainiert hatte. Sie wusste, dass es in den Augen ihrer Ballettmeisterin eine nichtige Bemühung war.

Madame Markova starrte schweigend nach vorne, und die Atmosphäre zwischen ihnen wurde immer unerträglicher.

Man hatte ihr wieder ihr altes Zimmer zugeteilt, und der Anblick des alten Gebäudes erfüllte Daninas Herz mit Trauer. Statt das Gefühl zu haben, nach Hause zu kommen, erinnerte sie alles nur daran, wie weit entfernt Nikolai und ihre gemeinsamen Nächte in dem geliebten

Gästehaus waren. Sie konnte sich nicht vorstellen, auch nur eine Nacht ohne ihn zu verbringen, aber das würde sie wohl müssen. Sie hatten einen langen Weg vor sich, den sie allein gehen mussten, bevor sie wieder, und das hoffentlich für immer, zusammen sein konnten.

Sie hatte mit dem Gedanken gespielt, Madame Markova sofort von ihren Plänen zu erzählen, aber nun entschied sie, damit zu warten, bis sie Neuigkeiten von Nikolai über die Scheidung und Maries Abreise nach England hatte. Es hing alles davon an, wie schnell die Angelegenheit vonstatten gehen würde. Unter dem dünnen Stoff ihrer Bluse spürte sie das tröstliche Gewicht des Medaillons.

Die anderen Tänzer tanzten sich bei ihrer Ankunft gerade warm, probten, trainierten oder nahmen am Unterricht teil, und so war sie ganz allein in dem kargen Zimmer, das sie vier Monate zuvor verlassen hatte. Es kam ihr ungewohnt und schrecklich hässlich vor, während sie sich ein Trikot überstreifte und in ihre Ballettschuhe schlüpfte. Anschließend hastete sie in das Studio, in dem sie sich für gewöhnlich warm machte. Als sie dort ankam, entdeckte sie Madame Markova, die ruhig in einer Ecke saß und die anderen beobachtete. In ihrer Anwesenheit fühlte sich Danina ein wenig unwohl, doch sie machte sich an der Stange an die Arbeit. Sie erschrak darüber, wie steif sie geworden war, wie ungelenk ihre Bewegungen ausfielen und wie widerwillig ihre Gliedmaßen die Befehle ausführten, die sie einst mit Leichtigkeit gemeistert hatten.

»Du hast noch viel Arbeit vor dir, Danina«, sagte Madame Markova streng, und Danina nickte. Ihr Körper war in vier kurzen Monaten zu ihrem Feind geworden und tat nichts von dem, was sie von ihm erwartete. Als sie an diesem Abend zu Bett ging, schien jeder einzelne Muskel, den sie seit Monaten nicht benutzt hatte, zu protestieren und vor Schmerz zu schreien. Sie konnte vor Schmerzen kaum schlafen, und am nächsten Morgen hatten sich ihre Muskeln so verspannt, dass sie nur mühsam aufstehen konnte. Die trägen, aber glücklichen vier Monate machten sich nun mit aller Brutalität bemerkbar.

Doch nicht weniger brutal war das harte Training, in das sie sich um fünf Uhr morgens stürzte. Um sechs Uhr nahm sie an der ersten Klasse teil und im Anschluss arbeitete sie bis neun Uhr abends. Madame Markova ließ sie während der ganzen Zeit kaum aus den Augen.

»Deine Gabe ist immer noch vorhanden«, sagte sie nach der ersten Klasse schroff und warnte sie dann eindringlich, dass sie niemals das Verlorene zurückerlangen würde, wenn sie nicht bis an ihre Grenzen und darüber hinausging. Und dann fügte sie hinzu: »Wenn du nicht gewillt bist, mit deinem Blut zu bezahlen, Danina, dann verdienst du es auch nicht.« Sie war offensichtlich völlig außer sich darüber, was Danina während ihrer monatelangen Abwesenheit vom Ballett an Können eingebüßt hatte. Am Abend erinnerte sie ihre Schülerin unfreundlich daran, dass sie ihr den Platz als Primaballerina nicht etwa schuldeten, sondern dass er eine Ehre war, die sie sich aufs Neue hart erarbeiten musste.

Danina weinte bitterlich, als sie an diesem Abend zu Bett ging, und auch am folgenden Tag kam es wiederholte Male zu Tränen. Am Ende des zweiten Tages war sie so erschöpft wie noch nie zuvor in ihrem Leben, und sie setzte sich schließlich hin und schrieb Nikolai einen Brief, in dem sie ihn wissen ließ, was sie durchmachte und wie sehr sie ihn vermisste. Ihre Sehnsucht nach ihm war größer, als sie es bei ihrem Abschied je für möglich gehalten hätte.

Die Tortur, der man sie aussetzte, dauerte tagelang an, und am Ende der ersten Woche bedauerte es Danina zutiefst, überhaupt zum Ballett zurückgekehrt zu sein. Vor allem, da sie es bald verlassen wollte. Warum tat sie sich das an? Was musste sie ihnen beweisen, wenn sie doch mit Nikolai leben und für immer mit dem Tanzen aufhören würde? Aber sie hatte das Gefühl, es sich schuldig zu sein. Sie wollte ehrenvoll ihre Karriere als Tänzerin beenden, selbst, wenn es sie umbrachte. Doch zu diesem Zeitpunkt erschien es ihr nicht nur wünschenswert, sondern auch wahrscheinlich, dass sie an völliger Erschöpfung sterben würde.

Am Ende der zweiten Woche rief Madame Markova sie schließlich in ihr Büro, und Danina fragte sich, was das zu bedeuten hatte. Sie hatte es in den vergangenen dreizehn Jahren nur selten betreten, doch sie hatte häufig beobachtet, wie andere Tänzer hineingingen und weinend wieder herauskamen, um Stunden später die Ballettschule für immer zu verlassen. Danina fragte sich, ob ihr nun das gleiche Schicksal bevorstand. Madame Markova saß regungslos hinter ihrem Schreibtisch und starrte ihren Schützling eindringlich an, bevor sie zu sprechen begann.

»Ich kann sehen, was mit dir geschehen ist, und zwar an der Art, wie du tanzt und wie du arbeitest. Du musst mir nichts darüber erzählen, Danina, wenn du das nicht möchtest.« Danina hatte vorgehabt, ihr alles anzuvertrauen, doch nicht so. Noch nicht. Nicht, bevor sie von Nikolai Nachricht erhalten hatte. Doch sie hatte noch nichts von ihm gehört, und inzwischen machte sie sich Sorgen. Madame Markovas Vorwürfe waren nicht ganz unberechtigt, denn ihre Liebe zu Nikolai lenkte sie tatsächlich vom Tanzen ab. Sie war nicht mehr in der Lage, ihre Seele und ihr ganzes Sein dem Tanz zu geben, so wie sie es früher einmal gekonnt hatte. Mit ihr war etwas Spirituelles, nicht nur etwas Körperliches geschehen, und es erstaunte sie, dass Madame Markova es sehen konnte.

»Ich verstehe nicht, was Sie meinen, Madame. Ich habe seit meiner Rückkehr sehr hart gearbeitet.« Bei diesen Worten traten ihr die Tränen in die Augen, denn sie war es nicht gewohnt, dass ihre Mentorin sie tadelte oder ihre Arbeit schlecht bewertete. Madame Markova war immer so stolz auf sie gewesen, und nun hatte sich das offensichtlich ins Gegenteil verkehrt. Ihre Ballettmeisterin war zornig auf sie.

»Du hast sehr hart gearbeitet, aber nicht hart genug. Du arbeitest ohne Seele, ohne Gemüt. Ich habe dir immer wieder gesagt, dass du nichts sein wirst, wenn du nicht bereit bist, jeden Tropfen Blut und jedes Stückchen deiner Seele, deiner Liebe und deines Herzens zu geben. Mach dir nicht die Mühe zu tanzen. Verkaufe Blumen am Straßenrand oder säubere Toiletten. Damit würdest du dich nützlicher machen. Nichts ist schlimmer als ein Tänzer, der nichts zu geben hat.«

»Ich versuche es ja, Madame. Ich war lange fort. Ich bin noch nicht so stark, wie ich einmal war.« Während sie dies sagte, liefen ihr Tränen über die Wangen, aber Madame Markova zeigte keinerlei Gefühlsregung, mit Ausnahme ihrer Verachtung und ihres Zorns. Sie sah aus, als fühlte sie sich von Danina betrogen.

»Ich spreche von deinem Herzen und deiner Seele, nicht von deinen Beinen. Die Kraft in deinen Beinen wird wiederkommen. Doch dein Herz nicht, wenn du es irgendwo zurückgelassen hast. Du musst eine Wahl treffen, Danina. Hier muss man immer eine Wahl treffen. Es sei denn, du willst wie die anderen sein. Doch das warst du nie. Du warst stets anders. Du kannst nicht beides haben. Du kannst keinen Mann oder gar Männer haben und gleichzeitig eine wahrhaft große Primaballerina sein. Und kein Mann ist deine Karriere wert – kein Mann ist so viel wert wie der Tanz. Am Ende werden sie dich immer enttäuschen. Genauso wie du mich enttäuschst und dich selbst betrügst. Du bist mit nichts zu mir zurückgekehrt. Du bist eine leere Hülle, ein Nichts, eine kleine Tänzerin im Corps de Ballet. Du bist keine Primaballerina mehr.« Dies war der grausamste Schlag von allen, und es brach Danina beinah das Herz, als sie diese Worte hörte.

»Das ist nicht wahr. Ich habe immer noch das, was mich früher ausgemacht hat. Ich muss nur härter arbeiten.«

»Du hast vergessen, wie das geht. Es bedeutet dir

nichts mehr. Etwas ist in dein Leben getreten, das du mehr liebst als den Tanz. Ich kann es sehen, ja, ich kann es fast riechen. Dein Tanz ist erbärmlich.« Diese Worte jagten Danina einen Schauer über den Rücken, und als sie in die Augen der anderen Frau blickte, wusste sie, dass sie keine Geheimnisse mehr vor ihr hatte. »Es ist ein Mann, nicht wahr? In wen hast du dich verliebt? Welcher Mann ist dieses Opfer wert? Will er dich überhaupt? Du bist eine Närrin, alles für ihn zu opfern.«

Einen endlos scheinenden Moment lang herrschte Schweigen zwischen ihnen, während Danina ihre nächsten Worte abwägte und überlegte, wie viel sie der Ballettmeisterin sagen sollte. »Er ist ein sehr guter Mensch«, sagte sie schließlich, »und wir lieben uns sehr.«

»Du bist nun eine Hure, genau wie die anderen, die tanzen und spielen und denen all das hier nichts bedeutet. Du solltest in den Straßen von Paris tanzen, nicht am Mariinski. Du gehörst nicht hierher. Ich habe dir immer gesagt, dass du nicht wie sie sein kannst, wenn du all das hier wirklich willst. Du musst dich entscheiden, Danina.«

»Ich kann nicht für immer mein ganzes Leben aufgeben, Madame, egal, wie sehr ich den Tanz liebe. Ich möchte das Richtige tun. Ich will großartig sein, ich will aufrichtig zu Ihnen sein – aber ich liebe ihn.«

»Dann solltest du jetzt gehen. Verschwende weder meine Zeit noch die deiner Lehrer. Niemand will dich hier haben, es sei denn, du bist wieder wie früher. Weniger ist die Mühe einfach nicht wert. Du musst dich entscheiden, Danina. Und wenn du ihn wählst, dann triffst du die falsche Entscheidung, das garantiere ich dir. Er wird dir niemals das geben, was wir dir geben können. Du wirst dich bei ihm niemals so fühlen wie hier, wenn du auf der Bühne stehst und weißt, dass du gerade eine Vorstellung gibst, die niemand im Publikum je vergessen wird. Denn das hast du, bevor du uns verlassen hast. Nun bist du nichts weiter als eine kleine Tänzerin.«

Sie konnte nicht glauben, was sie da hörte, obwohl Madame Markova ihr diesen Standpunkt früher schon dargelegt hatte. Für sie war der Tanz eine heilige Religion, der man sein ganzes Leben opfern musste. Das hatte Danina bisher auch stets getan, aber nun konnte sie es nicht mehr. Sie wollte, dass ihr Leben mehr war als nur eine perfekte Vorstellung.

»Wer ist dieser Mann?«, fragte Madame Markova schließlich. »Ist er überhaupt wichtig?«

»Er ist wichtig für mich, Madame«, erwiderte Danina respektvoll. Sie war immer noch davon überzeugt, beide Ziele vereinen zu können. Das Ballett auf der Höhe ihres Könnens zu verlassen und zu Nikolai zurückzukehren, wenn er bereit für sie war.

»Was hat er mit dir vor?«

»Er will mich heiraten«, flüsterte Danina, und Madame Markova musterte sie angewidert.

»Warum bist du dann hier?« Die Situation war zu kompliziert für eine Erklärung, und eigentlich wollte Danina auch keine abgeben.

»Ich möchte hier einen sauberen Schnitt machen, vielleicht noch das Jahr über bleiben, wenn Sie mich haben wollen und ich hart genug arbeite und Fortschritte mache.«

»Warum die Mühe?« Dann musterte Madame Markova Danina misstrauisch aus schmalen Augen und bewies wieder einmal, dass sie tatsächlich so allwissend war, wie Danina immer vermutet hatte. »Ist er bereits verheiratet?«

Wieder entstand ein langes Schweigen zwischen ihnen, als Danina keine Antwort gab.

»Du bist eine noch größere Närrin, als ich gedacht habe. Schlimmer noch als eine dieser kleinen Huren. Die meisten von ihnen bekommen wenigstens einen Ehemann ab und werden fett und haben Babys. Sie sind nichts wert, aber du verschwendest dein Talent an einen Mann, der bereits eine Ehefrau hat. Der Gedanke daran, was du tust, macht mich ganz krank, und ich will nichts weiter darüber wissen. Ich will, dass du wieder so arbeitest wie früher, Danina. Du kannst es, und du bist es mir schuldig. Und in zwei Monaten will ich, dass du mir sagst, dass es vorbei ist und das Ballett für alle Zeit das Wichtigste in deinem Leben ist. Du musst alles dafür opfern, Danina ... einfach alles ... und erst dann ist es die Mühe wert, erst dann wirst du die wahre Liebe kennen. Der Tanz ist deine einzig wahre Liebe. Dieser Mann ist unwichtig und bedeutet dir gar nichts. Er wird dir nur wehtun. Ich will jetzt nichts mehr davon hören. Geh zurück an die Arbeit«, sagte sie und entließ sie mit einer solch unmissverständlichen Handbewegung, dass Danina sofort das Büro verließ und in den Unterricht zurückkehrte. Beim Gedanken an Madame Markovas Worte zitterte sie am ganzen Körper.

Dies war also die Art von Opfer, die ihre Lehrmeisterin von ihr erwartete. Sie wollte, dass sie alles aufgab, sogar Nikolai, doch das konnte und wollte Danina nicht. Dies gehörte nicht zu den Dingen, die sie dem Ballett schuldete. Sie hatte nicht das Recht, so etwas von Danina zu verlangen. Sie wollte nicht einer dieser fanatischen Verrückten werden, deren Leben nur aus dem Ballett bestand. Das war ihr inzwischen klar geworden. Sie wollte nicht wie Madame Markova leben, wenn sie sechzig war, ohne Privatleben, ohne Kinder, ohne Mann und ohne Erinnerungen, und das nach einer endlosen Reihe von Vorstellungen, die über die Jahre hinweg an Bedeutung verloren hatten.

Sie hatte versucht, Nikolai zu erklären, was man von ihr erwartete, und er hatte ihr nicht geglaubt. Aber Madame Markovas Forderungen entsprachen genau dem, was sie befürchtet hatte. Ihre Seele und ihr Versprechen, die Sache mit ihm zu beenden. Aber sie würde es nicht tun, egal, was es sie kostete. Und ihre Wut darüber ließ sie nur härter im Unterricht und an der Stange arbeiten. Sie begann, sich jeden Morgen um vier Uhr warm zu machen, und blieb bis zehn Uhr abends, um nach dem Unterricht weiterzuarbeiten. Sie aß nichts, machte keine Pausen und schlief nicht, sondern trieb ihren Körper an die äußersten Grenzen seiner Belastbarkeit. Es war das, was die anderen in der Compagnie von ihr erwarteten, und als Madame Markova sie zwei Wochen später wieder in ihr Büro zitierte, sah Danina sehr dünn, abgezehrt und erschöpft aus.

Sie konnte sich nicht vorstellen, was ihre Lehrmeisterin ihr nun zu sagen hatte. Vielleicht würde Madame sie auffordern, sofort zu gehen, doch womöglich wäre das eine Erlösung. Sie war nicht in der Lage, sich noch stärker anzutreiben. Sie hatte seit drei Wochen nichts von Nikolai gehört, was sie beinah um den Verstand brachte. Er hatte keinen ihrer Briefe beantwortet, und plötzlich fragte sie sich, ob sie ihn überhaupt erreicht hatten. Sie hatte sie, so wie immer, in der Eingangshalle zu den anderen Briefen gelegt, die aufgegeben werden sollten, aber vielleicht wurden sie irgendwo aussortiert und in den Abfall geworfen. All das ging ihr durch den Kopf, als sie zu Madame Markovas Büro ging, und sie erschrak zu Tode, als sie Nikolai dort sitzen sah. Er schien sich angenehm mit Madame Markova zu unterhalten, und als Danina den Raum betrat, drehte er sich um und lächelte sie an. Bei seinem bloßen Anblick spürte sie, wie ihr Herz zu rasen begann und ihr die Knie weich wurden.

»Was tun Sie hier?«, fragte sie und schaute ihn verwundert an. Sie befürchtete, dass er Madame Markova die ganze Geschichte erzählt hatte, doch ein Blick in seine Augen verriet ihr, dass er ihr Geheimnis nicht preisgegeben hatte. Er erriet sofort ihre Gedanken und erklärte ihr hastig, warum er gekommen war, oder vielmehr den Vorwand, den er benutzt hatte. Mit dieser Erklärung wollte er verhindern, dass Danina vor Madame Markova etwas Unbedachtes sagte.

»Ich bin hier, um zu sehen, wie es Ihnen geht, Danina, auf Anweisung des Zaren höchstpersönlich. Er wollte sich vergewissern, wie es um Ihre Gesundheit steht, da seit Ihrer Abreise niemand etwas von Ihnen gehört hat. Die Zarin ist ganz besonders besorgt um Sie.« Er begleitete seine Worte mit einem herzlichen Lächeln an Madame Markova, die zumindest den Anstand besaß, peinlich berührt zu wirken und sich kurz abzuwenden.

»Haben Sie meine Briefe nicht bekommen? Niemand von Ihnen?« Danina war schockiert, als er den Kopf schüttelte. »Ich habe sie, wie ich das sonst auch immer tue, unten hingelegt, damit sie zur Post gebracht werden. Vielleicht gibt man meine Briefe nicht mehr auf.« Madame Markova starrte auf ihren Schreibtisch und schwieg.

»Und wie steht es mit Ihrer Gesundheit? Sie sehen sehr blass aus und viel dünner als bei Ihrer Rückreise nach Sankt Petersburg. Ich fürchte, Sie haben zu hart gearbeitet, Danina. So ist es doch, nicht wahr? Sie dürfen es so kurz nach Ihrer Krankheit nicht übertreiben.«

»Sie muss ihren Körper trainieren«, sagte Madame Markova scharf, »und wieder lernen, was Disziplin heißt. Ihr Körper hat alles vergessen.« Danina wusste so gut wie ihre Mentorin, dass dies nicht stimmte. Doch Nikolai schien sehr besorgt zu sein.

»Ich bin sicher, sie wird bald ihre alte Kraft zurückerlangen«, sagte er freundlich, »aber sie darf es nicht übertreiben. Das wissen Sie doch sicherlich, Madame Markova?«, ermahnte er sie mit einem Lächeln, das seine dienstliche und sehr besorgte Miene noch unterstrich. »Darf ich nun einen Augenblick mit meiner Patientin allein sein? Ich habe für sie eine private Nachricht vom Zaren und der Zarin.« Dagegen war beim besten Willen nichts einzuwenden, und trotz des verärgerten Blicks von Madame Markova durften Nikolai und Danina gemeinsam das Büro verlassen. Offensichtlich verdächtigte sie ihn, doch sie war sich nicht ganz sicher, dass er hinter Daninas Verrat steckte, und wagte es nicht, ihn zu beschuldigen. Stattdessen ließ sie die beiden ohne ein weiteres Wort gehen, und Danina führte ihn in den kleinen Garten. Es war immer noch kalt draußen, und sie schlang sich eine Stola um die Schultern, da sie nur ein Trikot trug. Er machte sich Sorgen, da sie so dünn und müde aussah, und hätte am liebsten den Arm um ihre Schultern gelegt und sie gehalten.

»Geht es dir gut?«, flüsterte er, als sie allein in dem kleinen Garten saßen. »Ich habe dich vermisst ... und ich habe mir furchtbare Sorgen gemacht, als ich nichts von dir hörte.«

»Sie haben vermutlich meine Briefe weggeworfen. Ich werde sie von jetzt an selbst aufgeben.« Obwohl nur Gott allein wusste, wann sie die freie Zeit dazu finden sollte. »Was ist passiert?«, fragte sie und lächelte ihn trotz ihres Kummers strahlend an. Sie war so glücklich, ihn zu sehen. »Geht es dir gut, Nikolai?«

»Natürlich. Danina, ich liebe dich ...« Doch bei seinen Worten spiegelte sich ein gequälter Ausdruck auf seinen Zügen wider. Ihre schmerzliche Trennung war ihm unerträglich gewesen.

»Ich liebe dich auch«, flüsterte sie, und sie fassten sich an den Händen. Ohne dass sie es bemerkten, beobachtete Madame Markova sie durch ein Fenster im obersten Stock. Sie konnte nicht hören, was sie sagten, aber sie sah die eng verschlungenen Hände der beiden, und das bestätigte ihren Verdacht. Ihr Mund verzog sich zu einem schmalen, verächtlichen Strich und verriet das Ausmaß ihres Zorns und ihrer Entschlossenheit. »Hast du es Marie schon gesagt?«

Er nickte mit gerunzelter Stirn. »Ein paar Tage nachdem du abgereist warst«, antwortete er.

Aber das Ergebnis schien nicht sehr erfreulich ausgefallen zu sein. Das sah Danina auf den ersten Blick, und sie hörte ihm mit ängstlich klopfendem Herzen zu. »Was hat sie gesagt?«

Es war zu einem grässlichen Wortwechsel gekommen, und seitdem hatten sie immer wieder einen harten Kampf ausgefochten. Doch Nikolai hatte nicht die Absicht, ihn zu verlieren.

»Du wirst es nicht glauben, Danina. Sie will nicht nach England zurückkehren, sondern in Russland bleiben. Nachdem sie fünfzehn Jahre lang damit gedroht hat, mich zu verlassen, und mir immer wieder zu verstehen gegeben hat, wie schrecklich sie es hier fände, will sie jetzt, da ich ihr die Freiheit anbiete, nicht zurück.« Danina war unglaublich enttäuscht, als sie seine Worte hörte, und musste gegen die Tränen ankämpfen.

»Und die Scheidung?«

»Sie möchte keine Scheidung. Sie sieht keinen Grund, warum wir uns trennen sollten. Sie gibt zu, dass sie ebenso unglücklich ist wie ich, aber sie sagt, sie lege keinen Wert mehr auf eine glückliche Ehe. Sie sagt, sie möchte keine erniedrigende Scheidung durchmachen. Und wenn wir beide, du und ich, künftig zusammenleben wollen, kann ich dich vorher nicht heiraten.« Seine Neuigkeiten schienen ihn selbst völlig niederzuschlagen.

Er hatte seiner geliebten Danina alles geben wollen, ein Zuhause, Respektabilität, Sicherheit, Kinder, ein völlig neues Leben. Aber so wie es aussah, konnte er ihr nur anbieten, sie zu seiner Geliebten zu machen. Nun würde sie die Erniedrigte sein, nicht seine Frau.

»Weiß jemand von uns? Der Zar?«, fragte Danina besorgt.

»Ich glaube, er vermutet etwas, aber ich denke nicht, dass er etwas dagegen hat. Er mag dich wirklich und hat es mir gegenüber mehrfach ausdrücklich erwähnt.«

»Mach dir keine Sorgen«, sagte Danina mit einem Seufzen. »Es wird sich mit der Zeit schon eine Lösung finden. Ich muss hier sowieso noch etwas zu Ende bringen. Sie sind sehr unzufrieden mit mir, weil ich so lange fortgeblieben bin, und Madame Markova droht damit, mich in das Corps de Ballet zu stecken und mich nicht länger als Primaballerina tanzen zu lassen. Sie sagt, ich sei nicht mehr so gut wie früher. Ich würde gerne wieder zu meiner alten Form zurückfinden, und das gibt dir Zeit, Marie von einer vernünftigen Lösung zu überzeugen. Wir können Geduld haben.« Sie bemühte sich, tapfer zu sein und gelassener zu wirken, als sie es tatsächlich war, wenn sie an ihr Leben in der Ballettcompagnie und an ihn dachte.

»Ich bin nicht sicher, dass ich Geduld haben kann«, sagte er unglücklich. »Ich vermisse dich unglaublich. Wann kannst du wieder zu Besuch nach Zarskoje Selo kommen?« Die Tage ohne sie waren einsamer gewesen, als er es befürchtet hatte.

»Vielleicht im Sommer, wenn sie mir in diesem Jahr

noch eine Pause erlauben. Madame Markova spricht davon, dass ich hier bleiben und arbeiten soll, während die anderen Urlaub machen, um die Zeit nachzuholen, die ich bei dir war.«

»Kann sie das? Das ist nicht gerecht«, protestierte er außer sich vor Zorn. Er wollte sie bei sich haben.

»Sie kann tun, was immer sie will. Hier ist nichts gerecht. Aber wir werden sehen. Ich werde mit ihr darüber sprechen, wenn die Urlaubszeit näher rückt. Im Moment müssen wir Geduld haben und warten.« Er brauchte tatsächlich mehr Zeit, um mit Marie zu sprechen, sie zur Vernunft zu bringen und sie dazu zu bewegen, nach England zurückzukehren oder einer Trennung zuzustimmen.

»Ich komme in ein paar Wochen zurück und besuche dich, und zwar ›auf Geheiß des Zaren‹.« Er lächelte sie an. »Wirst du die Briefe erhalten, die ich dir schreibe?«

»Vielleicht wenn du sie in einen Umschlag mit dem Zarenwappen steckst«, erwiderte sie mit einem schelmischen Ausdruck in den Augen, der ihn zum Lachen brachte.

»Ich werde Alexej bitten, ihn für mich zu adressieren.« Und dann beugte er sich wortlos vor und küsste sie. »Mach dir keine Sorgen, Liebste. Wir finden schon einen Weg. Sie können uns nicht für immer trennen. Wir brauchen einfach noch Zeit, die beste Lösung zu finden. Aber nicht zu viel Zeit. Ich kann es nicht ertragen, so lange ohne dich zu sein.« Er wollte sie noch einmal küssen, doch als er sich vorbeugte, öffnete sich die Tür zum Haus und Madame Markova starrte sie wütend an.

»Hast du vor, den ganzen Tag mit deinem Arzt zu verbringen, Danina? Oder willst du arbeiten? Vielleicht solltest du ins Krankenhaus, wenn du immer noch so krank bist und der Zar sich um dich sorgt. Ich bin sicher, wir finden ein gutes staatliches Krankenhaus für dich, wenn du das dem Tanzen vorziehst.« Danina war bereits aufgesprungen und stand in ihrem Trikot und ihren Spitzenschuhen neben Nikolai, der ihr mit einer Erwiderung zuvorkam.

»Es tut mir sehr Leid, Madame, wenn ich zu viel von Daninas Zeit in Anspruch genommen habe. Das lag nicht in meiner Absicht. Ich habe mir einfach nur Sorgen gemacht.«

»Ich wünsche Ihnen einen guten Tag, Dr. Obrajenski.« Von ihrer Dankbarkeit darüber, dass er Danina fünf Monate zuvor gerettet hatte, war nichts mehr zu spüren. Vor allem, seit sie wusste, dass er der Feind war, dem sie um Daninas willen gegenübertreten musste. Daran bestand für sie mittlerweile kein Zweifel mehr.

Er küsste Danina auf die Wange, bevor er ging, und sie erinnerte ihn daran, allen liebe Grüße auszurichten. Nach einem letzten Händedruck ging sie zurück in den Unterricht. Er wirkte wie von Sinnen, als er das Gebäude verließ, in dem sie aß und schlief und achtzehn Stunden am Tag schuftete. Er wünschte nur, sie mitnehmen zu können, statt sie dort allein zurücklassen zu müssen.

Wieder im Unterricht, versuchte Danina erneut, sich zu konzentrieren und nicht an ihn zu denken, während Madame Markova sie beobachtete. Sie blieb unerbittlich in ihrer Wachsamkeit, ihrer Kritik, ihren unglaublich brutalen Worten. Und als Danina schließlich zwei Stunden später eine Pause machte, musterte Madame Markova sie mit unverhohlenem Unmut und einer Regung, die unbändigem Zorn gleichkam.

»Und, hat er dir gesagt, dass er seine Frau nicht verlassen kann? Dass sie einer Scheidung nicht zustimmen wird? Du bist eine Närrin, Danina Petroskova. Das ist eine sehr, sehr alte Geschichte. Er wird dir immer wieder Versprechungen machen und sie nicht einhalten, bis er dir das Herz bricht und es dich dein Leben als Tänzerin kostet. Er wird sie niemals verlassen.«

Das klang, als würde die Ballettmeisterin aus Erfahrung sprechen, oder von einem bitteren Ereignis, das ihr vor langer Zeit widerfahren war. Sie hatte es weder vergeben noch vergessen, und das würde sie diesmal auch nicht tun.

»Ist es das, was er dir gesagt hat?«, drängte die ältere Frau sie, doch Danina würde es ihr gegenüber nie eingestehen. Sie wusste, dass Nikolai sie niemals verletzen würde, egal, was Madame Markova von ihm halten mochte oder welche Dämonen aus der Vergangenheit sie verfolgten.

»Er hatte eine Nachricht für mich vom Zaren und der Zarin«, erwiderte Danina gelassen.

»Und worum ging es?« Danina erzählte ihr nicht, dass sie sie für den Sommer eingeladen hatten. Dies wäre der letzte vernichtende Schlag zwischen ihr und Madame Markova gewesen. Sie wusste, dass sie es ihr noch nicht erzählen konnte.

»Nur, dass sie mich vermissen und sie sich Sorgen um meine Gesundheit machen.«

»Wie gütig von ihnen. Was du jetzt für wichtige Freunde hast. Aber sie werden dir nicht helfen, wenn du nicht mehr tanzen kannst. Sie werden sich von dir abwenden, und dein Arzt wird dich schnell vergessen haben.« Sie sagte dies mit einer Bitterkeit, die Danina noch nie zuvor an ihr erlebt hatte.

»Nicht unbedingt, Madame«, erwiderte Danina mit würdevoller Gelassenheit, machte auf dem Absatz kehrt und ging in ihre nächste Klasse. Es gab Grenzen für das, was sie sich von ihr bieten ließ, und es spielte keine Rolle, dass Marie sich weigerte, einer Scheidung zuzustimmen oder nach England zurückzukehren. Sie konnten trotzdem ein gemeinsames Leben führen, und Danina war bereit, bei ihm zu sein, ob nun als seine Frau oder nicht.

Von diesem Moment an war jeder Tag im Mai die reinste Qual, die durch Madame Markovas ständige Kritik und Vorwürfe noch schlimmer wurde. Sie warf Danina vor, falsche Schritte zu machen und nicht im Takt zu sein. Angeblich waren ihre Arabesken eine Schande, ihre Arme hölzern, ihre Beine steif und ihre Sprünge erbärmlich. Madame Markova setzte alles daran, Danina an den Rand des Zusammenbruchs zu treiben und ihren Geist zu brechen. Sie wollte, dass Danina für das Tanzen kämpfte und alles andere dafür aufgab.

Aber trotz allem hielt Danina durch, und Nikolai kam sie im Juni erneut besuchen. Diesmal brachte er einen persönlichen Brief der Zarin mit. Die Familie lud Danina ein, sie im August in Liwadija zu besuchen, wenn möglich, einen ganzen Monat lang. Doch Danina sah keine Möglichkeit, dieser Einladung zu folgen. Bei Nikolai hatte sich im vergangenen Monat nichts Neues ergeben. Marie war sogar noch entschlossener, zu bleiben, wo und was sie war, und sie machte obendrein noch Schwierigkeiten wegen der Kinder, was ihn noch mehr zu überraschen schien.

»Ich glaube, so sind die Menschen nun mal. Sie müssen die Dinge schmerzhafter machen. Madame Markova tut bei mir gerade dasselbe. Es ist eine ganz persönliche Form der Rache der Menschen, weil man ihnen im Geiste längst entschlüpft ist. Und wenn die Zarin ernsthaft möchte, dass ich komme, dann muss sie Madame Markova befehlen, mich zu schicken. Sie wird es nicht wagen, sich dem Befehl der Zarenfamilie zu widersetzen, doch ohne diesen Befehl wird man mir nicht erlauben zu reisen.«

»Das können sie nicht tun«, protestierte er. »Du bist doch nicht ihre Sklavin.«

»Man könnte es tatsächlich meinen«, erwiderte sie erschöpft. Als er sie diesmal verließ, versprach er, wenn nötig, den Zaren dazu zu bewegen, ihren Besuch höchstpersönlich anzuordnen.

Als er in den Palast zurückkehrte, sprach er ganz offen mit dem Zaren. Er erzählte ihm alles und flehte ihn an, ihm dabei zu helfen, Danina nach Liwadija zu bringen. Der Zar war von seinen Worten sehr bewegt und versprach, sein Möglichstes zu tun. Es war ihm jedoch nicht unbekannt, wie streng und fordernd man in der Welt des Balletts mit den Spitzentänzern umging.

»Womöglich hören sie nicht einmal auf mich«, sagte er mit einem Lächeln. »Sie glauben, sie seien nur Gott Rechenschaft schuldig, dabei bin ich mir nicht sicher, ob sie Seine Befehle befolgen.« Der Zar lächelte Nikolai an.

Doch den Brief, der im Juli bei Madame Markova eintraf, konnte nicht einmal sie ignorieren. Der Zar erklärte, dass die Gesundheit des Thronerben von Daninas Besuch abhing, da dieser die junge Tänzerin in ungewöhnlichem Maße mochte und in ihrer Abwesenheit untröstlich war. Er flehte Madame Markova an, Danina die Reise zu gestatten.

Als Danina diesmal in ihr Büro gerufen wurde, funkelten Madame Markovas Augen vor Zorn und ihr Mund hatte sich zu einem schmalen Strich verzogen. Ohne große Worte teilte sie ihr mit, dass sie Danina einen Monat nach Liwadija begleiten würde. Sie würden am ersten August abreisen, und Madame Markova wirkte alles andere als erfreut darüber. Aber diese Aussicht war nicht das, was Danina erhofft hatte, und sie war bereit, für das zu kämpfen, was sich ihr am Horizont bot. Sie hatte drei Monate sehr hart für die Compagnie gearbeitet, und nun schuldeten sie ihr die Zeit mit Nikolai. Das war alles, was sie von Madame Markova wollte, und Danina würde sich nicht mit weniger zufrieden geben.

»Nein, Madame«, sagte sie, sehr zur Überraschung der Ballettmeisterin. Aber sie klang nun wie eine erwachsene Frau, nicht mehr wie ein gehorsames Kind.

»Du wirst nicht reisen?« Madame Markova musterte sie verblüfft. Der Kampf war also gewonnen. Zum ersten Mal seit Daninas Rückkehr tauchte ein Lächeln in ihren

Augen auf. Ihrer Ansicht nach hatte sich Danina seit April wie eine Verräterin verhalten. »Du möchtest ihn nicht sehen?« Das klang in ihren Ohren wie Musik. Der Kampf war leichter gewesen, als sie es zu hoffen gewagt hatte.

»Nein, ich wünsche allein zu reisen. Es besteht kein Grund, dass Sie mich begleiten. Ich benötige keine Anstandsdame, Madame Markova, obwohl ich Ihr Angebot, mir Ihre freie Zeit zu opfern, sehr zu schätzen weiß. Ich fühle mich inzwischen in Gegenwart der Zarenfamilie sehr wohl, und ich glaube, die Einladung gilt mir alleine.« Tatsächlich war in der Einladung keine Rede von Madame Markova gewesen, und das wussten sie beide sehr wohl.

»Ich werde dich nicht allein reisen lassen«, sagte Madame Markova mit blitzenden Augen.

»Dann werde ich dem Zaren erklären, dass es mir nicht möglich ist, seinem Befehl zu folgen.« Danina schaute sie mit einem entschlossenen Gesichtsausdruck an, den die andere noch nie zuvor gesehen hatte. Auf ihren Zügen spiegelte sich ein unbeschreibliches Missfallen wider, als das Lächeln langsam aus ihrem Gesicht wich und sie mit eisiger Miene aufstand.

»Nun gut. Du darfst für einen Monat verreisen. Aber ich werde dir nicht versprechen, dass du immer noch eine Primaballerina sein wirst, wenn wir im September mit *Giselle* eröffnen. Denk sorgfältig darüber nach, Danina, bevor du dieses Risiko eingehst.«

»Da gibt es nichts zu bedenken, Madame. Wenn dies Ihre Entscheidung ist, dann werde ich mich ihr beugen.« Aber sie wussten beide, dass sie inzwischen besser denn je tanzte. Sie hatte ihre alte Kraft und ihr früheres Können wiedererlangt und ein paar neue, sehr schwierige Techniken dazugelernt. Sie vereinte inzwischen Reife mit Disziplin und Technik, und das Ergebnis ihrer Arbeit und ihrer Entwicklung blieb niemandem verborgen.

»Wir beginnen am ersten September mit den Proben, wie du weißt. Sei am letzten Tag im August wieder hier«, war alles, was Madame Markova noch zu ihr sagte, bevor sie aus dem Büro stürmte und Danina allein zurückließ.

Zwei Wochen später befand sich Danina ohne Anstandsdame im Zug nach Liwadija und dachte über die Freundin nach, die sie in ihrer Mentorin verloren hatte. Sie wusste nun ganz sicher, dass Madame Markova ihr niemals den Verrat verzeihen würde, den sie am Ballett begangen hatte. Bis zu ihrer Abreise hatte sie kein einziges Wort mehr mit Danina gesprochen und war ihr bewusst aus dem Weg gegangen, als Danina sich von ihr verabschieden wollte. Die Freundschaft zwischen ihnen war vorbei, und das nur, weil sie Nikolai liebte. Aber Danina würde nichts tun, wodurch sie ihn oder eine Gelegenheit, bei ihm zu sein, verlieren könnte. Nichts war ihr wichtiger als das. Nicht einmal das Ballett.

Kapitel 6

Die Zeit, die Danina und Nikolai in Liwadija miteinander verbrachten, war idyllisch. Man hatte ihnen ein kleines, diskretes Gästehaus zugewiesen, in dem sie diesmal ganz offen miteinander lebten. Sie wurden sowohl von dem Zaren als auch der Zarin wie ein Ehepaar behandelt, und die beiden schienen ihre Lage zu verstehen.

Das Wetter war traumhaft, die Kinder waren begeistert, sie wieder zu sehen, und Alexej machte sogar sein Versprechen wahr und »lehrte« sie das Schwimmen. Nikolai »half« ein wenig dabei.

Sein einziges Bedauern galt der Tatsache, dass sie bis dahin noch nicht seine Söhne kennen gelernt hatte. Auch bei diesem Besuch Daninas würde es sich nicht ergeben. Marie hatte zwar immer noch nicht in eine Scheidung eingewilligt, aber zumindest war sie zu Besuch zu ihrem Vater nach Hampshire gereist und hatte die Jungen mitgenommen. Nikolai hoffte, dass ihr Aufenthalt in England sie daran erinnern würde, wie sehr sie ihre Heimat liebte, und in ihr den Wunsch wecken, wieder dort zu leben. Doch sein Optimismus hinsichtlich solch eines Sinneswandels war nicht sonderlich groß. Sie schien die feste Absicht zu hegen, mit ihm verheiratet zu bleiben, und wenn auch nur, um ihn zu quälen.

»Es macht nichts, Liebster. Wir sind doch auch so glücklich, oder?«, erinnerte Danina ihn, als sie darüber sprachen. Sie waren so glücklich in ihrem kleinen Gästehaus. Jeden Tag frühstückte sie allein mit ihm auf ihrer Terrasse, und die restlichen Mahlzeiten nahmen sie gemeinsam mit der Zarenfamilie ein. Sie waren beinah den ganzen Tag mit der kaiserlichen Familie zusammen, doch die langen leidenschaftlichen Nächte gehörten nur ihnen.

»Ich möchte dir mehr bieten als ein geliehenes Gästehaus des Zaren«, sagte Nikolai eines Tages traurig und hasste Marie mehr denn je, weil sie ihm seine Freiheit nicht zurückgeben wollte.

»Eines Tages werden wir mehr haben, und ich kann so lange weitertanzen, wie es nötig ist.« Danina hatte sich viel besser als Nikolai mit ihrem Schicksal abgefunden. Trotzdem machte er sich Sorgen um sie.

»Diese Frau wird dich umbringen, wenn du noch länger beim Ballett bleibst«, gab er zu bedenken. Er konnte Madame Markova ebenso wenig leiden wie sie ihn. Und seit Danina vier Monate zuvor zum Ballett zurückgekehrt war, sah sie dünner aus denn je. Sie war bei ihrer Ankunft aus Sankt Petersburg völlig erschöpft gewesen, und es war unmenschlich, wie hart sie arbeitete.

Diesmal war sie so vorausschauend, jeden Tag ausgiebig zu trainieren, damit sie während ihres Aufenthalts in Liwadija nicht ihre Muskelkraft verlor. Alexej sah ihr begeistert zu, während sie stundenlang tanzte und probte. Die Zarin ließ eine Ballettstange für sie bringen, und nach dem Training unternahm sie mit Nikolai lange Spaziergänge. Sie war in perfekter Form, als sich der Monat dem Ende neigte, aber nach dieser zärtlichen Zeit konnte sie den Gedanken nicht ertragen, ihn erneut zu verlassen.

»Wir können so nicht ewig weitermachen«, sagte sie traurig, »und uns nur einmal im Monat ein paar Minuten sehen, wenn du nach Sankt Petersburg kommst. Es macht mir nichts aus, dass ich weitertanzen muss, aber ich kann es nicht ertragen, von dir getrennt zu sein.«

Und bis Weihnachten würde es für sie keine weiteren Ferien mehr geben. Die Zarenfamilie hatte sie bereits eingeladen, das Weihnachtsfest mit Nikolai bei ihnen in Zarskoje Selo zu verbringen. Sie konnte sogar wieder ihr altes Gästehaus beziehen, und Danina war der Gedanke an all das, was sie bis dahin ertragen musste, zuwider. Ihr standen höllische Monate mit Madame Markova bevor, die sie dafür bestrafen würde, dass sie einen Mann mehr liebte als das Ballett. Diese Art zu leben war völlig verrückt.

»Ich möchte, dass du Weihnachten mit dem Tanzen aufhörst«, sagte Nikolai schließlich in ihrer letzten Nacht. »Wir werden eine Lösung finden. Vielleicht kannst du den Großfürstinnen oder den Zofen Ballettstunden geben. Und vielleicht finde ich ein kleines Haus in der Nähe des Palastes für dich, damit du in meiner Nähe leben kannst.« Dies war ihre einzige Chance, falls Marie nicht in eine Scheidung einwilligte.

»Wir werden sehen«, sagte sie geduldig. »Du darfst nicht dein ganzes Leben für mich aufs Spiel setzen. Wenn Marie die Angelegenheit zu sehr aufbauscht, könnte sie dir Probleme mit dem Zaren bereiten oder einen schrecklichen Skandal verursachen. Das wäre sehr schlecht für dich.«

»Ich werde noch einmal mit ihr darüber sprechen, wenn sie aus England zurückkehrt, und danach komme ich zu dir nach Sankt Petersburg.«

Doch kurz nachdem Danina abgereist war, wurde Alexej sehr krank und brauchte Nikolai in den folgenden sechs Wochen täglich, ja, beinah stündlich. Es war Mitte Oktober, als er sie endlich besuchen konnte. Bis dahin hatte Madame Markova Danina sehr zu deren Erleichterung als Primaballerina behalten und sie die *Giselle* tanzen lassen.

Doch Nikolai brachte diesmal nichts als schlechte Neuigkeiten mit. Alexej war immer noch krank, doch es ging ihm ein wenig besser, sodass sein Arzt ihn ein paar Stunden allein lassen konnte. Zwei der Großfürstinnen hatten eine Influenza, was ihn ebenfalls sehr beschäftigte. Danina fand, dass er einen müden und traurigen Eindruck machte, doch er schien froh zu sein, sie zu sehen.

Marie war zwei Wochen zuvor aus England zurückgekehrt und schien entschlossener denn je, ihn nicht freizugeben. Ihr waren Gerüchte über Danina zu Ohren gekommen, und sie drohte damit, einen großen Skandal zu verursachen, der ihn seine Stellung kosten und selbst einen oberflächlichen Kontakt mit der Zarenfamilie unmöglich machen würde. Marie erpresste ihn regelrecht, und als er sie nach den Gründen fragte, erwiderte sie, dass er es ihr schuldig sei, sie mit Respekt zu behandeln und sie nicht vor seinen Söhnen bloßzustellen. Sie gab zwar zu, ihn nie geliebt zu haben, doch nun wollte sie sich um jeden Preis an ihn klammern. Sie sagte, es sei ihr peinlich, wegen einer anderen Frau verlassen zu werden, besonders wegen einer Ballerina. Sie sagte das so, als sei Danina eine Prostituierte, und das machte ihn über alle Maßen zornig. Sie hatten unaufhörlich gestritten, ohne dass er etwas bei ihr erreicht hätte. Das alles deprimierte ihn sehr, was Danina nicht verborgen blieb.

Er kam noch einmal im November nach Sankt Petersburg, und Madame Markova wollte ihm nicht gestatten, Danina zu sehen. Er war jedoch so beharrlich, dass ihr schließlich die Ausreden ausgingen. Doch sie erlaubte Danina wegen der Proben nur eine halbe Stunde mit ihm. Der einzige Trost für sie war die Gewissheit, dass sie über Weihnachten und Silvester drei Wochen zusammen sein würden. Bis dahin würde ihnen diese Aussicht Kraft zum Weitermachen geben.

Nach diesem Besuch kam er zu all ihren Vorstellungen, oder zumindest so häufig es ihm möglich war. Ihr Vater besuchte ebenfalls eine Vorstellung, wie er es jedes Jahr tat. Unglücklicherweise waren die beiden nicht am selben Abend da, sodass sie Nikolai ihrem Vater nicht vorstellen konnte.

Vor Weihnachten versetzte das Schicksal ihrer Familie einen harten Schlag. Ihr Lieblingsbruder, der jüngste der vier, wurde während eines Gefechts an der Ostfront in Molodetschno getötet, und während ihrer letzten Vorstellung war sie in tiefer Trauer um ihn. Als Nikolai sie abholte und zu dem kleinen Gästehaus in Zarskoje Selo brachte, war sie immer noch in melancholischer Stimmung, und Nikolai empfand tiefes Mitgefühl für ihren Verlust. Das Wissen um den Tod ihres Bruders schmerzte sie sehr. Selbst Alexej, der Danina kurz nach ihrer Ankunft besuchte, berichtete seinen Eltern im Anschluss, dass sie sehr traurig aussehe und viel stiller sei als gewöhnlich.

Doch das Weihnachtsfest mit der Zarenfamilie war zauberhaft, und Daninas Lebensgeister kehrten zurück, während sie mit Nikolai lange Gespräche führte und Bücher austauschte. Wie schon während der Sommerferien in Liwadija lebte er ganz offen mit ihr zusammen. Sie sprachen darüber, wie sehr sie sich liebten, und über die schönen Zeiten, die sie miteinander verbracht hatten. Nur zu ihrer Zukunft wussten sie nichts zu sagen. Marie hielt immer noch starr an ihrer uneinsichtigen Haltung fest. Er hatte dennoch begonnen, sich nach einem kleinen Haus für Danina umzusehen und war fest entschlossen, genug Geld zu sparen und eines zu kaufen, damit sie das Tanzen aufgeben und in seiner Nähe leben konnte. Aber sie beide wussten, dass es eine Weile, wenn nicht sogar sehr lange dauern würde, bevor sie sich diesen Schritt leisten konnten. Sie hatte ihm, aber auch sich selbst das Versprechen gegeben, den ganzen

Frühling über, möglicherweise sogar bis Ende des folgenden Jahres weiterzutanzen.

Doch als sie diesmal zum Ballett zurückkehrte, begann sie, sich krank zu fühlen. Sie aß noch weniger als zuvor, und als er sie Ende Januar besuchte, war er ernsthaft besorgt angesichts ihres blassen Aussehens.

»Du arbeitest zu hart«, ermahnte er sie wie üblich, doch diesmal war er beharrlicher. »Danina, du wirst dich noch umbringen, wenn du nicht aufhörst.«

»Man stirbt nicht am Tanzen«, erwiderte sie lächelnd. Sie wollte nicht zugeben, wie schlecht sie sich fühlte, um ihn nicht zu beunruhigen, da Marie ihm schon genug Schwierigkeiten bereitete. Außerdem war der Großfürst wieder krank, und Nikolai hatte genug Kummer, ohne sich um ihren Gesundheitszustand sorgen zu müssen. Aber es wurde ihr von Tag zu Tag schwindeliger, und mehrmals war sie während des Unterrichts einer Ohnmacht nahe. Sie sagte jedoch zu niemandem etwas, und keiner schien zu bemerken, wie elend sie sich fühlte. Im Februar ging es ihr so schlecht, dass sie eines Morgens nicht in der Lage war aufzustehen.

Sie zwang sich am Nachmittag trotz allem zu tanzen, doch als Madame Markova sie im Probenraum fand, saß Danina mit geschlossenen Augen und grauem Gesicht auf einer Bank.

»Bist du schon wieder krank?«, fragte Madame Markova sie vorwurfsvoll. Sie war immer noch nicht gewillt oder in der Lage, ihr die Affäre mit dem jungen Arzt des Zaren zu verzeihen. Sie gab sich keinerlei Mühe, mit ihrer Meinung über die in ihren Augen schändliche Beziehung hinter dem Berg zu halten, und hatte sich völlig von Danina distanziert.

»Nein, es geht mir gut«, sagte Danina schwach. Aber Madame Markova beobachtete sie die folgenden Tage mit besorgter Miene, und als Danina während einer späten Probe dem Zusammenbruch nahe war, sah Madame Markova es sofort und kam ihr zu Hilfe.

»Soll ich einen Arzt rufen?« Diesmal klang ihre Stimme viel sanfter. Wenn die Ballettmeisterin ehrlich war, gab Danina ihnen all ihr Können und ihre Kraft, doch es war nicht genug, die Schuld wieder gutzumachen, die in den Augen Madame Markovas auf der jungen Tänzerin lastete. Sie hatte Danina gegenüber keine Gnade walten lassen, doch als sie nun sah, wie krank ihr früherer Schützling war, wurde sie etwas nachsichtiger. »Soll ich nach Dr. Obrajenski schicken?«, fragte sie sehr zu Daninas Erschrecken.

Danina hätte nichts lieber gehabt als eine Ausrede, ihn wieder zu sehen, aber sie wollte ihn nicht ängstigen. Sie war davon überzeugt, dass sie sehr krank war. Ihre Influenza lag mehr als ein Jahr zurück, doch in den zehn Monaten seit ihrer Rückkehr zur Compagnie hatte sie sich so gnadenlos vorangetrieben, dass sie befürchtete, ihre Gesundheit ruiniert zu haben. Genau wie Nikolai vorhergesagt hatte. Ihr war unentwegt schwindelig, sie konnte nichts essen, ohne sich übergeben zu müssen, und war völlig erschöpft. Sie konnte kaum einen Fuß vor den anderen setzen, und doch tanzte sie sechzehn bis achtzehn Stunden am Tag. Wenn sie abends zu Bett ging, hatte sie Angst, am nächsten Morgen nicht wieder aufzuwachen. Vielleicht hat Nikolai Recht, dachte sie eines Abends, als sie in ihrem Bett lag und einen Brechreiz spürte, jedoch nicht die Kraft fand aufzustehen. Vielleicht würde das Ballett sie doch noch umbringen.

Fünf Tage später war sie nicht mehr in der Lage, das Bett zu verlassen, und sie fühlte sich so schlecht, dass es sie nicht mehr kümmerte, was Madame Markova ihr antat oder wen sie herbeirief. Danina wollte nur noch daliegen und sterben. Sie bedauerte einzig und allein, Nikolai nicht noch einmal sehen zu können, und sie fragte sich, wer ihn wohl über ihren Tod informieren würde.

Da sich der Raum jedes Mal um die eigene Achse drehte, wenn sie die Augen öffnete, lag sie nun mit geschlossenen Augen auf ihrem Bett. Langsam verlor sie das Bewusstsein und träumte, dass Nikolai neben ihrem Bett stand. Sie wusste, dass er nicht wirklich da sein konnte, und fragte sich, ob sie wieder Visionen hatte wie bei ihrer Influenza. Sie hörte sogar, wie er mit ihr sprach und ihren Namen rief, und dann sah sie, wie er sich abwandte und Madame Markova fragte, warum sie ihn nicht früher gerufen habe.

»Sie wollte nicht, dass ich Sie rufe«, hörte sie ihr Traumbild von Madame Markova antworten, und dann öffnete sie die Augen, um ihn anzusehen. Selbst wenn das Trugbild nicht real war, so sah es doch genauso aus wie Nikolai. Sie spürte seine Hand auf ihrer, die ihren Puls maß, und dann beugte er sich ganz nah zu ihr herab und fragte sie, ob sie ihn hören könne. Sie war mittlerweile zu schwach zum Sprechen und nur noch zu einem Nicken fähig.

»Wir müssen sie ins Krankenhaus bringen«, hörte sie ihn ganz deutlich sagen. Doch diesmal hatte sie kein Fieber.

Er wusste noch nicht, was ihr fehlte, aber sie war bereits seit vielen Tagen zu krank, Wasser oder Nahrung bei sich zu behalten, sodass sie tatsächlich im Sterben zu liegen schien. Als er sie betrachtete, traten ihm Tränen in die Augen.

»Sie haben sie praktisch zu Tode geschunden, Madame«, sagte er mit kaum beherrschtem Zorn. »Und wenn sie stirbt, dann werden Sie mir und auch dem Zaren Rede und Antwort stehen.« Als Danina diese Worte hörte, erkannte sie, dass ihre Vision real war und sie diesmal nicht träumte. Es war tatsächlich der Geliebte.

»Nikolai«, sagte sie schwach, als er wieder ihre Hand in seine nahm und sich zu ihr vorbeugte.

»Versuch nicht zu sprechen, Liebste, sondern ruh dich aus«, flüsterte er ihr zu. »Ich bin jetzt bei dir.«

Während er neben ihrem Bett stand und mit Madame Markova sprach, schnappte sie Worte wie »Krankenhaus« und »Ambulanz« auf, und sie versuchte, ihm verständlich zu machen, dass dies nicht nötig war. Ihrer Ansicht nach war diese Mühe einfach unnötig, und sie wollte nur in ihrem Bett liegen und sterben, während Nikolai bei ihr saß und ihre Hand hielt.

Er schickte alle fort und untersuchte schweigend ihren schlanken, grazilen Körper, nach dem er sich so gesehnt hatte. Er war nun schon zwei Monate nicht mit ihr zusammen gewesen, und es hatte sich nichts geändert. Er liebte sie ebenso sehr wie zuvor, aber noch gehörte sie dem Ballett und er Marie. Wie Danina begann er sich zu fragen, ob sie jemals zusammenkommen würden oder ob ihr Leben immer so aussehen würde.

»Was ist mit dir geschehen, Danina? Kannst du mir das sagen?«

»Ich weiß es nicht ... mir ist ständig übel ...«, murmelte sie. Und mit diesen Worten fiel sie in einen unruhigen Schlaf und wachte kurz darauf wieder auf und begann zu würgen. Doch ihr Magen war längst leer, und sie hatte nicht einmal mehr Galle in sich, sondern brachte, wie schon seit Tagen, nur ein trockenes Würgen zustande. Es war einfacher für sie gewesen, nichts zu essen oder zu trinken, anstatt immer wieder alles zu erbrechen. Trotzdem hatte sie sechzehn Stunden am Tag getanzt und sich bis zur völligen Erschöpfung angetrieben.

»Danina, sprich mit mir«, flehte er sie an und versuchte, sie mit diesen Worten wieder aus ihrer Ohnmacht zu wecken. Er befürchtete, dass sie durch den Mangel an Nahrung und Flüssigkeit und aufgrund ihrer enormen Erschöpfung in ein Koma fallen könnte. Sie hatten sie beinah zu Tode geschunden, und ihr Körper schien unter dem unaufhörlichen Druck und dem Nahrungsmangel einfach zusammenzubrechen. »Wie fühlst du dich? Wie lange geht das schon so?« Langsam stieg Panik in ihm hoch, und sie erwarteten noch seine Entscheidung, ob Danina ins Krankenhaus gebracht werden musste und sie eine Ambulanz benötigte. Er war sich immer noch nicht sicher, doch ihr Zustand ängstigte ihn immer mehr.

»Wie lange fühlst du dich schon schlecht?«, fragte er

erneut. Bei ihrer letzten Begegnung war ihre Verfassung nicht so schlimm gewesen, obwohl sie nicht sehr gut ausgesehen und ihm gegenüber zugegeben hatte, dass sie sich nicht wohl fühlte.

»Einen Monat ... oder auch zwei ...«, antwortete sie matt.

»Du erbrichst dich bereits seit zwei Monaten?«, fragte er entsetzt. Wann hatte sie das letzte Mal richtige Nahrung zu sich genommen? Und wie lange konnte sie das überleben? Er dankte Gott, dass Madame Markova ihn schließlich doch noch gerufen hatte. Angesichts Daninas indirekter Verbindung zum Zaren hatte sie es letztlich nicht gewagt, es zu unterlassen, und trotz ihres Zorns auf Danina in den vergangenen Monaten liebte Madame Markova ihre Schülerin und war über deren Zustand erschüttert. »Danina ... sprich mit mir ... Wann hat das angefangen? Versuch dich zu erinnern, wann genau«, drängte Nikolai Danina, als sie die Augen öffnete. Sie versuchte sich zu erinnern, wie lange sie bereits krank war. Es kam ihr wie eine Ewigkeit vor.

»Im Januar, als ich aus den Weihnachtsferien zurückkam.« Es ging bereits seit zwei Monaten so. Doch nun wollte sie nur noch schlafen und wünschte, er würde aufhören, auf sie einzureden.

»Tut dir irgendetwas weh?« Sanft tastete er ihren Körper ab, aber sie hatte keine Schmerzen. Sie war einfach nur furchtbar schwach und unterernährt und hatte sich beinah zu Tode gehungert. Er überlegte, ob es ihr Blinddarm sein könnte, doch sie wies keinerlei Anzeichen einer Infektion auf. Oder ein blutendes Magengeschwür, aber sie versicherte ihm, dass sie weder Blut noch etwas anderes Auffälliges erbrochen hatte. Es gab keine weiteren Symptome, nur ihr anhaltendes Erbrechen. Hinzu kam, dass sie kaum bei Bewusstsein und zu schwach war, sich zu bewegen. Er wagte es nicht einmal, sie ins Krankenhaus bringen zu lassen, bevor er wusste, was ihr fehlte. Er glaubte weder an eine Tuberkulose noch an eine Typhuserkrankung, obwohl Letzteres nicht ausgeschlossen war. In diesem Fall wäre sie jedoch bereits im Endstadium der Krankheit, wofür er keine Anzeichen sah.

Er hörte ihre Lungen und ihr Herz ab. Ihr Puls war schwach, doch er fand einfach keine Erklärung für ihren Zustand. Schließlich stellte er ihr eine Frage, die sie sicherlich für indiskret hielt, aber er war nicht nur ihr Liebhaber sondern auch ihr Arzt und musste es wissen. Ihre Antwort überraschte ihn nicht. Ihr ganzer Körper war bis an seine Grenzen geschwächt, und sie hatte sich sehr lange durch das Tanzen überanstrengt. Daher war es nicht verwunderlich, dass die weiblichen Funktionen ihres Körpers zum Stillstand gekommen waren. Plötzlich fiel ihm etwas ein. Sie waren stets vorsichtig gewesen ... immer ... nur nicht nach Weihnachten. Nur einmal ... oder zweimal.

Er betrachtete sie noch einmal sorgfältig und schließlich ahnte er die Ursache ihrer Schwäche. Mit klopfendem Herzen tastete er vorsichtig ihren Bauch ab und spürte eine kleine, kaum wahrnehmbare Verhärtung. Doch sie war groß genug, ihn auf eine Antwort zu bringen, die er niemals vermutet hätte. Sie war aller Wahrscheinlichkeit nach im zweiten Monat schwanger. Dabei hatte sie sich so geschunden und war so krank geworden, dass sie daran hätte sterben können. Sollte sie tatsächlich schwanger sein, dann war es angesichts ihrer Verfassung ein Wunder, dass sie das Kind nicht verloren hatte.

»Danina«, flüsterte er ihr zu, als sie wieder erwachte und ihn fragend anblickte, »ich glaube, du bist schwanger«, sagte er ganz leise, damit ihn sonst niemand hören konnte. Erschrocken riss sie die Augen auf. Sie hatte ein oder zwei Mal daran gedacht und den Gedanken schließlich völlig aus ihrem Bewusstsein verbannt. Es konnte nicht sein, und daher durfte sie nicht einmal daran denken. Aber als er es aussprach, wusste sie, dass es stimmte. Sie schloss die Augen, während langsam ein paar Tränen aus ihren Augenwinkeln liefen.

»Was sollen wir nun tun?«, flüsterte sie und blickte ihn verzweifelt an. Dies bedeutete ganz bestimmt den Ruin ihres Lebens, und Marie würde ihn niemals freigeben, wenn auch nur aus Rache.

»Du musst mit mir zurückkommen. Du kannst in dem kleinen Gästehaus leben, bis du wieder bei Kräften bist.« Aber dies war nur eine vorübergehende Lösung, und das wussten sie beide. Sie standen nun vor einem weitaus größeren Problem als zuvor.

»Und was dann?«, fragte Danina traurig. »Ich kann nicht mit dir zusammenleben. Du kannst mich nicht heiraten, und der Zar wird dir deine Stellung kündigen. Wir können uns kein Haus leisten, und wenn du Recht hast, kann ich nur noch sehr kurze Zeit tanzen.«

Sie wussten beide, dass seine Vermutung zutraf. Einige Mädchen hatten noch so lange wie möglich weitergetanzt, aber ihr Zustand war immer nach ein oder zwei Monaten herausgekommen, und man hatte sie aus der Compagnie verbannt. Danina wusste, dass manche ihre Babys durch das harte Training und die gnadenlosen Proben verloren. Sie befand sich nun in einer sehr schwierigen Lage, aus der es keinen leichten Ausweg gab.

»Wir werden gemeinsam eine Lösung finden«, sagte er und machte sich furchtbare Sorgen um sie. Er konnte ihr nicht einmal ein Zuhause bieten, geschweige denn ihr und einem Kind. Aber es gab für ihn keine schönere Vorstellung, als ein Kind zu haben, das aus ihrer Liebe entstanden war. Und doch schienen sie keine Möglichkeit zu haben, es zu bekommen und großzuziehen. Wie sollten sie es ernähren, wenn Danina mit dem Tanzen aufhören musste? Sie hatten beide nur sehr geringe Ersparnisse, und Danina bekam mehr Lob als Geld, während Marie und die zwei Jungen alles ausgaben, was er verdiente. »Uns wird schon etwas einfallen«, sagte er sanft. Aber sie schüttelte nur den Kopf und weinte leise, während er sie in den Armen hielt. Die Verzweiflung schien sie völlig übermannt zu haben. »Bitte, komm mit mir zurück«, flehte er sie an. »Niemand braucht den Grund für deine Krankheit zu erfahren. Wir müssen über alles reden.« Aber sie wusste besser als jeder andere, dass es nichts zu bereden gab und keine Hoffnung bestand. Die Erfüllung ihrer Träume lag in weiter Ferne.

»Ich muss hier bleiben«, sagte sie, und allein der Gedanke, das Zimmer zu verlassen, verursachte ihr noch stärkere Übelkeit. Diesmal würde sie nicht mit ihm gehen. Doch er fand den Gedanken unerträglich, sie zurückzulassen, vor allem nach dem, was er inzwischen erfahren hatte.

Er blieb bis spät in der Nacht bei ihr und erzählte Madame Markova, dass Danina vermutlich ein Magengeschwür habe. Er halte es für das Beste, sie in das Gästehaus in Zarskoje Selo zu bringen, bis es ihr besser gehe. Doch Danina protestierte, dass sie nicht fortwolle, da sie sich zu elend fühle. Sie könne, so wandte sie ein, in der Ballettschule ebenso schnell wieder gesund werden wie in Zarskoje Selo, was nicht stimmte, wie alle sehr wohl wussten. Aber Madame Markova freute es zu hören, dass sie ihn nicht begleiten wolle. Sie deutete es als Zeichen, dass ihre Affäre mit Nikolai womöglich zu Ende ging. Dies war das erste Mal, dass Danina sich ihm widersetzte.

»Wir sind hier durchaus in der Lage, uns um sie zu kümmern, Doktor, auch wenn wir es hier nicht so elegant haben wie in Zarskoje Selo«, sagte sie mit einer Spur von Sarkasmus. Nikolai war beunruhigt, weil Danina nicht auf ihn hören wollte. Er diskutierte lange mit ihr darüber, nachdem Madame Markova sie allein gelassen hatte.

»Ich will dich bei mir haben. Ich möchte mich um dich kümmern, Danina. Du musst mit mir kommen.«

»Für wie lange? Einen weiteren Monat? Oder zwei? Und was dann?«, fragte sie ihn unglücklich. Sie wusste, dass es nur einen Ausweg gab, aber sie sprach dieses Thema ihm gegenüber nicht an. Sie kannte andere

Mädchen beim Ballett, die es getan und die Sache überlebt hatten. Sie wünschte sich ebenfalls nichts sehnlicher als ein gemeinsames Kind, aber es bestand vorläufig keine Hoffnung, eines zu bekommen. Vielleicht später, aber nicht in ihrer jetzigen Situation. Das mussten sie akzeptieren, und sie war sich nicht sicher, ob Nikolai schon bereit war, es sich und ihr einzugestehen. Sie war sich sogar ziemlich sicher, dass er das nicht war, denn er machte sich viel zu große Sorgen um sie. »Du musst jetzt gehen, Nikolai«, sagte sie. »Du kannst in ein paar Tagen wiederkommen.«

»Ich komme morgen wieder«, sagte er. Als er sie verließ, machte er sich ernsthaft Gedanken um sie, und angesichts ihrer Lage stieg Furcht in ihm auf. Sie waren nur ein oder zwei Mal achtlos gewesen, doch damit hatte er ganz bestimmt nicht gerechnet. Und nun musste er ihr dabei helfen, eine Lösung zu finden, denn dies war viel mehr seine Schuld als ihre. Es quälte ihn, dass sie nun einen höheren Preis für ihre Liebe bezahlte als er.

Doch als er am nächsten Tag zurückkam, hatten sie beide immer noch keine Antworten gefunden. Sie konnten es sich nicht leisten, ein Baby zu bekommen oder zu versorgen. Sie konnten nicht einmal ein Haus oder eine Wohnung mieten. Danina wusste, dass es unmöglich war, auch wenn er beharrlich das Gegenteil behauptete. Doch sie stritt nicht mit ihm. Sie lag einfach nur unglücklich da und weinte leise vor sich hin, während ihr Körper immer wieder von einem Würgen erfasst wurde und sie sich erbrach. Er zwang sie, so gut es ging, etwas zu essen und zu trinken, und sie wirkte seiner Ansicht nach etwas kräftiger, aber sie musste sich kurz darauf so heftig übergeben, dass sie sich schlechter und nicht besser fühlte. Er hatte ebenfalls Tränen in den Augen, während er hilflos neben ihr saß und sie beobachtete. Er wusste, dass sie sich in ein oder zwei Monaten besser fühlen würde, aber bis dahin litt sie Höllenqualen.

Als er wieder aufbrach, sprach sie mit einer der anderen Tänzerinnen. Danina wusste ganz sicher, dass die junge Frau, mit der sie sprach, es zwei Mal hatte machen lassen. Valeria, so hieß sie, sagte ihr, wohin sie gehen und mit wem sie sprechen musste, und bot ihr sogar an, sie zu begleiten. Danina nahm ihre Hilfe dankbar an.

Als die anderen am nächsten Morgen zur Kirche gingen, brachen die zwei Mädchen so unauffällig wie möglich auf. Es war Sonntag, und Madame Markova besuchte wie jede Woche die Messe. Danina war natürlich zu krank, sie zu begleiten, und Valeria schützte starke Kopfschmerzen vor. Sie beeilten sich, doch Danina musste sich unterwegs immer wieder übergeben. Sie durchquerten die halbe Stadt, aber schließlich erreichten sie die Adresse in einem armen, heruntergekommenen Viertel.

Es war ein kleines düsteres Haus mit schmutzigen Vorhängen in den Fenstern, und das Aussehen der Frau, die ihnen die Tür öffnete, ließ Danina erzittern. Doch Valeria versicherte ihr, dass es schnell gehen und gut gemacht werden würde. Danina hatte all ihre Ersparnisse mitgebracht und hoffte, dass es reichen würde. Es hatte sie erschüttert zu hören, wie teuer es war.

Die Frau, die sich als Krankenschwester bezeichnete, stellte Danina eine Reihe von Fragen. Sie wollte ganz sichergehen, dass sie noch nicht zu weit war, doch zwei Monate schienen sie nicht zu beunruhigen. Nachdem sie ihr die Hälfte ihres Geldes abgenommen hatte, führte sie Danina in ein Schlafzimmer im hinteren Teil des Hauses. Die Laken und Decken sahen widerlich schmutzig aus, und auf dem Boden befanden sich Blutflecken, die sich offensichtlich niemand die Mühe gemacht hatte zu entfernen, nachdem die letzte Besucherin der »Krankenschwester« gegangen war.

Die alte Frau wusch sich die Hände in einer Wasserschüssel in der Ecke und nahm dann ein Tablett mit Instrumenten, die sie angeblich gesäubert hatte. Danina fand sie Furcht einflößend und wandte den Blick von der alten Frau ab.

»Mein Vater war Arzt«, erklärte die Schwester, aber Danina wollte nichts darüber hören. Sie wollte es einfach nur hinter sich bringen. Wenn Nikolai wüsste, was sie gerade tat, würde er mit allen Mitteln versuchen, sie davon abzuhalten. Wenn er es herausfand, würde er es ihr niemals verzeihen. Aber daran durfte sie nun nicht denken.

Das Schlimmste war, dass sie sich beide dieses Baby wünschten, doch sie wusste, dass sie es nicht haben konnten. Es war völlig ausgeschlossen. Sie musste es für sie beide tun, egal, wie schrecklich es war, und selbst, wenn es sie am Ende umbrachte. Und während sie sich fragte, ob diese Gefahr bestand, befahl ihr die Krankenschwester, ihre Kleidung auszuziehen. Daninas Hände zitterten erbärmlich, als sie der Aufforderung nachkam. Schließlich lag sie auf dem schmutzigen Bett, nur mit einem Pullover bekleidet, während die Frau sie untersuchte und nickte. Genau wie Nikolai spürte sie die kleine runde Verhärtung in dem schlanken Leib.

Nichts in ihrem bisherigen Leben hatte Danina auf diese erniedrigende und schreckliche Situation vorbereitet. Zwischen ihrem Zusammensein mit Nikolai und dem, was sie nun erlebte, lagen Welten, und bei dem Gedanken daran musste sie sich erbrechen.

Aber die Frau, die sich »Krankenschwester« nannte, ließ sich davon nicht aufhalten und versicherte Danina, dass es bald vorbei sein werde. Die Schwester erklärte ihr weiterhin, dass sie nach dem Eingriff eine Weile bleiben könne, um sich auszuruhen, bis sie wieder kräftig genug sei zu gehen, doch danach dürfe sie auf keinen Fall zurückkommen. Sollte es Probleme geben, müsse sie einen Arzt rufen, dürfe aber bei ihr keine Hilfe suchen. Die Schwester gab Danina zu verstehen, dass sie sich nicht um Komplikationen kümmere und nach dem Eingriff die weitere Verantwortung auf Daninas Schultern lastete. Dann warnte sie sie noch einmal mit einem drohenden Unterton in der Stimme, dass sie es nicht wagen sollte zurückzukommen, da sie sie auf keinen Fall hereinlassen würde.

»Fangen wir an«, sagte die Krankenschwester resolut. Am liebsten fertigte sie ihre Patientinnen schnell ab, bevor sie ihr Schwierigkeiten machen konnten. Und so ließ sie sich auch nicht von Daninas Übelkeitswellen aufhalten. Erst als diese sie bat, einen Moment zu warten, tat sie es und fuhr erst wieder fort, als Danina ihr wortlos ein Zeichen gab, dass sie bereit war.

Danina wappnete sich, als die Frau sie dazu aufforderte. Dann hielt diese mit einem starken Arm Daninas Bein nach unten und befahl ihr mit strenger Stimme, sich nicht zu bewegen. Doch Daninas Beine zitterten zu stark, um ihr zu gehorchen. Nichts hatte sie auf den stechenden Schmerz vorbereitet, als die Frau eines der Instrumente in sie stieß. Danina versuchte, nicht zu schreien, während sie zu Decke hinaufblickte und sich konzentrierte, um sich nicht übergeben zu müssen. Der Schmerz schien nicht enden zu wollen, und der Raum begann sich um sie zu drehen. Schließlich wurde um sie herum gnädigerweise alles dunkel. Plötzlich schüttelte die Frau sie, und Danina spürte ein kaltes Tuch auf ihrer Stirn. Die Schwester befahl ihr aufzustehen. Es war vorbei.

»Ich weiß nicht, ob ich schon aufstehen kann«, sagte Danina schwach.

Der Geruch nach Erbrochenem hing in der Luft, und der Anblick der Schale mit Blut neben dem Bett ließ sie beinah wieder das Bewusstsein verlieren. Doch die Frau zog sie auf die Beine und half ihr beim Anziehen, ohne ihr mehr Zeit zu geben. Alles drehte sich um Danina, und sie hatte schreckliche Schmerzen, als die Schwester einen Lappen zwischen ihre Beine presste. All das war Danina schier unerträglich. Sie ging in den Nebenraum, wo ihre Freundin wartete, doch ihr war so schwindelig, dass sie sie kaum erkennen konnte. Erstaunt stellte sie fest, dass sie noch keine Stunde bei der Schwester waren. Valeria wirkte besorgt, aber erleichtert. Sie wusste besser als jede andere, wie schlimm es war, da sie es bereits selbst durchgemacht hatte.

»Bring sie nach Hause und steck sie ins Bett«, sagte die Schwester, während sie ihnen die Tür aufhielt. Glücklicherweise fanden sie bald ein Taxi. Hinterher erinnerte sich Danina kaum noch an die Fahrt zurück zur Ballettschule. Sie erinnerte sich nur daran, dass sie in ihr Bett geklettert war, während sie den Lappen zwischen ihren Beinen und den stechenden Schmerz spürte, den die Frau tief in ihrem Inneren verursacht hatte. Danina konnte an gar nichts denken, weder an Nikolai noch an ihr Baby, noch an irgendetwas von dem, was geschehen war. Sie rollte sich einfach mit einem Stöhnen auf die Seite und verlor das Bewusstsein.

Kapitel 7

Als Nikolai sie an diesem Nachmittag besuchte, lag sie in ihrer Kleidung im Bett und schlief tief und fest. Er hatte keine Ahnung, wo sie gewesen war oder was sie getan hatte, aber er war erleichtert, dass sie schlief. Doch als er sie ein wenig genauer betrachtete, sah er, dass ihr Gesicht ganz grau war. Ihre Lippen trugen einen bläulichen Schimmer, und als er ihren Puls maß, stieg Panik in ihm auf. Er versuchte, sie zu wecken, doch es gelang ihm nicht. Sie schlief nicht, sondern hatte das Bewusstsein verloren. Als er schließlich, mehr aus Instinkt denn aus medizinischen Gründen, ihre Decke beiseite schlug, sah er, dass sie in einer Blutlache lag, die sich um sie herum ausgebreitet hatte. Offensichtlich hatte sie bereits seit Stunden stark geblutet.

Diesmal zögerte er keine Sekunde. Er schickte eine der Tänzerinnen nach einer Ambulanz und begann anschließend in panischer Angst, Danina die Kleider auszuziehen. Sie war halb tot, und er hatte keine Ahnung, wie viel Blut sie schon verloren hatte. Doch die Lache um sie herum sah enorm aus. Der Lappen, den er zwischen ihren Beinen fand, erzählte ihm ganz deutlich, was vorgefallen war.

»Oh, mein Gott ... oh, Danina ...« Er konnte nichts anderes tun als versuchen, den Blutfluss zu stillen. Sie musste so schnell wie möglich operiert werden, und vielleicht würde selbst das sie nicht mehr retten können.

Sobald sie davon hörte, kam Madame Markova in Daninas Zimmer gerannt. Die Szene, die sie in dem kleinen Schlafsaal vorfand, beantwortete all ihre Fragen. Nikolai saß neben Danina und hielt ihre Hand, während ihm Tränen über das Gesicht liefen. Sein verzweifelter Gesichtsausdruck rührte sogar Madame Markova. Doch als die Ballettmeisterin das Zimmer betrat, verwandelten sich Nikolais Kummer und Hilflosigkeit schnell in Zorn.

»Wer hat das zugelassen?«, herrschte er Madame Markova scharf an. »Haben Sie davon gewusst?«, fragte er sie vorwurfsvoll und mit vor Wut bebender Stimme.

»Nein, ich wusste nichts davon«, erwiderte sie ebenfalls wütend. »Ich wusste vermutlich weniger als Sie. Sie muss das Haus verlassen haben, während ich in der Kirche war«, fügte sie unglücklich hinzu, denn sie fürchtete um Daninas Leben.

»Wie lange ist das her?«

»Vier oder fünf Stunden.«

»Mein Gott ... begreifen Sie nicht, dass Danina sterben kann?«

»Natürlich verstehe ich das.«

Am liebsten hätten sie sich aus Angst um das geliebte Mädchen gegenseitig erwürgt. Doch glücklicherweise traf bald die Ambulanz ein und brachte Danina in ein Krankenhaus, das Nikolai gut kannte. Er erzählte den Männern die wenigen Fakten, die ihm bekannt waren. Danina erwachte bis zu der Operation nicht mehr aus ihrer Bewusstlosigkeit, und es dauerte zwei Stunden, bevor der Chirurg zu ihm und Madame Markova in das karge Wartezimmer kam, in dem sie sich schweigend angestarrt hatten.

»Wie geht es ihr?«, fragte Nikolai hastig, während Madame Markova nur stumm zuhörte, doch der Chirurg sah alles andere als zufrieden aus. Es wäre beinahe zum Schlimmsten gekommen, und sie gaben ihr bereits die vierte Bluttransfusion.

»Wenn sie es überlebt«, sagte der Chirurg ernst, »dann wird sie vermutlich weitere Kinder bekommen können. Aber das Ergebnis steht noch nicht fest. Sie hat sehr viel Blut verloren, und derjenige, der den Eingriff vorgenommen hat, wusste offensichtlich nicht, was er tat.«

Er beschrieb Nikolai die Lage aus medizinischer Sicht, und abgesehen von der Blutung, die sich trotz all ihrer Bemühungen einfach nicht stillen ließ, befürchteten sie eine Infektion. »Es wird nicht leicht für sie werden«, erklärte der Chirurg Madame Markova. »Vorausgesetzt, sie überlebt es, dann muss sie einige Wochen hier bleiben, vielleicht sogar länger. Wenn sie die Nacht übersteht, werden wir morgen früh mehr wissen. Inzwischen haben wir alles für sie getan, was in unserer Macht steht.« Madame Markova weinte leise, als der Chirurg seine Erklärungen beendete.

»Kann ich sie sehen?«, fragte Nikolai respektvoll und zugleich zutiefst erschrocken über die Worte des Chirurgen. Dieser konnte und wollte ihnen nicht versprechen, dass Danina es überleben würde.

»Sie können jetzt nichts für sie tun«, erklärte der Chirurg. »Sie ist noch bewusstlos und wird es vermutlich noch eine Weile bleiben.«

»Ich wäre gerne bei ihr, wenn sie aufwacht«, erwiderte Nikolai leise. Der Gedanke an das Geschehene bestürzte ihn zutiefst, vor allem jedoch die Tatsache, dass sie ihm nichts davon gesagt und er sie nicht hatte aufhalten können. Es wäre ihnen doch bestimmt ein Ausweg eingefallen. Er hatte die ganze vergangene Nacht darüber nachgedacht und alle möglichen Lösungen durchgespielt. Sie hätte nicht ihr Leben aufs Spiel setzen müssen, um das Problem aus der Welt zu schaffen. Sie wären ganz bestimmt zu einer Lösung gekommen, oder zumindest glaubte er das.

Sie ließen Nikolai auf die chirurgische Station, wo Danina im Aufwachraum lag. Trotz der Transfusionen, die sie ihr gegeben hatten, sah ihr Gesicht immer noch furchtbar grau aus. Er setzte sich leise neben sie und nahm ihre Hand in die seine. Sanft hielt er ihre Finger umschlossen, während ihm Tränen über die Wangen liefen und er an die Zeit dachte, die sie miteinander verbracht hatten, und daran, wie sehr er sie liebte. Am liebsten hätte er die verantwortungslose Person getötet, die ihr dies angetan hatte. Währenddessen saß Madame Markova verzweifelt im Wartezimmer und durchlebte die gleichen Gefühle wie er. Doch die beiden waren bei aller Gemeinsamkeit nicht in der Lage, sich gegenseitig zu helfen. Während Danina um ihr Leben kämpfte, hingen ihre Mentorin und ihr Liebhaber ihren Gedanken nach und verloren sich in ihrer eigenen Welt.

Es war fast Mitternacht, als Danina sich endlich regte und ein erbärmlich klingendes Stöhnen hervorstieß. Ihre Lippen waren völlig ausgetrocknet, und sie konnte kaum die Augen öffnen, doch als sie den Kopf drehte, erblickte sie Nikolai. Ein Schluchzen entrang sich ihrer Kehle, als sie sich vage daran erinnerte, was geschehen war und was sie ihrem Baby angetan hatte.

»Oh Danina ... es tut mir so Leid ...« Er weinte wie ein Kind, während er sie in den Armen hielt und sie anflehte, ihm zu verzeihen, dass er sie in diese Lage gebracht hatte. Er machte ihr nicht einmal Vorwürfe über das, was sie getan hatte. Dafür war es zu spät, und sie hatte bereits einen sehr hohen Preis gezahlt. »Wie konnte das geschehen? Warum hast du vorher nicht mit mir darüber gesprochen ...?«

»Ich wusste ... du würdest es niemals ... zulassen ... Es tut mir so Leid«, erwiderte sie schluchzend, und gemeinsam weinten sie um den anderen und um ihr ungeborenes Kind. Doch dann beherrschte ihn nur noch der Wunsch, dass sie gesund würde.

Nikolai genügte ein Blick auf Danina, um zu wissen, dass es sehr lange dauern würde, bis sie sich von dem Geschehenen erholt hatte. Bei Tagesanbruch versicherte ihm der Chirurg, dass sie es überstehen würde, und Nikolai musste gegen die Tränen der Erleichterung ankämpfen. Aus Respekt vor Madame Markova ging er zu ihr, um ihr die Neuigkeit zu berichten. Sie weinte vor Glück und verließ anschließend das Krankenhaus, ohne Danina zu besuchen. Der Chirurg vertrat die Ansicht, dass es zu früh für Danina war, Besuch zu empfangen, und Nikolai stimmte ihm zu.

Er blieb bis zum Abend an ihrer Seite und kehrte nur nach Hause zurück, um sich frische Kleidung anzuziehen, nach Alexej zu sehen und sich zu erkundigen, ob Dr. Botkin ihn weiterhin vertreten würde. Er erklärte seinem Kollegen, dass eine Freundin von ihm sehr krank sei und im Krankenhaus liege und er bei ihr sein müsse. Und obwohl Dr. Botkin keine Fragen stellte, wusste er, um wen es sich handelte.

»Wird sie wieder gesund?«, fragte er sanft, erschüttert über Nikolais gramzerfurchtes Gesicht und kummervollen Blick. Es war eine anstrengende Nacht gewesen, da er sich ohne Unterlass schreckliche Sorgen um die Geliebte gemacht hatte.

»Das hoffe ich«, erwiderte Nikolai leise.

Später am Abend kehrte er an Daninas Bett zurück und saß erneut die ganze Nacht neben ihr, ohne ein Auge zuzutun. Sie verlor immer wieder das Bewusstsein, murmelte leise vor sich hin und sprach zu Menschen, die er nicht sehen konnte. Ein oder zwei Mal rief sie seinen Namen und flehte ihn an, ihr zu helfen. Es brach ihm das Herz, sie so zu sehen, doch er saß die ganze Zeit schweigend da, hielt ihre Hand und dachte an ihre gemeinsame Zukunft und die Kinder, die sie hoffentlich miteinander haben würden.

Erst nach zwei Tagen kam ihre Blutung zum Stillstand, und die Transfusionen schienen ihre Wirkung zu zeigen. Danina war immer noch zu schwach, um sich aufzusetzen, aber er fütterte sie mit Suppe und Haferbrei wie eine Krankenschwester und schlief auf einem Feldbett neben ihrem Bett. Als es ihr ein wenig besser ging, wagte er, selbst ein wenig zu schlafen. Er war völlig erschöpft, aber unendlich dankbar, dass Danina es überlebt hatte.

»Wie fühlst du dich heute?«, fragte er sie sanft und musterte die dunklen Ringe unter ihren Augen. Er fand, dass sie immer noch leichenblass aussah.

»Ein bisschen besser«, log sie. Sie konnte sich nicht erinnern, dass eines der anderen Mädchen in einer ähnlichen Situation so krank gewesen war. Sie wusste zwar, dass Frauen daran starben, hatte jedoch keinerlei klare Vorstellung von dem Risiko gehabt, das sie einging. Doch selbst, wenn ihr die Gefahr bewusst gewesen wäre, hätte sie es getan. Sie hatte keinen anderen Ausweg gesehen, und selbst danach, mit Nikolai an ihrer Seite, wusste sie, dass sie das Kind nie hätte bekommen können. Es hätte alles zerstört, sowohl seine Existenz als auch ihre Karriere. In ihrem Leben war kein Platz für ein Kind. Es gab darin gerade mal genug Platz für sie beide, sosehr sie ihn auch liebte. Es bestand aus vielen gestohlenen Momenten und geborgter Zeit und aus der Hoffnung und dem Versprechen auf eine gemeinsame Zukunft. Für ein Kind war es einfach noch zu früh.

»Ich möchte, dass du mit mir nach Zarskoje Selo

kommst«, sagte er, als sie wieder die Augen schloss. Doch diesmal wusste er, dass sie ihn hören konnte. Ihre Augenlider öffneten sich flatternd, als sie seine Worte wahrnahm. »Du kannst wieder in unserem Gästehaus wohnen. Niemand braucht zu erfahren, was vorgefallen ist oder warum du krank bist.« Dabei wusste er sehr wohl, dass es noch lange dauern würde, bis sie stark genug für einen Transport war. Außerdem bestand weiterhin die Gefahr einer Infektion, die durchaus tödlich enden konnte. Wie der Chirurg machte er sich weiterhin große Sorgen um sie.

»Das ist unmöglich. Ich kann nicht schon wieder der Zarin zur Last fallen«, protestierte sie schwach, obwohl sie sich nichts sehnlicher wünschte, als bei Nikolai zu sein. Sie liebte das Zusammenleben mit ihm. Doch sie konnte die Ballettcompagnie nicht schon wieder im Stich lassen, um sich in Zarskoje Selo zu erholen. Danina wusste, dass Madame Markova sie diesmal nicht wieder aufnehmen oder ihr je verzeihen würde, egal, ob sie nun krank war oder nicht. Danina hatte für die letzte Rekonvaleszenz einen hohen Preis bezahlt, und sie brauchte das Ballett. Nikolai konnte ihr nicht helfen, denn er war nicht frei, sie zu heiraten oder sie zu versorgen. Sie musste sich auf ihre eigene Kraft verlassen.

»Du wirst eine Weile nicht tanzen können«, sagte er behutsam und beschloss dann, ihr zu sagen, was er sich überlegt hatte. »Ich möchte, dass du dir etwas durch den Kopf gehen lässt. Während ich hier neben dir saß, habe ich über unzählige Möglichkeiten nachgedacht, wie unsere gemeinsame Zukunft aussehen könnte. Wir können so nicht weiterleben. Marie wird niemals nachgeben, und es dauert vermutlich noch Jahre, bis ich in der Lage bin, dir ein Haus zu kaufen. Madame Markova wird sich niemals freiwillig damit einverstanden erklären, dass du die Compagnie verlässt. Ich will mit dir zusammen sein, Danina. Ich möchte mein Leben mit dir teilen, weit weg von alldem hier und den Menschen, die uns trennen wollen. Ich wünsche mir ein richtiges Leben mit dir, weit weg von hier, wo wir von vorne anfangen können. Es wird uns niemals möglich sein zu heiraten, aber das muss niemand je erfahren.« Und dann fügte er sanft hinzu: »Anderswo könnten wir sogar Kinder haben.« Bei seinen Worten erschien ein leidvoller Zug auf ihrem Gesicht, und er drückte ihre Hand. Sie spürten in diesem Moment beide den Verlust darüber, was geschehen war.

»Es gibt keinen Ort, an dem dies möglich wäre. Wohin könnten wir gehen? Wie sollen wir genug Geld aufbringen? Wenn Madame Markova meinen Ruf ruiniert, wird mich keine andere Compagnie engagieren.« Sie dachte an Moskau und andere Städte in Russland, doch er hatte etwas ganz anderes im Sinn. Sein Plan war viel gewagter als das.

»Ich habe einen Cousin in Amerika. Er lebt in Vermont im Nordosten des Landes und behauptet, dass es dort fast genauso aussieht wie in Russland. Ich habe genug Geld für unsere Schiffspassage gespart, und wir können fürs Erste bei ihm wohnen. Ich werde eine Arbeit finden, und du kannst kleinen Kindern Ballettunterricht geben.«

Danina wusste, dass Nikolai dank seiner Frau perfekt Englisch sprach, doch das galt nicht für sie. Sie konnte sich nicht vorstellen, in einer so weit entfernten, ihr völlig unbekannten Welt zu leben, und der bloße Gedanke daran erschreckte und befremdete sie sehr.

»Wie soll uns das gelingen, Nikolai? Könntest du dort als Arzt arbeiten?«, fragte sie, noch ganz benommen von seinem Vorschlag, ihm um den halben Erdball zu folgen.

»Mit der Zeit ja«, erwiderte er zögernd. »Ich müsste in Amerika noch einmal zurück an die Universität. Es würde eine Weile dauern, doch ich könnte in der Zwischenzeit eine andere Arbeit annehmen.«

Doch während sie ihm zuhörte, fragte sie sich insgeheim, wie diese Arbeit aussehen sollte. Wollte er Schnee schaufeln? Ställe ausmisten? Pferde striegeln? Die Situation erschien ihr vollkommen aussichtslos. Wo immer dieses Vermont auch liegen mochte, es gab dort mit Sicherheit keine Ballettcompagnie. Das Tanzen war alles, was sie beherrschte. Und wen sollte sie unterrichten? Wer würde einem von ihnen eine Arbeit geben?

»Bitte, Danina, lass mich eine Lösung für uns finden. Es ist unsere einzige Hoffnung. Wir können nicht hier bleiben.«

Fortzugehen bedeutete jedoch, dass sie an einer Reihe von Menschen einen großen Verrat begehen würden. Er würde seine Kinder und seine Frau aufgeben, und die Zarenfamilie, die so gut zu ihm gewesen war. Sie hingegen musste Madame Markova und das Mariinski zurücklassen, das seit ihrer Kindheit das einzige Zuhause war, das sie kannte. Sie hatte der Compagnie alles gegeben, was sie besaß; ihre Seele, ihren Geist und ihren Körper. Und im Austausch dafür hatten sie ihr das einzige Leben geschenkt, das sie kannte. Was würde sie an jenem Ort – Vermont – tun? Und was, wenn Nikolai ihrer überdrüssig wurde und sie dort im Stich ließ? Dieser Gedanke war ihr noch nie zuvor gekommen, doch als Nikolai ihr in die Augen blickte, konnte er diesen Gedanken und ihre Angst ganz deutlich darin erkennen.

»Ich weiß nicht ... es ist so weit weg ... Und was, wenn dein Cousin uns nicht bei sich haben will?«

»Das wird er. Er ist ein guter Mensch. Er ist älter als ich und verwitwet, aber er hat keine Kinder. Er hat mich schon vor Jahren eingeladen, ihn zu besuchen. Wenn ich ihm sage, dass wir seine Hilfe benötigen, wird er sie uns gewähren. Er hat ein großes Haus und etwas Geld. Er besitzt eine Bank und lebt allein. Er würde uns bei sich willkommen heißen. Danina, das ist unsere einzige Hoffnung auf eine gemeinsame Zukunft. Wir müssen irgendwo neu anfangen und alles vergessen, was wir bis jetzt kennen.« Doch sosehr sie sich auch wünschte, bei ihm zu sein, so sehr bezweifelte sie, zu diesem Schritt fähig zu sein. »Du musst darüber nachdenken. Wenn du wieder gesund bist und bei Kräften, dann reden wir noch einmal darüber. Ich werde ihm in der Zwischenzeit schreiben und abwarten, was er dazu sagt.«

»Nikolai, niemand würde uns das je verzeihen.« Der bloße Gedanke daran erfüllte sie mit Entsetzen und Trauer.

»Und wenn wir hier bleiben? Was werden wir dann haben? Gestohlene Momente, ein paar Wochen im Jahr, wenn dich die Zarin nach Liwadija oder Zarskoje Selo einlädt? Ich will ein gemeinsames Leben mit dir. Ich will jeden Morgen neben dir aufwachen, bei dir sein, wenn du krank bist. Ich möchte, dass dir so etwas wie das hier nie wieder passiert. Danina, ich möchte Kinder mit dir.«

Sie wünschte sich ebenso sehr, das Leben zu führen, das er gerade beschrieben hatte, aber um frei zu sein, müssten sie jeden Menschen verletzen, den sie je geliebt hatten.

»Was ist mit meinem Vater und meinen Brüdern?« Sie hatte in Russland eine Familie, eine Vergangenheit und ein Leben. Sie konnte alldem nicht aus Liebe zu ihm den Rücken zukehren. Und dennoch war er bereit, das Gleiche für sie zu tun, obwohl er ebenso viel zu verlieren hatte wie sie. Er würde seine Kinder, seine Frau und seine Karriere zurücklassen, um mit ihr zusammen zu sein.

»Du hast mir selbst gesagt, dass du deine Familie nie siehst«, erinnerte er sie. Und tatsächlich waren ihre Brüder und ihr Vater seit zwei Jahren an der Front. »Sie würden sich für dich freuen.« Nikolai setzte alles daran, sie zu überzeugen. »Du kannst nicht für immer tanzen, Danina.« Doch als er diese Worte aussprach, musste sie plötzlich an all das denken, was Madame Markova ihr stets gesagt hatte.

»Ich kann unterrichten, so wie Madame Markova.«

»Du kannst auch in Vermont unterrichten. Vielleicht sogar deine eigene Schule gründen. Ich werde dir helfen.« Er wirkte so sicher und so stark.

»Ich muss darüber nachdenken«, sagte sie, erschöpft

von dieser bevorstehenden enormen Entscheidung und allem, was diese mit sich brachte.

»Ruh dich aus. Wir reden später darüber.« Sie nickte und schlief wieder ein, doch sie hatte Albträume von Furcht einflößenden, unbekannten Orten. Sie träumte immer wieder davon, Nikolai dort zu verlieren und auf der Suche nach ihm durch die Straßen zu irren, ohne ihn zu finden. Als sie in ihrem Bett im Krankenhaus aufwachte, war er fort. Sie begann zu weinen und fühlte sich vollkommen allein. Er hatte ihr eine Nachricht hinterlassen, dass er nach Alexej sehen wolle und am nächsten Morgen zurückkommen werde. Als sie diese Botschaft las, verfiel sie in tiefes Nachdenken.

Sie blieb zwei Wochen lang im Krankenhaus, und als sie entlassen wurde, verordnete ihr der Arzt zwei weitere Wochen Bettruhe. Nikolai wollte, dass sie mit ihm im Gästehaus des Zaren wohnte, doch Madame Markova protestierte aufs Heftigste dagegen. Sie wollte, dass Danina in die Ballettschule zurückkehrte, und gab zu bedenken, dass der Weg nach Zarskoje Selo zu weit sei. Diesmal hatte Danina nicht die Kraft, gegen sie anzukämpfen. Die Ballettmeisterin war entschlossen und auf gar keinen Fall bereit, Danina noch einmal aus ihren Fingern gleiten zu lassen. Sie wollte nicht, dass sie sich noch einmal vier Monate mit ihrem Liebhaber im Gästehaus des Zaren »erholte«. Diesmal war sie absolut kompromisslos, und angesichts der Vehemenz ihrer Einwände kehrte Danina zum Ballett zurück.

Wie zu Anfang ihrer Influenza besuchte Nikolai sie auch diesmal jeden Tag und blieb, so lange er konnte, wenn auch nur ein paar Stunden, bevor er zu seinen beruflichen Pflichten zurückkehrte. Er saß bei ihr in ihrem Schlafzimmer, während sie sich im Bett ausruhte. Und während sie mit ihm langsam in dem kleinen Garten hinter dem Haus herumspazierte, erzählte er ihr von Vermont und seinem Cousin, der dort lebte. Er war davon überzeugt, dass dies die einzige Lösung war, und er wollte so schnell wie möglich mit ihr auswandern. Er schlug den Sommeranfang vor, der nur noch wenige Monate entfernt war.

»Deine Saison ist dann zu Ende, und du kannst eine saubere Trennung von der Compagnie vollziehen. Wir müssen einfach einen Zeitpunkt festlegen und dann den Schritt wagen. Es wird niemals den perfekten Moment geben fortzugehen, und daher müssen wir die Gelegenheit ergreifen, die sich uns bietet.« Sie wäre zu diesem Zeitpunkt zweiundzwanzig und er einundvierzig. Jung genug, ein neues Leben in Amerika anzufangen, wie es schon so viele vor ihnen getan hatten. Und nicht wenige hatten ähnlich schwerwiegende Gründe gehabt wie sie.

Sie versprach ihm, darüber nachzudenken, und das tat sie auch ohne Unterlass. Sie konnte an nichts anderes mehr denken als an ihre Furcht vor einem Neuanfang in Vermont. Madame Markova spürte sofort, dass etwas mit ihr nicht stimmte. Danina sah immer noch müde und blass aus und wirkte manchmal nach Nikolais Besuchen todunglücklich. Er forderte sie auf, ihr Schicksal in seine Hände zu geben, ihm ans Ende der Welt zu folgen und ihm völlig zu vertrauen. Und trotz ihrer

Liebe für ihn fragte sie sich, ob er nicht zu viel verlangte.

»Du machst dir wegen etwas Sorgen, Danina«, sagte Madame Markova eines Nachmittags behutsam, als sie ihre Schülerin in deren Zimmer besuchte und neben ihrem Bett Platz nahm. Nikolai war gerade gegangen, und sie hatten wieder einmal über das gleiche Thema gesprochen. Über ihre Zukunft, Vermont und seinen Cousin, über den Plan, Russland zu verlassen, und über das Ballett. »Er bittet dich, uns zu verlassen, nicht wahr?«, fragte die Ältere weise, doch Danina gab ihr keine Antwort. Sie wollte nicht lügen, ihr aber auch nicht die Wahrheit sagen. »Es ist immer die gleiche Geschichte. Sie verlieben sich in den Menschen, der du bist, und dann wollen sie das, was dich ausmacht, fortnehmen«, sagte Madame Markova eindringlich. »Ich prophezeie dir, Danina, wenn du uns verlässt, wird es dich umbringen. Du wirst ein Nichts sein, und wenn er dich dann für eine andere Frau fortwirft, die interessanter oder vielleicht auch jünger ist, dann wirst du den Rest deines Lebens um den Teil deines Herzens trauern, den du hier zurückgelassen hast.«

So, wie sie es sagte, klang die von Nikolai gewünschte Entscheidung wie ein Todesurteil, und auf gewisse Weise war es das auch. Andererseits verhieß dieser Schritt Danina etwas, das sie sich sehnlich wünschte. Er bedeutete zwar das Ende ihres Lebens als Ballerina, aber auch den Beginn ihres Lebens mit Nikolai. Sie hätte endlich ein richtiges Leben mit ihm, und das wünschte sie sich mehr als alles andere. Doch um dieses Ziel zu erreichen, mussten sie beide ihr bisheriges Leben aufgeben. »Wenn er dich wirklich liebte, Danina, dann würde er dich nicht bitten, uns zu verlassen.«

»Und wenn ich hier bleibe, was werde ich ohne ihn haben, wenn ich alt bin?«

»Etwas, das dir niemand nehmen kann. Ein Leben, auf das du stolz sein kannst. Er kann dir nur ein Leben in Schande bieten. Er ist ein verheirateter Mann, und seine Frau wird ihn niemals freigeben. Du wirst immer nur die Geliebte sein, die kleine Tänzerin, mit der er schläft, mehr nicht.«

Doch Danina wusste, dass zwischen ihnen viel mehr existierte als das. »Wenn Sie darüber sprechen, klingt es furchtbar schäbig, aber das ist es nicht«, sagte Danina traurig.

»Doch, genau das sind diese Affären immer. Am Anfang ist alles sehr romantisch. Ein Traum, den du glaubst, leben zu können. Und dann wachst du eines Morgens auf und siehst, dass es ein Albtraum ist. Das Ballett ist das einzige Leben, das dir wirklich etwas bedeutet. Für dieses Leben hast du hart gearbeitet und trainiert. Bist du bereit, all das für einen Mann wegzuwerfen, der dich nicht einmal heiraten kann? Schau doch nur, was gerade mit dir geschehen ist. War das schön? Oder romantisch?«

Madame Markovas Worte waren sehr grausam und brachten Danina völlig aus der Fassung. Was, wenn ihre Lehrmeisterin Recht hatte? Was, wenn Nikolai sie eines Tages fallen ließ? Wenn sie den Rest ihres Lebens bedauerte, das Ballett aufgegeben zu haben, und Vermont hasste? Was, wenn sie nicht glücklich miteinander wurden? Wer konnte ihr die Antworten auf diese Fragen geben? Seine Pläne boten weder ihr noch ihm eine Garantie, sondern nur Versprechen und Hoffnungen, Träume und Wünsche. Und doch war er bereit, für sie seinen Beruf, seine Position und das Leben, das er seit fünfzehn Jahren mit seiner Familie führte, aufzugeben. Er war bereit, all das für sie zu opfern. Warum konnte sie nicht das Gleiche für ihn tun?

»Du musst gründlich darüber nachdenken«, ermahnte Madame Markova sie, »und die richtige Entscheidung treffen.«

Die richtige Entscheidung war in ihren Augen natürlich, beim Ballett zu bleiben und Nikolai zu vergessen, doch Danina wusste, dass sie das nicht konnte. Wenn sie das Ballett verließ, würde es womöglich ihr Leben zerstören, doch wenn sie ihn verlor, würde es sie umbringen. Bei dem Gedanken daran tastete sie nach dem tröstlichen Medaillon, das sie unter ihrer Bluse trug. Sie liebte ihn aufrichtig. Vielleicht war diese Liebe sogar stark genug, alles zu riskieren und ihm zu folgen. Nun konnte sie nur noch darüber nachdenken und tief in ihr Herz blicken.

Madame Markova ließ sie nach diesem Gespräch allein und überließ sie ihren Gedanken. Sie hatte die Zweifel gesät und hoffte nun, dass sie wachsen und Wurzeln schlagen würden. Sie wollte, dass Danina den Verlust und die Angst spürte, die das Ausscheiden aus dem Ballett mit sich bringen würde. Und ihre Schülerin sollte darüber nachdenken, dass sie diesen Schritt möglicherweise ein Leben lang bedauern würde. Madame Markova kannte nur dieses Leben, doch sie hatte sich nie ein anderes gewünscht. Es war ein Erbe, das sie nun an Danina weitergeben wollte; wie ein heiliges Band, wie den Heiligen Gral oder einen Zauberstab, der in einem endlosen Zirkel von Hand zu Hand und von Lehrer zu Schüler zu Lehrer weitergereicht wurde. Dieses Erbe war wie ein heiliges Gelübde, das sie bei ihrem Eintritt in die Welt des Balletts ablegten. Es bestand aus einer tiefen, unentrinnbaren Liebe zum Tanz und aus endlosen Opfern. Wenn Danina blieb, gab sie damit nicht nur jede Hoffnung auf eine Zukunft mit Nikolai auf, sondern auch die Hoffnung selbst. Wenn sie jedoch Russland mit ihm verließ, dann gab sie für immer auf, was ihr Wesen ausmachte. Es war eine qualvolle Entscheidung, und beide Wege würden ihr leidvolle Opfer abverlangen, die jenseits jeder Vorstellungskraft lagen. Und so konnte Danina nur noch beten, dass ihr die richtige Antwort einfallen würde.

Kapitel 8

Danina tanzte einen ganzen Monat nicht und fing am ersten April wieder mit dem Unterricht an. Draußen lag immer noch Schnee, und wieder einmal musste sie härter arbeiten als zuvor, um zu ihrer alten Form zurückzufinden. Doch diesmal dauerte es nicht so lange, denn sie war kräftiger, und ihre Gesundheit war nicht so stark angegriffen.

Nach nur einer Woche nahm sie an den Proben teil, und Anfang Mai stand sie wieder das erste Mal auf der Bühne. Es war über ein Jahr her, dass sie Nikolai nach ihrer langen idyllischen Rekonvaleszenz im Gästehaus des Zaren verlassen hatte. Doch dieses Jahr hatte wenig an ihren Gefühlen füreinander und an ihrem Leben verändert. Sie liebten sich sehr, er war verheiratet und lebte mit seiner Frau und seinen Kindern zusammen, und sie tanzte bei der Compagnie.

Von einer Lösung ihrer Probleme waren sie ebenso

weit entfernt wie ein Jahr zuvor. Marie Obrajenski war entschlossener denn je, ihn nicht zu verlassen, und im Verlauf des einen Jahres war es den Liebenden nicht gelungen, viel Geld für ihre gemeinsame Zukunft zu sparen. Sie wussten nur eines mit Sicherheit, und zwar, dass sie sich immer noch ein Leben miteinander wünschten. Um dieses Ziel zu erreichen und ihre Schwierigkeiten zu überwinden, bemühten sie sich unentwegt um einen Ausweg. Danina konnte sich jedoch nicht dazu durchringen, mit ihm nach Vermont zu gehen. Sie fand diesen Schritt zu einschneidend, und Amerika erschien ihr furchtbar weit weg, dazu war es ihr völlig fremd. Nikolai versuchte weiterhin, sie mit sanfter Überredung zu überzeugen.

Im Juni wurde eine der Großfürstinnen krank, und beide Ärzte der Zarenfamilie mussten sich intensiv um sie kümmern. Daher hatte Nikolai wenig Zeit, Danina zu besuchen. Er wollte es gerne, doch er konnte sich nicht freimachen, und sie hatte Verständnis dafür. Anfang Juli ereignete sich eine weitere Tragödie, als ihr ältester Bruder in Czernowitz getötet wurde. Sie hatte nun zwei Brüder verloren, und sie wusste aus den Briefen ihres Vaters, dass dieser außer sich war vor Kummer über den Tod seines Sohnes. Er war bei ihm gewesen, als sie in einen Granatenhagel gerieten, doch während er wie durch ein Wunder verschont wurde, starb sein Erstgeborener bereits in den ersten Minuten. Danina nahm die Nachricht sehr schwer auf, und in den darauf folgenden Wochen fühlte sie sich leer und wie tot. Der Krieg ging an niemandem spurlos vorüber, auch nicht an den Mitgliedern des Balletts. Tänzer verloren ihre Brüder, Freunde oder Väter, und eine Lehrerin musste im April den Tod beider Söhne verwinden. Sogar in ihrer abgeschiedenen Welt war es inzwischen unmöglich, den Krieg zu ignorieren.

Das Einzige, worauf sie sich in diesem Jahr freuen konnte, war ein weiterer Urlaub mit Nikolai und der Zarenfamilie in Liwadija. Diesmal unternahm Madame Markova keinen Versuch, sie aufzuhalten. Nach Daninas letzter Krankheit hatte die Ballettmeisterin mit Nikolai einen unbehaglichen Waffenstillstand geschlossen. Sie wusste, dass er ihr Danina wegnehmen wollte, doch die junge Primaballerina machte keinerlei Anstalten, fortzugehen oder das Ballett für ihn aufzugeben. Und Madame Markova fühlte sich inzwischen sicher in der Annahme, dass Danina es niemals über sich bringen würde, das Tanzen aufzugeben. Genau wie Madame Markova war und blieb auch für Danina das Ballett der einzige Lebensinhalt.

Der Zar hielt sich in diesem Jahr nicht in Liwadija auf, sondern befand sich mit seinen Truppen in Mogiljow. Er fühlte sich verpflichtet, dort zu bleiben, und so weilten nur die Zarin, ihre Kinder, die beiden Leibärzte und Danina in der Sommerresidenz auf der Krim. Die Zarin und ihre Töchter gönnten sich eine kurze Erholungspause von der Pflege der kranken Soldaten und freuten sich, wieder in Liwadija zu sein. Sie alle waren inzwischen gute Freunde geworden, und Danina und Nikolai fühlten sich glücklicher als je zuvor. Ihnen beiden kam die gemeinsame Zeit vollkommen vor, wie ein magischer

Moment, in dem die Uhr stillstand und ihnen die gefährliche, scheinbar in weiter Ferne liegende Welt nichts anhaben konnte. Die Sicherheit von Liwadija schirmte sie vor der Realität ab, die bereits alles andere in Besitz genommen hatte.

Sie machten jeden Nachmittag ein Picknick, unternahmen lange Spaziergänge, ruderten und schwammen, und Danina fühlte sich wieder wie ein Kind, während sie mit Alexej alte, vertraute Spiele spielte. Seine Gesundheit war in diesem Jahr sehr angegriffen gewesen, und er sah nicht gut aus, aber umgeben von seiner Familie und den Menschen, die er liebte, wirkte er sehr glücklich.

Nikolai versuchte, mit ihr über Vermont zu sprechen, aber sie blieb in ihren Antworten sehr ausweichend. Sie hatten ihr in jedem Ballett, das in diesem Jahr auf dem Spielplan stand, sehr wichtige Rollen gegeben. Madame Markova wusste ganz genau, wie sie ihre Primaballerina in Sankt Petersburg halten konnte. Schließlich einigten sich Danina und Nikolai darauf, Vermont bis Weihnachten nicht mehr zu erwähnen, zumindest nicht mehr bis zum Ende des ersten Teils der Saison. Diese Abmachung fiel Nikolai äußerst schwer, aber er ging ihretwegen darauf ein.

Es stellte sich als Segen heraus, dass er seine Familie nicht verließ, denn sein jüngster Sohn erkrankte im September an Typhus und wäre beinah daran gestorben. Es brauchte Nikolais gesamtes Können und das von Dr. Botkin, ihn zu retten. Danina hatte schreckliche Angst um den Jungen und schickte Nikolai täglich Briefe. Sie machte sich große Sorgen um das Kind und auch um

Nikolai, der seine Kinder abgöttisch liebte und als Vater sicherlich furchtbare Ängste ausstand. Nicht auszudenken, wenn sie nach Vermont gegangen wären und der Junge erkrankt oder gar gestorben wäre. Nikolai hätte weder sich noch ihr diese Tragödie jemals verziehen und sich ewig Vorwürfe gemacht. Und so kam sie zu der Überzeugung, dass es falsch wäre, nach Amerika durchzubrennen. Es gab in ihrer Heimat zu viele Menschen, die sie liebten, und sie hatten zu viele Verpflichtungen, die sie nicht ignorieren durften.

Trotz ihres Pausierens im Frühjahr tanzte sie inzwischen besser als je zuvor. Wann immer sie auftrat, sprachen die Menschen tagelang von ihr, und ihr Name war in ganz Russland bekannt. Sie war die größte junge Ballerina ihrer Zeit, und Nikolai war furchtbar stolz auf sie und liebte sie mehr denn je. Er kam zu ihren Vorstellungen, wann immer es ihm möglich war, und im November lernte er ihren Vater und einen ihrer Brüder kennen. Es waren ihr nur noch zwei Brüder geblieben, und der andere von beiden befand sich in Moskau, wo er sich von einer Verletzung erholte.

Ihr Vater und ihr Bruder hatten keine Ahnung, wer Nikolai war oder wie sehr sie ihn liebte, aber die drei Männer schienen sich sehr sympathisch zu finden. Nikolai wünschte ihnen beim Abschied viel Glück und gratulierte dem Oberst zu seiner talentierten und erstaunlichen Tochter. Daraufhin strahlte der Oberst sie stolz an. Es war nicht zu übersehen, wie sehr er sie liebte. Er hatte immer gewusst, dass es genau die richtige Entscheidung für sie gewesen war, als er sie so jung zum Ballett gebracht hatte. Er ging offensichtlich davon aus, dass sie für immer dort bleiben würde, und es kam ihm gar nicht in den Sinn, dass sie mit dem Gedanken spielen könnte, die Compagnie eines Tages zu verlassen.

Als schließlich das Weihnachtsfest näher rückte, konnte Danina es nicht abwarten, nach Zarskoje Selo zu fahren und mit Nikolai in dem kleinen Gästehaus zu wohnen, in dem sie sich inzwischen ganz wie zu Hause fühlten. Es wäre so einfach gewesen, wenn sie dort gemeinsam für immer hätten leben können, doch dies war keine Lösung für sie. Sie konnten nur hin und wieder zusammen sein, wenn sie sich ein paar Tage oder Wochen aus dem Alltag davonstahlen.

Sie besuchte mit Nikolai den Weihnachtsball des Zaren. Er gab nicht mehr so große Feste wie vor dem Krieg, doch es kamen immerhin noch über hundert Freunde zu dem Ball.

Danina strahlte in dem Kleid, das die Zarin ihr geschenkt hatte, wie ein heller Stern. Es war ein rotes Samtkleid, das mit weißem Hermelin besetzt war, und Danina sah darin ebenso fürstlich aus wie die Zarin. Überall im Saal machten Gäste Bemerkungen darüber, wie schön und elegant sie war, wie talentiert und grazil, und Nikolai, der neben ihr stand und stolz ihre Hand hielt, sah aus wie ein stattlicher Prinz.

»Ich hatte viel Spaß heute Abend, du nicht?«, fragte sie ihn lächelnd, während sie nach dem Fest in seinem Schlitten zurück zum Gästehaus fuhren. Am nächsten Tag würden sie im Palast zu Mittag essen. Sie genoss es, sein Leben mit ihm zu teilen, und als sie während des

Balls neben ihm gestanden hatte, war es ihr beinah so vorgekommen, als wären sie miteinander verheiratet. Sie waren nun seit beinah zwei Jahren ein Paar.

Das Einzige, was den Abend ein wenig verdorben hatte, waren die kleinen Grüppchen, die hier und da leise über das Gerücht einer Revolution sprachen. Es schien absurd, doch die Unzufriedenheit der Bevölkerung entlud sich mittlerweile in regelmäßigen Abständen in den Städten, und der Zar weigerte sich immer noch, hart durchzugreifen. Er sagte, die Menschen hätten das Recht, ihre Meinung zu äußern, und es tue ihnen gut, einmal Dampf abzulassen. Aber es war kürzlich in Moskau zu einigen Krawallen gekommen, und die Sorge in den Reihen der Armee wuchs. Ihr Vater und ihr Bruder hatten es bei ihrem letzten Treffen ebenfalls erwähnt.

Danina und Nikolai unterhielten sich darüber, als sie das Gästehaus betraten, und diesmal räumte er ein, dass er sich langsam Sorgen über die Situation in Russland mache.

»Ich glaube, das Problem ist größer, als viele von uns erkennen«, sagte er mit einem besorgten Stirnrunzeln. »Und ich halte die Weigerung des Zaren, etwas zu unternehmen, für naiv.« Vielleicht konnte er auch nicht eingreifen. Er musste sich wegen des Krieges um so viele andere Dinge kümmern, und verglichen mit den schrecklichen menschlichen Verlusten in Polen und Galizien waren die Unruhen in Moskau eher unbedeutend.

»Die Vorstellung einer Revolution erscheint mir so extrem«, sagte Danina leise. »Ich kann mir so etwas hier gar nicht vorstellen. Was würde es bedeuten?«

»Wer weiß? Vielleicht nicht viel. Wahrscheinlich gar nichts. Es sind nur ein paar Unzufriedene, die viel Lärm veranstalten. Vielleicht brennen sie ein paar Häuser nieder, stehlen ein paar Pferde und Juwelen, verpassen den Reichen eine Lektion und machen weiter wie zuvor. Vermutlich wird nichts Schlimmeres passieren. Russland ist zu groß und zu mächtig, als dass sich das Land jemals verändert. Obwohl das Leben hier eine Weile unangenehm werden könnte. Und möglicherweise wird es gefährlich für den Zaren und seine Familie, doch zum Glück werden sie sehr gut beschützt.«

»Sollte etwas passieren«, ermahnte sie ihn, als er ihr im Schlafzimmer aus dem Abendkleid half, »dann möchte ich, dass du vorsichtig bist.« Sie erkannte sehr wohl, dass es in Zarskoje Selo für ihn gefährlich werden könnte.

»Für dieses Problem gibt es eine einfache Lösung«, sagte er und schnitt damit wieder das Thema Vermont an. Er hatte ihr sein Wort gegeben, sie bis Weihnachten nicht mehr darauf anzusprechen, und nun war es so weit. Seit ihrer letzten Unterhaltung im September hatte er noch häufiger über seinen Plan nachgedacht als zuvor. Nikolai nahm ihn sehr ernst und hoffte, sie davon überzeugen zu können, wie vernünftig der Plan war.

»Welche Lösung?«, fragte sie unschuldig, während sie ihre Ohrringe abnahm. Er hatte sie ihr zum Fest geschenkt, und sie gefielen ihr außerordentlich gut. Es waren Perlenohrringe mit kleinen Rubinanhängern, und sie standen ihr ausgezeichnet.

»Vermont«, erinnerte er sie. »In Amerika gibt es keine Revolutionen, und sie haben dort keinen Krieg direkt vor der Haustür. Wir könnten dort glücklich sein, Danina, und das weißt du.«

Langsam gingen ihr die Entschuldigungen aus, dem Thema länger auszuweichen, und sie wollte endlich bei ihm sein. Doch es schien nie den richtigen Zeitpunkt zu geben, an dem sie bereit war, das Ballett zu verlassen und einen so drastischen Schritt zu wagen. Das Leben, das sie miteinander führten, war sehr bequem, und vielleicht würde seine Frau irgendwann in eine Scheidung einwilligen.

»Eines Tages vielleicht«, sagte sie nachdenklich. Sie wollte tapfer genug sein, mit ihm zu gehen, und dennoch konnte sie sich nicht vorstellen, ihre vertraute Welt zu verlassen. Aus beiden Richtungen zogen gleich starke Elemente an ihr. Einerseits Madame Markova und das Ballett, andererseits Nikolai und all das, was er ihr versprach. Auf der einen Seite ein gemeinsames Leben mit ihm in einem neuen Land, auf der anderen das Ballett, dem sie verpflichtet war und das ihr ganzes Leben beinhaltete.

»Du hast mir versprochen, Weihnachten mit mir darüber zu reden«, sagte er traurig. Langsam befürchtete er, dass Danina das Ballett niemals verlassen und sie beide niemals mehr haben würden als in diesem Moment, es sei denn, seine Frau starb oder änderte ihre Meinung oder er erbte eine große Summe. Doch das alles war nicht sehr wahrscheinlich. In Russland konnte sie nur seine Geliebte sein und nur ein paar Wochen im Jahr mit ihm zusammenleben, es sei denn, sie verließ das Ballett. Doch wo sollte sie dann leben? Auf diese Frage wussten sie beide keine Antwort. Vermont bot ihnen die einzige Chance, ein Leben miteinander zu führen, doch die Opfer, die sie dafür bringen mussten, ließen Danina vor einer Entscheidung zurückschrecken.

»Ich beginne nach dem Dreikönigsfest wieder mit den Proben«, sagte sie schließlich.

»Und dann wirst du einfach weitertanzen. Ehe wir uns versehen, ist wieder Sommer. Dann kommt die Herbstsaison, du wirst noch einmal *Schwanensee* tanzen ... und schließlich ist wieder Weihnachten. Wir werden so noch miteinander leben, wenn wir alt sind«, sagte er, und in seinem Blick lagen sowohl seine Liebe für sie als auch all sein Kummer und seine Sehnsüchte. »Wenn wir hier bleiben, werden wir niemals wirklich zusammen sein.«

»Ich kann nicht einfach fortgehen, Nikolai«, protestierte sie mit sanfter Stimme. Sie liebte ihn ebenso sehr wie er sie, vielleicht sogar noch stärker, aber sie verstand nur zu gut, was er von ihr verlangte und was es sie kosten würde. »Ich schulde dem Ballett etwas.«

»Dir selbst schuldest du viel mehr, Liebste. Und mir ebenfalls. Es wird niemand von der Compagnie für dich da sein, wenn du alt bist und nicht mehr tanzen kannst. Und Madame Markova wird dann längst fort sein. Wir beide müssen uns dann umeinander kümmern.«

»Das werde ich«, versprach sie aufrichtig. Daraufhin nahm er sie auf seine Arme und trug ihren in elegante spitzenverzierte Unterwäsche gehüllten Körper zu dem Bett hinüber, in dem sie sich das erste Mal geliebt hatten. Sie empfanden noch immer unstillbare Lust dabei. Sie verlebten ein wunderschönes Leben miteinander, auch wenn sie nur für kurze Zeit beieinander sein konnten. Ihr gemeinsames Leben unterschied sich völlig von Nikolais bisherigem Dasein und überstieg alles, was sich Danina je erträumt hatte.

»Vielleicht wirst du meiner eines Tages überdrüssig werden«, sagte sie schläfrig, als sie nach dem Liebesspiel in seinen Armen lag, »wenn wir die ganze Zeit zusammen sind.«

»Mach dir darüber keine Sorgen«, erwiderte er lächelnd und küsste ihre Schulter. Ihr Körper war schöner denn je. »Ich werde deiner niemals müde werden, Danina. Komm mit mir«, flüsterte er erneut, und sie nickte, als sie einschlief.

»Das werde ich eines Tages«, murmelte sie.

»Warte nicht zu lange, Liebste«, ermahnte er sie.

Nikolai fürchtete sich vor der Welt, die ihm inzwischen bedrohlich erschien. Er wollte Russland mit ihr verlassen, bevor ihnen allen etwas zustieß. Es war zwar schwer vorstellbar, aber durchaus möglich. Es gab Menschen in hohen Positionen, die dieselbe Meinung vertraten, auch wenn der Zar selbst es nicht zugeben wollte. Aber andere, die er kannte, hatten ebenso viel Angst wie er, und er wollte Danina nicht erschrecken. Er wollte sie fortbringen, bevor es zu spät war und ihr ein Unglück geschah. Doch er fürchtete, zu viel zu ihr zu sagen. Seine Befürchtungen klangen so töricht, und Danina kannte nur das Ballett. Sie wusste nichts von der Welt dort draußen, die Tag für Tag bedrohlicher wurde.

Sie aßen am nächsten Tag wie geplant gemeinsam mit der Zarenfamilie, und sie lehrte Alexej einen Zaubertrick, den ihr eine junge Tänzerin aus Paris beigebracht hatte. Er war begeistert, als sie es ihm zeigte. Es war ein langer, glücklicher Nachmittag, und es erschien ihnen wie ein friedliches Zwischenspiel in ihrer beider Leben. Diesmal blieb sie länger als zwei Wochen und kehrte erst wieder am Vortag der Proben zurück. Sie hatte ihr tägliches Training beibehalten, doch vor jeder Saison fanden immer sehr ausgiebige Proben statt, an denen sie teilnehmen musste.

»Ich muss zurück, um zu trainieren und mich einzutanzen«, erklärte sie, während sie an ihrem letzten gemeinsamen Tag ihre Sachen packte. Sie verließ ihn nur ungern und hatte ihre Abreise aus Zarskoje Selo bereits bis auf den letztmöglichen Tag hinausgezögert. Doch sie hatte vor den Weihnachtstagen so gut getanzt, dass sie glaubte, ein paar Tage Training und Proben für den zweiten Teil der Saison ausfallen lassen zu können. »Ich hasse diese Abschiede«, gestand sie ihm. Sie verbrachten den restlichen Nachmittag im Bett, liebten sich, gaben einander Versprechen und erzählten sich ihre Geheimnisse. Sie hatte noch nie eine glücklichere Zeit mit ihm verlebt, und ihre Liebe füreinander war nie größer gewesen als in diesem Moment. Es war eine magische Zeit für sie.

Als sie am nächsten Tag abreiste, versprach er ihr, zu ihrer nächsten Aufführung zu kommen.

»Zuerst finden die Proben statt«, erinnerte sie ihn, als sie ihn am Bahnhof zum Abschied noch einmal küsste.

»Ich besuche dich in ein paar Tagen.«

»Ich warte auf dich«, versprach sie. Es war eine der glücklichsten Zeiten gewesen, die sie je miteinander verbracht hatten, und sie wollte Madame Markova bitten, ihr im Frühjahr eine weitere Woche freizugeben. Ihre Ballettmeisterin würde sicherlich außer sich vor Zorn geraten, aber wenn Danina in den nächsten drei Monaten gut genug tanzte, würde sie vielleicht zustimmen. Madame Markova war ganz glücklich darüber, dass Danina bis dahin nichts Drastisches oder Dummes getan hatte, und hätte darauf gewettet, dass ihre Schülerin nun nichts dergleichen mehr unternehmen würde.

Der Zeitpunkt hierfür schien für die beiden Liebenden verstrichen zu sein, und Madame Markova war fest davon überzeugt, dass sie eines Tages einander überdrüssig werden würden. Es schien die beiden zufrieden zu stellen, dass Danina hin und wieder die Erlaubnis erhielt, ihn zu sehen, und irgendwann würde diese aussichtslose Affäre die beiden sicherlich langweilen. Madame Markova wusste, dass das Ballett in Daninas Herz schließlich doch wieder den ersten Platz einnehmen würde. Daran hatte sie keinerlei Zweifel.

Nachdem Danina an diesem Nachmittag in die Ballettschule zurückgekehrt war, begann sie zu trainieren und setzte ihre Übungen am nächsten Morgen um vier Uhr fort. Als um sieben Uhr die Proben begannen, war sie aufgewärmt und in bester Verfassung. Sie kannte ihre Rolle, die sie tanzen würde, so gut, dass sie den Anweisungen keine große Aufmerksamkeit zu schenken schien. Sie erlaubte es sich sogar, ein wenig mit den anderen Tänzern herumzualbern und hinter dem Rücken der Lehrerin lustige Sprünge und neue Schritte auszuprobieren. Sie vollführte einen atemberaubenden Sprung und anschließend einen hübschen kleinen Pas de deux mit einem ihrer Partner. Es war schon spät am Nachmittag, als sie eine Pause machten, um etwas zu essen. Sie hatten zu diesem Zeitpunkt beinah zehn Stunden probiert, was nicht selten vorkam, und Danina war zwar müde, aber nicht völlig erschöpft. Sie vollführte auf ihrem Weg aus dem Studio einen letzten Sprung, und jemand schrie entsetzt auf, als sie ausglitt und mit einem merkwürdig verdrehten Fuß quer durch den Saal schlitterte. Es entstand eine bedrückende Stille im Saal, während alle darauf warteten, dass Danina wieder aufstand. Doch sie gab keinen Laut von sich, während sie kreidebleich dalag und ihren Knöchel hielt. Und dann rannten alle zu ihr hinüber, und die Lehrerin lief mit schnellen Schritten ebenfalls zu ihr, um nachzusehen, was geschehen war. Sie hoffte, dass sich ihre Primaballerina nur eine Verstauchung zugezogen hatte oder bei den Proben am nächsten Morgen nur mit einem schlimmen Muskelkater zu kämpfen haben würde.

Doch sie erkannte sehr schnell, dass Daninas Knöchel in einem unmöglichen Winkel von ihrem Bein abstand und Danina selbst ganz offensichtlich einen Schock erlitten hatte und kaum mehr bei Bewusstsein war.

»Tragt sie sofort in ihr Bett«, befahl die Frau. Danina biss die Zähne zusammen, ihr Gesicht war aschfahl.

Niemand zweifelte mehr daran, was geschehen war. Sie hatte sich den Knöchel nicht verstaucht, sondern gebrochen. Ein Bruch war das Aus für eine Primaballerina, ja, praktisch für jeden Tänzer. Während sie sie in ihr Zimmer trugen, stöhnte Danina einige Male vor Schmerzen laut auf, doch ansonsten herrschte absolute Stille. Einen Augenblick später lag sie, noch immer in ihrem Trikot, ihrem warmen Pullover und in ihren Beinwärmern, auf dem Bett. Wortlos schnitt die Lehrerin mit einem kleinen Messer das Trikot auf. Der Knöchel war bereits auf den Umfang eines Ballons angeschwollen und stand immer noch völlig verdreht von ihrem Bein ab. Danina starrte mit stummem Entsetzen auf ihren Fuß hinunter, und die schreckliche Bedeutung überstieg all ihre Vorstellungskraft.

»Holt sofort einen Arzt«, befahl eine Stimme an der Tür. Es war Madame Markova. Es gab einen Mann, den sie in solchen Fällen bemühten. Es kannte sich sehr gut mit Füßen und Beinen und Knochen aus und hatte ihnen zuvor schon geholfen und gute Resultate erzielt. Doch der Anblick, der sich Madame Markova beim Betreten des Raums bot, brach ihr beinah das Herz. Ein kurzer Moment, ein kleiner Sprung, und nun war für Danina alles aus.

Der Arzt kam innerhalb einer Stunde und bestätigte ihre schlimmsten Befürchtungen. Der Knöchel hatte einen komplizierten Bruch erlitten, und Danina musste ins Krankenhaus gebracht werden, damit der Bruch operiert und der Knöchel gerichtet werden konnte. Es gab nichts zu diskutieren. Ein Dutzend Hände berührten sie, als man sie wegtrug. Die Tänzer weinten, doch niemand weinte heftiger als Danina. Sie hatte es oft genug gesehen und wusste genau, was gerade geschehen war. Nach fünfzehn Jahren in diesen ihr heiligen Räumen war für sie mit zweiundzwanzig Jahren das Aus gekommen.

Sie operierten sie noch in der gleichen Nacht, und anschließend wurde das gesamte Bein in Gips gelegt. Für jeden anderen wäre dieser Ausgang ein Erfolg gewesen. Das Bein würde wieder gerade werden, und sollte sie ein Humpeln zurückbehalten, so würde es kaum jemand bemerken. Doch in Daninas Fall war das Ergebnis nicht gut genug. Der Knöchel war zerschmettert, und selbst wenn sie je wieder in der Lage sein sollte, normal zu gehen, würde sie doch nie wieder tanzen können wie zuvor. Der Knöchel könnte ihr Gewicht nicht mehr tragen, um die nötigen Schritte und Sprünge auszuführen. Es bestand keine Möglichkeit, den Knochen so zu operieren, dass Danina die nötige Flexibilität und Kraft im Gelenk zurückerhielt. Es gab keine Worte, die sie trösten konnten. Ihre Karriere hatte durch diesen einen kleinen dummen Sprung ein jähes Ende gefunden. Nicht nur ihr Knöchel, sondern auch ihr ganzes Leben war in diesem einen Moment zerstört worden.

Sie lag in jener Nacht in ihrem Bett und weinte beinah so heftig wie nach dem Verlust von Nikolais Baby. Doch das Leben, das sie diesmal verloren hatte, war ihr eigenes. Es war der Tod eines Traumes, das tragische Ende nach einem brillanten Anfang. Diesmal saß Madame Markova neben ihr und hielt die eigenen Tränen zurück. Danina hatte die Opfer gebracht, den Schwur getan, die Hingabe bewiesen, doch das Schicksal war nicht sehr freundlich mit ihr umgesprungen. Ihr Leben als Ballerina, das Leben, das sie fünfzehn Jahre lang geführt hatte und für das sie gestorben wäre, war nun vorbei.

Als man sie am nächsten Tag entließ, kehrte sie in die Ballettschule zurück. Dort lag sie in ihrem Zimmer, das sie mit den anderen Tänzerinnen teilte, und die anderen Tänzer kamen sie besuchen. Sie kamen allein oder in kleinen Gruppen, mit Blumen oder guten Worten, voller Mitgefühl und Kummer, beinah so, als würden sie um sie trauern. Sie hatte das Gefühl, als wäre sie gestorben, und in gewisser Hinsicht war sie das auch. Die Welt, die sie bis dahin gekannt und in der sie selbst einen wichtigen Part gespielt hatte, war für sie zu Ende. Es kam ihr bereits so vor, als würde sie nicht mehr zu den anderen gehören. Und es war nur noch eine Frage der Zeit, bis sie ihre Sachen zusammenpacken und das Ballett verlassen musste. Sie war zu jung, um zu unterrichten, doch sie wusste, dass sie das sowieso nicht könnte. Diese Gabe steckte einfach nicht in ihr. Für sie war es schlicht und ergreifend vorbei. Es war der Tod eines Traums.

Sie konnte sich erst nach zwei Tagen überwinden, Nikolai zu schreiben, und als ihn ihr Brief erreichte, kam er sofort zu ihr. Er konnte nicht glauben, was geschehen war, obwohl es ihm jeder in allen Einzelheiten erzählte, als er in der Ballettschule eintraf. Die Tänzer kannten und mochten ihn, und sie beschrieben ihm immer wieder, wie sie gestürzt war und wie sie ausgesehen hatte, als sie auf dem Boden lag.

Doch als er sie mit ihrem riesigen Gips und den großen kummervollen Augen auf dem Bett liegen sah, brauchte es keine weiteren Worte. So schlimm es jedoch für sie auch sein mochte, so bedeutete es für Nikolai zumindest einen Hoffnungsschimmer. Dies war ihre einzige Chance auf ein neues Leben. Ohne diese Tragödie hätte sie das Ballett niemals verlassen. Aber er wusste, dass er das ihr gegenüber auf keinen Fall aussprechen durfte. Sie trauerte um ihre Karriere.

Als er diesmal darauf bestand, sie mitzunehmen, erhob Madame Markova keine Einwände. Sie wusste, dass es besser für Danina war, wenn sie die Ballettschule, zumindest für eine Weile, verließ. Das vertraute Klingeln und die Geräusche und Stimmen der Tänzer auf dem Weg zum Unterricht oder zu den Proben würden für sie zur Qual werden. Danina gehörte nicht länger in diese Welt. Sie konnte irgendwann einmal zurückkehren, aber nun war es mitfühlender, sie nicht länger dort zu behalten. Sie musste die Vergangenheit so schnell wie möglich begraben. Der Teil ihres Lebens, der Danina bis zu ihrer Begegnung mit Nikolai einfach alles bedeutet hatte, war nun vorbei.

Kapitel 9

Danina war ungemein erleichtert, dass sie zur Rekonvaleszenz in das Gästehaus in Zarskoje Selo zurückkehren konnte, und die Zarin freute sich ebenfalls, sich zu sehen. Daninas Genesung ging diesmal sehr langsam vonstatten und war äußerst schmerzhaft. Als man ihr schließlich nach mehr als einem Monat den Gips abnahm, sah ihr Knöchel schwach und dünn aus. Sie konnte kaum auf ihrem linken Bein stehen, und als sie das erste Mal den Raum durchquerte und auf Nikolai zuging, weinte sie bitterlich. Sie humpelte so stark, dass ihre Körperhaltung völlig verdreht wirkte. Der grazile kleine Vogel, der sie einst war, schien völlig gebrochen.

»Es wird besser werden, Danina, das verspreche ich dir«, versuchte Nikolai sie zu beruhigen. »Du musst mir glauben und sehr hart daran arbeiten.« Er maß ihre Beine und stellte fest, dass sie immer noch die gleiche Länge hatten. Das Humpeln wurde demnach nur durch ihren geschwächten Zustand verursacht. Sie würde nie mehr tanzen, aber schon bald wieder normal gehen können. Und niemand war eifriger um sie bemüht als die Zarin und deren Kinder.

Es dauerte mehrere Wochen, bis Danina ohne einen Stock das Zimmer durchqueren konnte, und ihr Humpeln war immer noch nicht ganz verschwunden, als sie Ende Februar durch einen Brief erfuhr, dass Madame Markova erkrankt war. Ihre Lehrmeisterin hatte eine leichte Lungenentzündung, aber da sie in der Vergangenheit schon einmal daran erkrankt war, wusste Danina sehr wohl, wie gefährlich es für sie werden konnte. Obwohl Danina selbst noch sehr wacklig auf den Beinen war, bestand sie darauf, sie in Sankt Petersburg zu besuchen. Danina benutzte immer noch einen Stock, wenn sie größere Entfernungen zurücklegen wollte, und sie konnte keine sehr langen Strecken gehen, aber sie spürte den dringenden Wunsch, in der Ballettschule zu sein, zumindest bis Madame Markova sich wieder von der Lungenentzündung erholt hatte. Die ältere Frau war zarter, als sie aussah, und Danina fürchtete um ihr Leben.

»Es ist das Mindeste, das ich tun kann«, sagte Danina zu Nikolai, der zwar Verständnis zeigte, aber immer noch gegen diesen Plan protestierte. Es war in Sankt Petersburg und in Moskau zu Unruhen gekommen, und er hatte ein ungutes Gefühl, sie allein reisen zu lassen. Und da es Alexej nicht gut ging, konnte er sie nicht begleiten. »Sei nicht töricht, es wird schon nichts passieren«, entgegnete sie, und nachdem sie einen Tag lang hin und her diskutiert hatten, stimmte er schließlich zu, sie allein fahren zu lassen. »Ich komme in ein oder zwei Wochen zurück«, versprach sie ihm, »sobald es Madame Markova wieder besser geht. Sie würde für mich das Gleiche tun.« Er verstand nur zu gut, wie stark die Beziehung zwischen den beiden Frauen war, und wusste, dass es Danina unerträglich gewesen wäre, in dieser Situation nicht an der Seite ihrer Ballettmeistern zu sein.

Er brachte sie am nächsten Tag zum Bahnhof, ermahnte sie, vorsichtig zu sein und sich nicht zu überanstrengen, reichte ihr mit einem Kuss ihren Stock und legte noch einmal seine Arme um sie. Es hasste es, sie fahren zu sehen, aber er verstand ihre Gründe und nahm ihr das Versprechen ab, vom Bahnhof aus ein Taxi zur Ballettschule zu nehmen. Er wäre am liebsten mit ihr gefahren, und nachdem sie so viel Zeit miteinander verbracht hatten, kam es ihm seltsam vor, sie nicht zu begleiten. Doch Danina versicherte ihm, dass sie auch ohne ihn zurechtkommen würde.

Sehr zu ihrer Überraschung sah sie nach ihrer Ankunft in Sankt Petersburg überall Soldaten marschieren und Menschen durch die Straßen ziehen, die lautstark gegen den Zaren protestierten. Sie hatte in Zarskoje Selo nichts von alldem erfahren, und es überraschte sie, wie ungewöhnlich angespannt die Atmosphäre in der Stadt war. Doch sie zwang sich, all dies aus ihren Gedanken zu verbannen, als sie sich auf den Weg zur Ballettschule begab. Sie konzentrierte ihre Gedanken auf Madame Markova und hoffte, dass ihre Mentorin nicht ernsthaft erkrankt war. Zu ihrem Entsetzen stellte sich jedoch heraus, dass es Madame Markova tatsächlich sehr schlecht ging und dass sie, wie bei ihrer vorherigen Lungenentzündung, durch die Krankheit stark geschwächt war.

Danina saß jeden Tag an ihrer Seite, fütterte sie mit Suppe und Haferbrei und flehte sie an, Nahrung zu sich zu nehmen. Nach einer Woche stellte sie erleichtert eine leichte Besserung ihres Gesundheitszustandes fest, doch die ältere Frau schien in wenigen Wochen um Jahre gealtert. Während Danina bei ihr saß und liebevoll ihre Hand hielt, musste sie erkennen, wie ungeheuer zerbrechlich die Ballettmeisterin aussah.

Während sie Madame Markova pflegte, schienen die Tage nur so dahinzufliegen, und Danina sank jeden Abend völlig erschöpft in ihr Bett. Da sie sehr viel auf den Beinen war, schwoll ihr Knöchel wieder an und verursachte ihr Schmerzen. Sie schlief auf einem Feldbett in Madame Markovas Büro, da ihr altes Bett längst einer anderen Tänzerin zugewiesen worden war. Sie schlief tief und fest, als sich am Morgen des elften März auf der Straße nicht weit von der Ballettschule entfernt eine Menschenmenge versammelte. Schreie und erste Schüsse weckten sie, und sie erhob sich hastig und ging nach unten, um nachzusehen, was geschehen war. Tänzer strömten aus den Unterrichtsräumen, in denen sie sich aufgewärmt hatten, in die langen Korridore, und einige Mutige schauten vorsichtig aus den Fenstern. Doch sie konnten nicht viel mehr sehen als ein paar Soldaten, die zu Pferde am Haus vorbeigaloppierten. Niemand von ihnen hatte eine Ahnung, was geschehen war, bis sie später an diesem Tag erfuhren, dass der Zar schließlich doch noch der Armee befohlen hatte, die Revolution niederzuschlagen. Dabei waren in der Stadt mehr als zweihundert Menschen getötet worden. Man hatte den Gerichtshof, das Munitionsdepot, das Innenministerium und einige Polizeistationen niedergebrannt und die Gefängnisse gestürmt.

Die Schüsse hörten bis zum späten Nachmittag auf, und trotz der alarmierenden Nachrichten des Tages schien die Nacht relativ friedlich zu verlaufen. Doch am nächsten Morgen erfuhren sie, dass sich die Soldaten geweigert hatten, den Befehlen zu folgen und in die Menge zu schießen. Sie hatten sogar den Rückzug angetreten und sich in die Kasernen zurückgezogen. Dies war also nun tatsächlich der Beginn der Revolution.

Ein paar der männlichen Tänzer wagten sich später am Nachmittag auf die Straße hinaus, aber sie kehrten sehr schnell wieder zurück und verbarrikadierten die Haustür. Hier waren sie in Sicherheit, doch sie brachten schockierende Nachrichten von den Straßen in ihre kleine Welt. Und diese Nachrichten wurden von Tag zu Tag erschreckender.

Am fünfzehnten März erfuhren sie, dass der Zar in seinem und dem Namen seines Sohnes zugunsten seines Bruders, des Großfürsten Michael, abgedankt hatte. Er befand sich auf dem Weg von der Front nach Zarskoje Selo, wo er verhaftet werden sollte. Keiner schien zu begreifen, geschweige denn zu ahnen, was um sie herum geschah. Wie die anderen war Danina nicht in der Lage, alles zu verstehen, was sie hörte, denn die Informationen widersprachen sich und waren äußerst verwirrend.

Erst eine volle Woche später, am zweiundzwanzigsten März, erhielt Danina endlich eine hastig verfasste Nachricht von Nikolai, die ihr einer der Wachen überbrachte, dem es gestattet war, Zarskoje Selo zu verlassen. »Wir stehen unter Hausarrest«, lautete die Nachricht. »Ich darf kommen und gehen, wie es mir beliebt, aber ich kann die Zarenfamilie nicht im Stich lassen. Die Großfürstinnen haben die Masern, und die Zarin macht sich große Sorgen um die Mädchen und Alexej. Bleib, wo du bist, mein Liebling, bleib in Sicherheit. Ich komme zu dir, sobald ich kann. Ich bete, dass wir bald wieder zusammen sein werden. Vergiss nicht, dass ich dich mehr als mein Leben liebe. Begib dich nicht in Gefahr. Bleib vor allem in Sicherheit, bis ich komme. In Liebe, N.«

Sie hielt den Brief mit zitternden Händen fest und las seine Worte immer wieder. Sie konnte es kaum glauben. Der Zar hatte abgedankt, und die Familie stand unter Hausarrest. Es war ihr unmöglich, die Nachricht zu verarbeiten, und sie bedauerte zutiefst, dass sie Zarskoje Selo verlassen hatte. Wenn sie sich in Gefahr befanden, dann wollte sie lieber bei ihnen und Nikolai sein und zusammen mit ihm sterben.

Es wurde Ende März, bis Nikolai sie endlich besuchen kam. Er sah erschöpft und zerzaust aus, denn er hatte den ganzen Weg von Zarskoje Selo zu Pferd zurückgelegt. Es war das einzige Transportmittel, das ihm zur Verfügung stand. Die Männer, die die Zarenfamilie bewachten, hatten ihm erlaubt, den Palast zu verlassen, und ihm zugesichert, er könne wieder zurückkehren. Er sah sehr verzweifelt aus, als er mit ihr auf dem Gang vor Madame

Markovas Büro saß und ihr sehr unmissverständlich zu verstehen gab, dass sie Russland sobald es ging verlassen mussten.

»Es kommen schreckliche Zeiten auf uns zu. Wir wissen nicht, was hier passieren wird. Ich habe Marie davon überzeugt, die Jungen nach England zu bringen, und sie werden nächste Woche abreisen. Da sie Ausländerin ist, wird man sie unbehelligt ausreisen lassen, aber sie werden womöglich nicht so zuvorkommend zu uns sein, wenn wir hier bleiben. Ich möchte warten, bis die Großfürstinnen die Masern überstanden haben, und mich vergewissern, dass die Familie in Sicherheit ist. Und dann arrangieren wir unsere Überfahrt nach Amerika zu meinem Cousin Viktor.«

»Ich kann das alles nicht glauben«, sagte Danina voller Entsetzen über seine Worte. Es kam ihr so vor, als wäre in nur wenigen Wochen ihre ganze Welt in Scherben gegangen. »Wie geht es ihnen? Haben sie Angst?« Sie machte sich große Sorgen um die Zarenfamilie.

»Nein, sie sind erstaunlich tapfer«, erwiderte Nikolai. »Nach der Rückkehr des Zaren waren alle ganz gefasst. Die Wärter verhalten sich ganz vernünftig, aber die Familie darf inzwischen das Anwesen nicht mehr verlassen.«

»Was werden sie mit ihnen machen?« Ihre Augen spiegelten ihre Angst um die Freunde wider.

»Sicherlich gar nichts. Aber es war ein großer Schock und ein trauriges Ende. Es heißt, dass sie ins Exil nach England zu ihrem Cousin König Georg gehen sollen, doch vorher müssen noch viele Verhandlungen darüber geführt werden. Vielleicht reisen sie nach Liwadija, bis die Bedingungen geklärt sind. Wenn ja, dann werde ich sie dorthin begleiten und anschließend zu dir zurückkehren. Ich werde so schnell wie möglich für uns eine Schiffspassage nach Amerika besorgen. Du musst dich darauf vorbereiten, Danina.«

Diesmal gab es keine Diskussion und kein Abwägen der Entscheidung. Danina wusste nun ganz sicher, dass sie mit ihm gehen würde. Bevor er sie an diesem Abend verließ, drückte er ihr ein Bündel Geldscheine in die Hand. Er bat sie, damit ihre Fahrscheine zu bezahlen und sich darauf einzurichten, dass sie in einigen Wochen abreisen würden. Er war überzeugt, dass die Zarenfamilie bis dahin sicher untergebracht sein würde und er sie dann verlassen und mit Danina abreisen konnte.

Doch als sie ihm an diesem Abend hinterhersah, erfüllte sie eine unbändige Angst. Was, wenn ihm etwas zustieß? Als er sein Pferd bestieg, drehte er sich zu ihr um und lächelte sie an. Er bat sie, sich keine Sorgen zu machen, und versicherte ihr, dass er bei der Zarenfamilie sicherer aufgehoben sei als sie in Sankt Petersburg. Er galoppierte davon, und sie kehrte mit dem Geld für die Fahrscheine in der Faust hastig hinter die sicheren Mauern der Ballettschule zurück.

Es folgte ein endlos scheinender Monat, in dem sie voller Sorgen darauf wartete, wieder etwas von ihm zu hören. Währenddessen versuchten die anderen Tänzer und sie, aus den Gerüchten der Soldaten und Zivilisten auf den Straßen so viele Informationen wie möglich herauszufiltern. Das Schicksal des Zaren schien immer noch unsicher zu sein, und es war die Rede davon, dass er in Zarskoje Selo bleiben oder nach Liwadija oder zu seinen königlichen Cousins nach England reisen werde. Es kursierten immer wieder Gerüchte, und die zwei Briefe, die sie von Nikolai erhielt, verrieten ihr nichts, was sie nicht bereits wusste. Sogar in Zarskoje Selo erfuhr man nichts Endgültiges. Niemand konnte vorhersagen, wo oder wie alles enden würde.

Danina ging sparsam mit ihren Mitteln um, während sie auf Neuigkeiten von Nikolai wartete, und mit schrecklichen Schuldgefühlen verkaufte sie den kleinen Fabergé-Frosch, den Alexej ihr geschenkt hatte. Doch sie wusste, dass sie das Geld in Vermont brauchen würden.

Es gelang ihr, über das Regiment Kontakt zu ihrem Vater aufzunehmen, und sie berichtete ihm in einem kurzen Brief von ihren Plänen. Sein Antwortbrief enthielt eine weitere bittere Nachricht. Der dritte ihrer vier Brüder war gefallen, und ihr Vater drängte sie, mit Nikolai fortzugehen. Ihr Vater erinnerte sich an die Begegnung mit Nikolai, doch er ahnte immer noch nicht, dass dieser verheiratet war. Er riet ihr, mit ihm nach Vermont zu fliehen, und versprach, sie dort zu kontaktieren. Er schrieb ihr, sie und Nikolai könnten nach dem Krieg wieder nach Russland zurückkehren. Schließlich bat er sie noch, in der Zwischenzeit für Russland zu beten. Er wünschte ihr eine gute Reise und schrieb ihr, dass er sie liebe.

Sein Brief versetzte ihr einen regelrechten Schock, und sie konnte nicht glauben, dass ein weiterer ihrer Brüder gefallen war. Plötzlich überkam sie die Ahnung, dass sie keinen von ihnen je wieder sehen würde. Jeder Tag war eine Qual und erfüllt von der Sorge um ihre Familie und Nikolai. Sie kaufte Fahrkarten für ein Schiff, das Ende Mai in See stechen würde, doch sie hörte erst am ersten Mai wieder von Nikolai. Seine Nachricht war wie die vorherigen schmerzlich kurz, da er sie so schnell wie möglich auf den Weg bringen wollte.

»Es geht uns allen gut«, versicherte er ihr, und sie betete, dass er die Wahrheit schrieb. »Wir warten weiterhin auf Neuigkeiten. Sie erzählen uns täglich etwas anderes, und es gibt immer noch keine definitive Antwort aus England. Es ist für alle ein unangenehmer Zustand, doch die Zarenfamilie ist weiterhin guter Dinge. Es sieht so aus, als würden sie im Juni nach Liwadija aufbrechen. Ich muss bis dahin bei ihnen bleiben. Ich kann sie jetzt nicht im Stich lassen, wie du sicherlich verstehen wirst. Marie und die Jungen sind letzte Woche abgereist. Ich verspreche dir, ich komme Ende Juni zu dir nach Sankt Petersburg. Und bis dahin, mein Liebling, zweifle nicht an unserer Liebe und denk nur an Vermont und unsere gemeinsame Zukunft dort. Ich werde dich ein paar Stunden besuchen, wenn es mir möglich ist.«

Ihre Hand zitterte, während sie den Brief las, und als sie an ihn dachte, strömten ihr Tränen über die Wangen. Sie weinte um ihn, um die Zarenfamilie, um ihre Brüder, um all die Männer, die gestorben waren, und um ihre verlorenen Träume. So viel war geschehen und um sie herum war eine ganze Welt zerbrochen. Es war unmöglich, an etwas anderes zu denken.

Am nächsten Tag tauschte sie ihre Fahrscheine gegen

zwei Passagen auf einem Schiff, das Ende Juni nach New York fahren würde. Schließlich weihte sie Madame Markova in ihre Pläne ein. Ihre Lehrerin war inzwischen wieder bei Kräften, und wie alle anderen in der Ballettschule machte sie sich große Sorgen um die Zukunft. Sie hatte keine Einwände mehr gegen Daninas Pläne, mit Nikolai fortzugehen. Ihre Schülerin konnte nicht länger tanzen, und die Gefahr in Sankt Petersburg und überall in Russland war inzwischen nicht zu unterschätzen. Madame Markova war erleichtert über Daninas Vorhaben und räumte schließlich ein, dass Nikolai gut zu ihr sein würde. Dabei war es ihr gar nicht mehr so wichtig, ob sie nun verheiratet waren oder nicht, auch wenn sie natürlich für ihren Schützling hoffte, dass sie es eines Tages sein würden.

Doch trotz der tröstlichen Gewissheit, dass sie in einem Monat mit Nikolai an einen sicheren Ort aufbrechen würde, verfolgte Danina immer wieder der Gedanke an das, was sie zurücklassen würde. Ihre Familie, ihre Freunde, ihre Heimat und ihre Welt beim Ballett.

Nikolai hatte ihr bereits erzählt, dass sein Cousin ihm eine Stelle in seiner Bank angeboten hatte. Sie würden mit ihm in seinem Haus leben, bis sie sich etwas Eigenes leisten konnten. Diese Vorstellung war zumindest eine Beruhigung. Nikolai plante außerdem, die nötigen Kurse zu belegen, damit er eines Tages in Vermont als Arzt praktizieren durfte. Alles schien sehr sorgfältig geplant zu sein, doch Danina wusste, dass es lange dauern würde, bis sie in der Fremde ihre Ziele erreicht hätten. Bis dahin beherrschte sie nur der Gedanke, sicher aus Russland herauszukommen. Vermont schien so weit von ihrer vertrauten Welt entfernt, dass es ebenso gut auf einem anderen Planeten hätte liegen können.

Eine Woche vor ihrer geplanten Abreise kam Nikolai zu ihr und brachte erneut schlechte Nachrichten. Die Zarin war ein paar Tage zuvor aufgrund ihrer Erschöpfung und der nervlichen Belastung krank geworden, und obwohl Dr. Botkin immer noch bei der Familie war, konnte Nikolai sie nun nicht wie geplant verlassen. Die Abreise nach Liwadija war ebenfalls erneut verschoben worden. Man hatte sie nun für Ende Juli angesetzt, da immer noch die Zusage der englischen Cousins ausstand, die Zarenfamilie in England aufzunehmen.

»Ich möchte einfach nur warten, bis sie sich eingerichtet haben«, erklärte Nikolai, und Danina hatte Verständnis für diese Entscheidung. Sie saßen eine Stunde beieinander, umarmten und küssten sich und genossen die tröstende Nähe des anderen. Währenddessen machte ihm Madame Markova etwas zu essen, das er dankbar verschlang. Schließlich war es ein langer, staubiger Ritt von Zarskoje Selo gewesen.

»Ich verstehe das, mein Liebling, es ist schon gut«, sagte Danina ruhig und hielt seine Hände fest in ihren. Sie wünschte nur, sie könnte mit ihm nach Zarskoje Selo zurückkehren, um die Zarenfamilie wieder zu sehen. Sie schrieb den Großfürstinnen und Alexej einen kurzen Brief, in dem sie ihnen ihre Liebe versicherte und ihnen versprach, dass sie wieder zusammen sein würden. Nikolai faltete ihn sorgfältig zusammen und steckte ihn für den Ritt zurück in seine Tasche.

Er hatte ihr sämtliche Umstände und Bedingungen des Hausarrests erklärt. Die Familie durfte im Garten und überall auf dem Anwesen spazieren gehen. Manchmal standen Menschen am Zaun und starrten sie an. Manche von ihnen sprachen die Mitglieder der Familie an, um ihnen ihre Liebe zu versichern, oder sie kritisierten sie für Dinge, die sie getan oder unterlassen hatten. Seine Worte schmerzten Danina, und sie wünschte sich mehr denn je, bei ihnen in Zarskoje Selo sein zu können, um sie zu unterstützen und einfach nur für sie da zu sein.

Sie ließ Nikolai nur ungern wieder fortreiten, doch sie wusste, dass er zurückkehren musste. Diesmal tauschte sie die Fahrscheine gegen zwei Passagen auf einem Schiff ein, das am ersten August in See stechen würde. Nikolai hatte versprochen, bis dahin wieder in Sankt Petersburg zu sein. Sie konnte kaum glauben, dass sie seit Beginn der Revolution ihre Abreise bereits zweimal verschoben hatten. Es kam ihr wie eine Ewigkeit vor, doch sie wartete weiterhin auf ihn.

Inzwischen waren einige der Tänzer ins Ausland oder in andere Städte Russlands geflüchtet, doch die meisten waren geblieben. Die Theater waren bereits vor Monaten geschlossen worden, aber sobald es Madame Markova wieder besser ging, bestand sie darauf, das Training und die Proben wie üblich durchzuführen. Sie lud Danina ein, sie bei ihrer Arbeit zu begleiten und zuzusehen.

Nach und nach ließ Daninas Humpeln nach, doch es bestand keinerlei Hoffnung, dass sie je wieder tanzen würde. Aber es störte sie nicht sonderlich. Während sich die Tage unendlich langsam dahinzogen, konnte sie nur an Nikolai denken. Es wurde Ende Juli, bevor Nikolai sie wieder besuchen kam. Diesmal, so berichtete er, stand der nächste Schritt für die Zarenfamilie fest. Die Reise nach Liwadija war von der provisorischen Regierung als zu gefährlich abgelehnt worden, da sie durch feindlich gesinnte Orte führen würde. Also sollten sie am vierzehnten August nach Tobolsk in Sibirien aufbrechen. Während Nikolai ihr diese Neuigkeiten berichtete, beobachtete er sie vorsichtig. Er hatte noch mehr zu sagen und war nicht sicher, wie sie auf die Entscheidung reagieren würde, die er getroffen hatte.

»Ich werde mit ihnen gehen«, sagte er so leise, dass sie anfangs glaubte, ihn falsch verstanden zu haben.

»Nach Sibirien?«, fragte sie schockiert. Was sagte er da? Was hatte das zu bedeuten?

»Ich habe die Erlaubnis erhalten, sie während der Zugfahrt zu begleiten und direkt im Anschluss wieder nach Sankt Petersburg zurückzukehren. Danina, ich kann sie nicht allein lassen. Ich muss das zu Ende bringen und sie in Sicherheit wissen. Bis der englische König von sich hören lässt, wird die Zarenfamilie im Exil in Tobolsk leben. Liwadija wäre viel angenehmer für sie gewesen, aber die Regierung will sie so weit entfernt wie möglich wissen. Zu ihrer eigenen Sicherheit, behaupten sie. Die Zarenfamilie ist furchtbar beunruhigt deswegen, und es ist mir wichtig, sie zu begleiten. Du musst das verstehen. Sie waren wie eine Familie für mich.«

»Ich verstehe«, sagte sie mit Tränen in den Augen. »Sie tun mir so unendlich Leid. Behandeln die Wärter sie angemessen?«

»Ja. Viele der Diener sind fort, aber davon abgesehen hat sich in Zarskoje Selo nicht viel geändert.« Sie wussten beide, dass dies in Sibirien anders werden würde, und wie Nikolai machte sich Danina Sorgen um Alexej. »Deshalb möchte ich bei ihnen sein«, sagte er leise, und sie nickte erneut. »Botkin fährt ebenfalls mit und wird anschließend bei ihnen in Tobolsk bleiben. Das war seine Entscheidung, und dadurch habe ich freie Hand, wieder hierher zurückzukehren.«

Wieder nickte sie, doch er hatte noch etwas hinzuzufügen. »Danina«, setzte er an, und bevor er die Worte aussprach, spürte sie etwas Bedrohliches in seiner Stimme. Sie ahnte, was er sagen wollte.

»Ich möchte nicht, dass du unsere Fahrkarten noch ein weiteres Mal umtauschst. Ich möchte, dass du diesmal abreist. Die Situation wird zu gefährlich. Es könnte dir etwas zustoßen, vor allem hier in der Stadt. Und ich kann nicht zu dir kommen und dich schützen, wenn ich so weit weg bin.« Auf dem Weg nach Sibirien konnte er tatsächlich nichts für sie tun, sollte sie Hilfe brauchen. Schon der Weg von Zarskoje Selo nach Sankt Petersburg war eine Tortur. »Ich möchte, dass du wie geplant am ersten August nach Amerika aufbrichst. Ich fahre in ein paar Wochen mit der Zarenfamilie nach Sibirien und suche mir ein neues Schiff, sobald ich wieder in Sankt Petersburg bin. Mir wird es besser gehen, wenn ich die Gewissheit habe, dass du schon dort bist und auf mich wartest. Viktor wird sich um dich kümmern. Ich möchte keine Widerrede hören, sondern dein Versprechen, dass du tust, was ich dir sage«, sagte er streng. Er hatte mit ihrem Widerstand gerechnet, doch sie überraschte ihn diesmal und nickte mit tränennassen Wangen.

»Ich verstehe. Es ist hier sehr gefährlich. Ich werde gehen ... und du kommst nach, sobald du kannst.« Sie wusste, dass es keinen Zweck hatte, mit ihm darüber zu streiten. Diesmal hatte er Recht, auch wenn es sie schrecklich schmerzen würde, ohne ihn abzureisen. Aber wenn er die Zarenfamilie nach Sibirien begleitete, dann war es vermutlich besser, wenn sie vorher aufbrach. »Wann, glaubst du, wirst du nachkommen können?«

»Spätestens im September. Ich bin mir ganz sicher. Und es wird mich sehr erleichtern, dich in Sicherheit und weit weg von hier zu wissen.«

Nikolai legte die Arme um sie und hielt sie fest, während Danina sich weinend die Zeit herbeisehnte, in der sie wieder vereint sein würden. Er hatte bereits Nachricht erhalten, dass Marie und die Jungen wohlbehalten und glücklich in England angekommen waren. Nun wollte er dafür sorgen, dass Danina ebenfalls nichts zustieß. Er wusste, dass sich sein Cousin gut um sie kümmern würde. Viktor hatte ihm bereits versprochen, alles in seiner Macht Stehende für sie zu tun, und Nikolai vertraute ihm vollkommen. Er wusste, dass Danina bei ihm in guten Händen sein würde. Dieser Gedanke würde Nikolai während seiner Reise mit der Zarenfamilie nach Tobolsk und auf seiner Rückfahrt nach Sankt Petersburg eine große Beruhigung sein. Und dann wollte er selbst nach Amerika aufbrechen, um mit ihr ein neues Leben anzufangen.

Er hatte Marie vor ihrer Abreise seine Pläne mitgeteilt, und sie war erstaunlich verständnisvoll gewesen und hatte ihm versprochen, er könne seine Söhne jederzeit besuchen. Aber Nikolai wusste ebenso gut wie sie, dass es womöglich Jahre dauerte, bis er wieder nach Europa zurückkehren konnte. Doch die Farce ihrer Ehe dauerte nun schon lange genug, und in seinem Herzen war er längst mit Danina verheiratet, nicht mehr mit Marie. Die rechtlichen Aspekte und die Papiere bedeuteten ihm schon lange nichts mehr. Marie wünschte ihm alles Gute, und er und die Jungen weinten. Marie vergoss keine Träne und war nur erleichtert, Russland endlich zu verlassen. Tief in ihrem Herzen hatte sie ihn längst verlassen, und nun fühlte er sich frei, sein eigenes Leben fortzuführen, sobald er seine Pflicht gegenüber der Zarenfamilie erfüllt hatte.

»Ich komme in zwei oder drei Tagen wieder her«, sagte er zu Danina, bevor er sich wieder auf den Weg machte, »und wir wohnen bis zu deiner Abreise in einem Hotel.«

Er wollte noch einmal bei ihr liegen und sie in den Armen halten, bevor er sie an Bord ihres Schiffes brachte. Danach würde es einen Monat oder auch zwei dauern, bis sie wieder vereint waren, und bevor sie abreiste, wollte er noch einmal mit ihr zusammen sein. Es waren fünf Monate vergangen, seit Danina Zarskoje Selo verlassen hatte und zu der kranken Madame Markova nach Sankt Petersburg zurückgekehrt war. Es kam ihnen beiden vor wie eine Ewigkeit. In diesen fünf Monaten hatte sich ihre Welt von Grund auf verändert, und ihnen stand in Vermont noch einmal ein Umbruch bevor. Nichts würde für sie so sein wie früher. Er betete, dass sich ihr Leben zum Besseren verändern würde. Er wäre lieber gemeinsam mit Danina abgereist, doch sein Gewissen hätte es ihm nie erlaubt. Er musste die Zarenfamilie zuerst an einem sicheren Ort wissen. Nach all der Güte, die sie ihm entgegengebracht hatten, und nach all den Jahren, die er ihnen gedient hatte, war es das Mindeste, was er ihnen schuldete. Er verließ an diesem Abend wie geplant Sankt Petersburg und kehrte drei Tage vor Daninas Abreise zurück. Sie sah gerade mit Madame Markova einer Klasse zu, als er in der Ballettschule eintraf, und eine der Schülerinnen kam leise herein, um sie zu holen. Danina blickte instinktiv auf und sah Nikolai, der sie von der Tür aus beobachtete. In diesem Augenblick wusste sie, dass der gefürchtete Abschied gekommen war und sie nun aufbrechen musste. Sie spürte, wie Madame Markova sich neben ihr versteifte. Danina sah sie lange an und ging dann langsam, ohne die Spur eines Humpelns, auf ihn zu. Ihre Taschen standen gepackt in ihrem Zimmer, und sie war bereit.

Während sie ihre letzten Sachen zusammensuchte und er auf dem Gang auf sie wartete, gesellte sich Madame Markova zu ihr und schaute auf das Gepäck hinunter. Daninas ganzer Besitz fand mit Leichtigkeit in zwei alten verbeulten Koffern Platz. Schweigend sahen sich die beiden Frauen an. Danina wagte nicht zu sprechen, und die Frau, die ihr fünfzehn Jahre wie eine Mutter gewesen war, schien stumm vor Ergriffenheit zu sein.

»Ich dachte, dieser Tag würde niemals kommen«, sagte die Ältere mit zitternder Stimme. »Und ich hätte nie gedacht, dass ich dich gehen lassen würde, wenn es einmal so weit ist ... Nun freue ich mich für dich. Ich möchte, dass es dir gut ergeht und du glücklich wirst, Danina. Du musst fort von hier.«

»Ich werde Sie so sehr vermissen«, sagte Danina, kam mit zwei langen Schritten auf sie zu und legte die Arme um sie. »Ich komme zurück, um Sie zu besuchen.«

Tief in ihrem Herzen wusste Madame Markova, dass dies nicht geschehen würde. Sie glaubte nicht, dass das Kind, vielmehr die Frau, die nun vor ihr stand und die sie sehr liebte, je zurückkehren würde. In ihrem Innern spürte sie die Gewissheit, dass dies ihre letzte Begegnung war.

»Du darfst niemals vergessen, was du hier gelernt hast, was es dir bedeutet hat, wer du hier bei uns warst ... und wer du immer sein wirst. Nimm all das in deinem Herzen mit dir, Danina. Du kannst es nicht zurücklassen, denn es ist nun ein Teil von dir.«

»Ich möchte Sie nicht verlassen«, sagte Danina verzweifelt.

»Das musst du. Er wird dir nach Amerika folgen, sobald es ihm möglich ist, und du wirst ein gutes Leben mit ihm führen. Das glaube und wünsche ich dir von ganzem Herzen.«

»Ich wünschte, ich könnte Sie mitnehmen«, flüsterte Danina. Sie klammerte sich an ihre Ballettmeisterin und hätte sie am liebsten nie wieder losgelassen.

»Du wirst mich mit dir nehmen ... und ein Teil von dir wird immer hier bei mir sein.« Sie zeigte mit einer grazilen Geste auf ihr Herz. »Es ist nun Zeit, Danina«, sagte sie und löste sich aus der Umarmung. Sie nahm einen der Koffer, während Danina den anderen hochhob, und folgte ihrer Schülerin langsam aus dem Zimmer auf den Gang hinaus, wo Nikolai auf sie wartete. Er sah sofort, wie schwer der Moment für die beiden Frauen war, und nahm ihnen das Gepäck ab.

»Bist du bereit?«, fragte er Danina sanft, und als sie nickte, gingen sie langsam zur Tür. Madame Markova folgte ihnen und ließ Danina nicht aus den Augen, als wolle sie jede letzte Sekunde auskosten.

Als sie die Haustür erreichten, öffnete sich diese und ein kleines Mädchen kam herein. Es war acht oder neun Jahre alt und trug seinen Koffer, während seine Mutter stolz hinter ihm stand. Es war ein hübsches Mädchen mit glatten, langen Zöpfen, das Danina erwartungsvoll ansah.

»Sind Sie eine Tänzerin?«, fragte sie mutig.

»Das war ich einmal, aber jetzt nicht mehr.« Diese Worte kosteten Danina einige Überwindung.

»Ich werde eine Ballerina und ewig hier leben«, sagte die Kleine mit einem Lächeln.

Danina nickte und erinnerte sich an den Tag, an dem sie in der Ballettschule angekommen war. Doch sie hatte viel größere Angst gehabt als das Mädchen vor ihr und war unsicherer und erheblich jünger gewesen. Aber sie hatte auch keine Mutter gehabt, die sie begleitete.

»Ich denke, du wirst hier sehr glücklich werden«, sagte Danina und lächelte unter Tränen, während Madame Markova die Szene wortlos beobachtete. »Du musst sehr, sehr hart arbeiten, und zwar jeden Tag. Du musst das

Ballett mehr lieben als alles andere auf der Welt und gewillt sein, alles aufzugeben, was du gerne tust oder du dir wünschst. Es wird dein ganzes Denken und Sein bestimmen.« Wie erklärte man das einer Neunjährigen? Wie konnte man sie dazu bringen, den Tanz mehr zu wollen als alles andere im Leben? Wie konnte man sie lehren, Opfer zu bringen und dabei bis an die äußerste Grenze zu gehen? Konnte man diese Fähigkeit überhaupt lehren? Oder musste man sie von Geburt an in sich tragen? Danina wusste darauf keine Antwort. Sie berührte einfach nur den Kopf des Mädchens, als sie an ihm vorbeiging, und blickte mit Tränen in den Augen zu Madame Markova auf. Noch weniger wusste sie, wie sie sich nun verabschieden sollte, nachdem sie dem Ballett über so viele Jahre hinweg enorme Opfer und all ihre Liebe geschenkt hatte. Was konnte sie nun zurücknehmen, da alles vorbei war? Für sie war es das Ende einer Geschichte. Für sie war der Tanz vorüber, doch für dieses Kind nahm er gerade erst seinen Anfang.

»Passen Sie gut auf sie auf«, sagte Madame Markova leise zu Nikolai, als das Kind und seine Mutter an ihnen vorbeigingen. Und dann, nach einer letzten Berührung von Daninas Hand, drehte sich Madame Markova um und ging würdevoll davon, damit niemand ihre Tränen sehen konnte. Danina stand lange da und sah ihr nach, und dann trat sie ein letztes Mal durch die Haustür. Langsam setzte sie einen Fuß vor den anderen, bis sie vor dem Gebäude stand. Nun war sie wie alle anderen und nicht länger ein Teil der Welt des Balletts. Sie gehörte nicht mehr dorthin, und daran würde sich nie wieder etwas ändern. Dies war der Moment, vor dem sie sich ihr Leben lang gefürchtet hatte. Sie gehörte nicht mehr zu ihnen und kehrte ihnen für immer den Rücken zu. Dieser Schritt war endgültig, und als sich die Tür leise hinter ihr schloss, gab es kein Zurück mehr.

Kapitel 10

Sie verbrachten ihre letzten Tage in Sankt Petersburg damit, durch die Straßen zu spazieren und Orte aufzusuchen, die sie beide sehr liebten. Es war ein Gemisch aus süßen Erinnerungen und qualvollen Zweifeln, und plötzlich wusste Danina nicht mehr, warum sie fortgehen wollte. Warum sollten sie Russland verlassen, wenn sie es doch beide so sehr liebten? Aber sie konnten sich nicht länger etwas vormachen. Es war gefährlich geworden, und ihre Zeit in Russland war vorüber. Sie hätten in ihrer Heimat niemals ein gemeinsames Leben haben können, und mit der Revolution war ein Bleiben völlig unmöglich geworden. Ohne die Revolution hingegen wäre Marie nie nach England gegangen und hätte Nikolai niemals freigegeben, während Danina nun nicht gewusst hätte, wohin sie sich ohne den Tanz wenden sollte. Sie mussten erst Tausende von Kilometern in eine neue Welt reisen, um sich ein gemeinsames Leben aufbauen zu können. Doch sie wussten beide, dass es das wert sein würde, auch wenn es ungeheuer wehtat, die Heimat zu verlassen. Bereits am folgenden Tag würde sie sich an Bord des Schiffes begeben, in einem Monat wollte er nachkommen, und dann konnten sie endlich ihr neues gemeinsames Leben beginnen. In manchen Momenten kam es ihnen vor wie ein großes Abenteuer, aber Danina konnte sich immer noch nicht darüber hinwegtrösten, dass sie den Geliebten in Russland zurücklassen musste.

Sie wohnten unter seinem Namen in einem Hotel, und auf dem Rückweg dorthin kauften sie eine Zeitung und lasen voller Entsetzen die neuesten Kriegsmeldungen, die schockierend und unmöglich zu ignorieren waren.

Sie aßen an diesem Abend in ihrem Zimmer und klammerten sich in den letzten Momenten, die ihnen blieben, voller Verzweiflung aneinander. Sie wollten die wenigen verbliebenen gemeinsamen Stunden allein miteinander verbringen. Sie hatten sich noch so viel zu sagen und so viele Träume und Versprechen auszutauschen. Die Tage und Nächte, die sie miteinander verbrachten, vergingen viel zu schnell. Sie schliefen während dieser letzten drei Tage kaum, da sie keinen Moment versäumen wollten. Ihre Koffer mit ihren wenigen Sachen, ihren Schätzen und Erinnerungsstücken waren gepackt und standen für die Abreise bereit. Er würde ihr zwei seiner Koffer mitgeben, so als wollte er ihr beweisen, dass er ganz bestimmt nachkommen würde. Sie nahm sogar die Kleider mit, die die Zarin ihr geschenkt hatte, obwohl sie wusste, dass diese Kleider inzwischen ebenfalls der Vergangenheit angehörten.

Danina fragte sich, wie sie ihren Kindern, wenn sie je welche haben sollten, erklären konnten, wie ihr bisheriges Leben verlaufen war. Sie würden es für ein Märchen halten, so wie Danina es gerade selbst tat. Vielleicht konnte man letztlich nur alles vergessen, die Ballettprogramme und Fotografien, die Abendkleider und Spitzenschuhe beiseite räumen, und womöglich blieb ihr nur, all diese Erinnerungsstücke hin und wieder abzustauben und zu betrachten. Doch vielleicht würde auch das zu sehr schmerzen. Sie wusste, dass sie mit ihrer Abreise aus Sankt Petersburg endgültig die Tür zu ihrer Vergangenheit schloss.

An ihrem letzten Abend gingen sie früh zu Bett und lagen sich die ganze Nacht in den Armen, ohne ein Auge zu schließen. Doch die Sonne ging viel zu schnell auf, und sie verließen ein letztes Mal ihr gemeinsames Bett. Danina fürchtete sich bereits vor der Einsamkeit ohne ihn.

Der Träger brachte ihre und Nikolais Koffer nach unten, und als sie hörte, wie die Zimmertür leise hinter ihr ins Schloss fiel, kam sie sich vor wie ein kleines Kind, das sein Zuhause verließ.

»Ich verspreche dir, Danina, ich komme nach, egal, wie die Lage hier ist. Nichts kann mich aufhalten«, beruhigte Nikolai sie im Auto auf dem Weg zum Schiff, so als könne er ihre Gedanken lesen. Sie war beinah krank vor Sorge bei dem Gedanken, ihn zurückzulassen. Vor allem, da er mit dem Zaren und der Zarin und den

Kindern nach Sibirien reisen würde und anschließend den Weg nach Sankt Petersburg allein zurücklegen musste.

Er begleitete sie an Bord des Schiffes und brachte sie in ihre Kabine, die sie mit einer anderen Frau teilen würde. Da diese noch nicht da war, konnte sich Danina eine Koje aussuchen. Doch sie wich Nikolai nicht von der Seite und fürchtete sich plötzlich vor der Überfahrt. Sie würde sich ohne ihn schrecklich allein fühlen und Tag und Nacht große Angst um ihn haben.

»Ich werde dich auch vermissen«, sagte er und lächelte sie liebevoll an. »Jede Minute des Tages. Pass gut auf dich auf, mein Liebling. Ich werde im Handumdrehen bei dir sein.« Sie kehrten gemeinsam an Deck zurück, als ein Signal die Besucher ermahnte, an Land zu gehen. Er hielt sie lange eng umschlungen, und es spielte längst keine Rolle mehr, ob sie jemand sah. In ihren Augen waren sie längst Mann und Frau. »Ich liebe dich, vergiss das nicht. Ich komme so schnell ich kann nach. Richte meinem Cousin liebe Grüße aus. Er ist ein bisschen langweilig, aber ein guter Mensch. Du wirst ihn mögen.«

»Ich werde dich schrecklich vermissen«, sagte Danina mit Tränen in den Augen, die sie nicht mehr zurückhalten konnte.

»Ich weiß«, erwiderte er sanft. »Es wird mir ebenso ergehen.«

Er küsste sie noch einmal lange und leidenschaftlich, als das Signal ein letztes Mal ertönte und sich die Arbeiter daranmachten, die Gangways zu entfernen.

»Bitte, lass mich mit dir gehen«, flehte sie ihn plötzlich atemlos an, während sie noch in seinen Armen lag. »Ich will dich nicht verlassen. Vielleicht erlauben sie mir, dich nach Sibirien zu begleiten.« Sie hätte alles getan, um bei ihm zu bleiben.

»Das würden Sie niemals erlauben, Danina, das weißt du doch.« Er wollte nicht erwähnen, dass seine Reise gefährlich werden konnte, obwohl es für sie beide kein Geheimnis war. Er wollte sie sicher in Vermont wissen, egal, wie gerne er sie bei sich gehabt hätte.

»Denk immer daran, wie sehr ich dich liebe«, erinnerte er sie. »Vergiss es nicht, bis ich bei dir bin. Ich liebe dich mehr als alles andere in meinem Leben, Danina Petroskova.«

Es war das letzte Mal, dass er sie so nennen würde. Sie hatten bereits abgesprochen, dass sie in Vermont seinen Namen, Obrajenski, benutzen würde, damit niemand erfuhr, dass sie nicht verheiratet waren.

»Ich liebe dich so sehr, Nikolai.« Bei diesen Worten berührte sie instinktiv das Medaillon, das sie unter ihrem Pullover um den Hals trug.

»Ich sehe dich bald«, versprach er ein letztes Mal, küsste sie hastig und eilte dann die letzte Gangway hinunter, während sie an die Reling trat und ihm zusah, wie er an Land sprang und dann zu ihr hochblickte.

»Ich liebe dich!«, rief sie. »Sei vorsichtig!«

Sie winkte ihm zu, und er winkte zurück und rief ihr lautlos die Worte »Ich liebe dich« zu. Und einen Moment später legte das große Schiff langsam vom Kai ab. Sie spürte, wie ihr Herz pochte, und fragte sich, wie sie sich nur zu dem dummen Plan hatte überreden lassen, ohne ihn abzureisen. Plötzlich erschien ihr alles an dieser Entscheidung falsch, doch sie wusste, dass sie nun um seinetwillen tapfer sein musste. Sie hatten bereits so viel zusammen durchgemacht, dass sie noch ein bisschen länger durchhalten konnte. Sie würde ihn hier seine Arbeit beenden und der Zarenfamilie den letzten Dienst erweisen lassen, und anschließend würde er zu ihr nach Amerika kommen, wo sie ein gemeinsames Leben als Mann und Frau beginnen konnten.

Sie winkte ihm zu, bis sie ihn kaum noch sehen konnte, während er sich nicht von der Stelle rührte und ihr ebenfalls nachwinkte. Sie würde diesen großen, stolzen und starken Mann, der zwei Jahre zuvor ihr Herz erobert hatte, ewig lieben.

»Ich liebe dich, Nikolai«, flüsterte sie in den Wind. Sie blieb lange mit tränenüberströmten Wangen an der Reling stehen und hielt, in Gedanken bei ihm, das Medaillon umklammert. Sie wusste nicht einmal, warum sie weinte. Er hatte Recht. Es gab so vieles, auf das sie sich freuen konnten und für das sie dankbar sein sollten. In Vermont wartete ein neuer Anfang auf sie, und sie hatte keinen Grund zu weinen, abgesehen von der Angst tief in ihrem Herzen, dass sie ihn gerade zum letzten Mal in ihrem Leben gesehen hatte. Aber es gab keinen Grund für diese Befürchtung, und sie ermahnte sich, dass dieser Gedanke töricht war.

Sie sah zum Himmel hinauf und beobachtete die letzten Möwen, die vorbeiflogen. Nach allem konnte sie ihn unmöglich jetzt noch verlieren. Mit einem Seufzen und einem letzten Blick auf ihre Heimat ging sie, das Medaillon umklammernd, langsam in ihre Kabine zurück. Sie konnte Nikolai gar nicht verlieren. Egal, was passierte, sie würde ihn immer lieben. Es war unmöglich, dass sie sich jetzt verloren.

EPILOG

Die Antworten befanden sich, wie so häufig, direkt in meiner Nähe. Ich ließ alle Briefe übersetzen, und es handelte sich tatsächlich um die Liebesbriefe von Nikolai Obrajenski an meine Großmutter. Sie umfassten eine lange Zeitspanne und erzählten eine Geschichte, die mein Herz ebenso berührte, wie sie Granny Dans Herz ihr Leben lang berührt hatte. Die Briefe erklärten dies nur allzu deutlich.

Den Rest erfuhr ich von zwei ihrer Freundinnen aus der Nachbarschaft, als ich im darauf folgenden Sommer nach Vermont zurückkehrte, um mir das Haus anzusehen und dort eine Woche mit meinen Kindern und meinem Mann zu verbringen.

Sehr zu meiner Überraschung fand ich die Kleider der Zarin in einem Koffer auf dem Dachboden. Es war derselbe Koffer, in dem sie sie nach Amerika gebracht hatte. Der Stoff war inzwischen ganz ausgeblichen, und der Hermelinpelz hatte sich gelb verfärbt. Mehr als sechzig Jahre nachdem sie modern gewesen waren, sahen sie aus wie Kostüme. Es überraschte mich, dass ich sie als Kind bei meinen Streifzügen durch das Haus nie gefunden hatte, aber der Koffer war alt und verbeult und stand versteckt in einer Ecke auf dem Dachboden. Seine zwei Koffer mit der feinsäuberlichen Aufschrift »Dr. Nikolai Obrajenski« waren ebenfalls noch dort. Sie hatte nach ihrer Ankunft in Vermont nie das Herz gehabt, sie auszupacken.

Die Ballettprogramme besaßen nun eine ganz neue Bedeutung für mich, wie auch die Fotografie von ihr und den anderen Tänzern. Und die Spitzenschuhe erschienen mir nun beinah wie etwas Heiliges. Ich hatte nie begriffen, wie wichtig sie für Danina waren. Ich wusste, dass sie einmal eine Tänzerin gewesen war, aber ich erfuhr erst nach ihrem Tod, welche Opfer sie dafür erbringen musste. Ich versuchte es meinen Kindern zu erklären, und sie bekamen große Augen, als ich ihnen die Geschichte erzählte. Und als ich Katie die Spitzenschuhe zeigte und ihr erklärte, dass sie Granny Dan gehört hatten, beugte sie sich vor und küsste sie. Diese Geste hätte meiner Großmutter ganz bestimmt ein Lächeln entlockt.

So wie sie es befürchtet hatte, als sie im August 1917 allein nach Amerika aufbrach, sah sie Nikolai nie wieder. Er reiste mit der Zarenfamilie nach Tobolsk in Sibirien, wie er es versprochen hatte, und saß anschließend dort fest. Die Bewacher erlaubten ihm nicht mehr abzureisen und erteilten ihm zusammen mit der Zarenfamilie Hausarrest. Seine Treue kostete ihn schließlich seine Freiheit, und im Juli 1918 wurde er zusammen mit der Familie hingerichtet. Ein Brief von einem Menschen, dessen Name mir unbekannt war, informierte Danina vier Wochen später von Nikolais Tod. Ich kann mir nur vorstellen, was diese Nachricht in ihr ausgelöst haben mag. Als ich all die Jahre später die Übersetzung las, schluchzte ich traurig. Ihr muss es wie ein Todesurteil erschienen sein.

Doch vor seinem Tod hatte er sie in einem letzten Brief gewarnt, dass es Gerüchte über die bevorstehende Exekution der Zarenfamilie gebe. So grausam es auch erscheinen mag, er hatte versucht, sie auf das Unausweichliche vorzubereiten. Er klang in seinem Brief beinah fröhlich und sehr gefestigt und ermahnte sie, weiterzumachen und sich zu bemühen, glücklich zu werden und ihn und ihre Liebe in froher, nicht in kummervoller Erinnerung zu behalten. Er schrieb ihr, dass er im Grunde seines Herzens seit ihrer ersten Begegnung nur mit ihr verheiratet gewesen sei und sie ihm die glücklichsten Jahre seines Lebens geschenkt habe. Sein einziges Bedauern bestehe darin, dass er nicht mit ihr aus Russland abgereist sei. Seit diesem Brief muss sie gewusst haben, dass sie ihn nie wieder sehen würde. Und doch ließ sich weder sein Schicksal noch das ihre abwenden. Daninas Bestimmung hatte ein anderes Leben für sie vorgesehen, das sich gemeinsam mit uns an einem fernen Ort erfüllte. Und ihm war es ebenfalls nicht vorherbestimmt gewesen, mit ihr zusammenzuleben.

Ihr Vater und ihr vierter Bruder kamen am Ende des

Krieges ums Leben. Madame Markova starb zwei Jahre später an einer Lungenentzündung.

Unwiederbringlich verlor Danina jeden einzelnen Menschen, den sie geliebt hatte. Sie verlor alles: ihr vertrautes Leben, ihre Heimat, ihre Karriere, ihre Freunde, den Geliebten, ihre Familie ... und den Tanz, der ihr so viel bedeutete.

Und dennoch haftete ihr weder etwas Tragisches noch etwas Trauriges oder Kummervolles an. Sie muss all die geliebten Menschen schrecklich vermisst haben, vor allem Nikolai, und ihr Herz hat sicherlich von Zeit zu Zeit sehr geschmerzt. Und doch hat sie mir nie davon erzählt. Sie war einfach nur Granny Dan mit den lustigen Hüten, den Rollschuhen, den funkelnden Augen und den köstlichen Plätzchen. Wie konnten wir nur so dumm sein? Wie konnten wir glauben, dass das alles war, wo sich doch so viel mehr hinter dieser äußeren Schale verbarg? Wie konnte ich glauben, dass die kleine Frau in den abgetragenen schwarzen Kleidern sich seit ihrer Jugend nicht verändert hat? Warum glauben wir, dass alte Menschen immer schon alt waren? Warum konnte ich sie mir nicht in dem roten mit Hermelin besetzen Samtkleid vorstellen oder wie sie vor dem Zaren *Schwanensee* tanzte? Und warum hat sie es mir nie erzählt? Stattdessen hat sie all ihre Geheimnisse für sich behalten.

Sie lebte elf Monate mit Nikolais Cousin zusammen und wartete auf ihren Geliebten, und dann verging ein weiterer Monat, bis sie von seiner Ermordung erfuhr. Wie Nikolai es vorausgesagt hatte, behandelte sein Cousin sie gut. Er war ein stiller Mann, der eigene Erinnerungen, Reue und Verluste in sich barg. Sie muss ihm wie ein Sonnenstrahl erschienen sein. Er war fünfundzwanzig Jahre älter als sie, als sie mit zweiundzwanzig Jahren bei ihm ankam. Vielleicht ist sie ihm auch wie ein Kind vorgekommen. Mit Sicherheit hat er jedoch von Anfang an gewusst, wie viel ihr Nikolai bedeutete. Fünf Monate nach Nikolais Tod, und somit sechzehn Monate nach ihrer Ankunft in Vermont, heiratete sie Nikolais Cousin und meinen Großvater, Viktor Obrajenski. Und bis zum heutigen Tag weiß ich nicht, ob sie ihn je geliebt hat. Ich nehme an, das hat sie. Sie waren vermutlich gute Freunde. Er hat sie immer gut behandelt, obwohl er nie viele Worte machte, und sie sprach immer voller Zärtlichkeit und Bewunderung von ihm. Aber ich muss mich dennoch fragen, ob sie meinen Großvater so geliebt hat wie seinen Cousin. Ich bezweifle es, obwohl sie ihn auf ihre Art bestimmt ebenfalls geliebt haben wird. Nikolai war die Leidenschaft ihres Lebens, der Traum ihrer Jugend, der viel zu früh endete.

Es gibt so vieles, was ich nicht weiß ... so viele Träume, die ich mir nie habe vorstellen können. Sie war tatsächlich ein Rätsel. Ich habe die Puzzleteile gefunden, wie die Koffer, die Schuhe, das Medaillon und die Briefe ... doch den Rest hat sie für sich behalten ... die Erinnerungen, die Siege, die Menschen, die sie so sehr geliebt hat. Ich bedauere nur, wie wenig ich von ihr wusste, als sie noch lebte, und wie sehr ich ihre Vergangenheit ignoriert habe.

Granny Dan, die Frau, die sie für mich war, wird in meinem Herzen für immer weiterleben. Danina, die

Frau, die sie davor war, gehört anderen Menschen. Sie haben sie mit sich genommen, und sie wiederum hat sie tief in ihrem Herzen, in ihrer Seele, in Briefen und in ihrem Medaillon aufbewahrt. Sie muss ihn ihr Leben lang geliebt haben, denn sonst hätte sie die Briefe und das Medaillon mit seinem Bild nicht mit in das Pflegeheim genommen. Vermutlich hat sie seine Briefe dort sogar noch einmal gelesen, aber vielleicht kannte sie sie nach vielen Jahren auch schon auswendig.

Wenn ich nun die Augen schließe, ist sie nicht alt, ihre Kleider sind nicht schwarz oder abgetragen und sie backt keine Plätzchen. Stattdessen lächelt sie mich an und ist jung und schön wie damals. Und sie tanzt in ihren Spitzenschuhen, während Nikolai Obrajenski ihr lächelnd zusieht. Und ich glaube, dass sie nun irgendwo endlich zusammen sind.

Danielle Steel

Herzstürme

Roman

ISBN 978-3-548-26177-5
www.ullstein-buchverlage.de

Der Chirurg Steven und die Börsenmaklerin Meredith sind seit vielen Jahren verheiratet und noch so glücklich wie am ersten Tag. Da bekommt Meredith das verlockende Angebot einer Top-Position im Unternehmen des charismatischen Callan Dow – allerdings muss sie dafür nach Kalifornien umziehen. Es scheint, als ob das innige Glück von Meredith und Steven in der Ferne entzweibreche …

Die poetische Welt gelebter Liebe

Danielle Steel

Die Traumhochzeit

Roman

ISBN 978-3-548-26178-2
www.ullstein-buchverlage.de

Allegra Steinberg kann sich über ihre Karriere als erfolgreiche Anwältin zahlreicher Hollywood-Größen nicht beklagen. Nur privat, in ihrer Beziehung zum verheirateten Brandon Edwards, fühlt sie sich oft einsam und weiß nicht, wie die Zukunft aussehen soll. Das ändert sich, als Allegra den charmanten Schriftsteller Jeff Hamilton kennenlernt …

»Danielle-Steel-Fans werden begeistert sein!«
The New York Times Book Review

UB220